Classical | 经典译文

太阳溪农场的丽贝卡

[美] 凯特·维珍　著　　冯瑞贞　译

四川文艺出版社

图书在版编目（CIP）数据

太阳溪农场的丽贝卡/（美）凯特·维珍著；冯瑞贞译.
—2 版. —成都：四川文艺出版社，2016.11
ISBN 978-7-5411-4484-4

Ⅰ．①太… Ⅱ．①凯… ②冯… Ⅲ．①儿童小说—长篇
小说—美国—现代 Ⅳ．①I712.84

中国版本图书馆 CIP 数据核字（2016）第 267877 号

TAIYANGXINONGCHANGDELIBEIKA

太阳溪农场的丽贝卡

[美] 凯特·维珍 著

冯瑞贞 译

翻译统筹　刘荣跃　刘文翔
责任编辑　朱　兰　蔡　曦
责任校对　汪　平
责任印制　喻　辉
封面设计　叶　茂
版式设计　史小燕

出版发行　四川文艺出版社（成都市槐树街 2 号）
网　　址　www.scwys.com
电　　话　028-86259285（发行部）　　028-86259303（编辑部）
传　　真　028-86259306

邮购地址　成都市槐树街 2 号四川文艺出版社邮购部　610031
排　　版　四川胜翔数码印务设计有限公司
印　　刷　成都东江印务有限公司
成品尺寸　145 mm×210 mm　1/32
印　　张　9.75　　　　　　　　字　　数　200 千
版　　次　2017 年 1 月第二版　　印　　次　2017 年 1 月第一次印刷
书　　号　ISBN 978-7-5411-4484-4
定　　价　28.00 元

太阳溪农场的丽贝卡

编者的话

《太阳溪农场的丽贝卡》是美国著名作家、教育家凯特·维珍的代表作，是美国中学生的"手边书"，讲述了19世纪末美国一个小镇上的女孩丽贝卡的成长故事。丽贝卡是一个快乐的、对一切都充满好奇心的女孩，她因家境贫困，离开了童年生活的太阳溪农场，前往利维保罗姨妈家里上学。新环境与新朋友改变着她，而她也用热情去改变周围——如饥似渴地吸收新知识，为了帮助朋友前去推销三百块肥皂，勇敢地和辱骂她朋友的米妮作斗争，为了讨得米兰达姨妈的喜欢，又努力使自己变得温柔娴静……丽贝卡就这样长大了。

所有曾在陌生环境里生活过的青少年朋友，似乎都能在丽贝卡的身上看到自己成长的影子，她身上乐观、开朗、好奇、友善的品质，也是一种引导青年走向成功人生的精神示范。

该书被纽约国家图书馆评为"人生励志之书"，被亚马逊书店选为"20世纪对人类心志有重大影响"的50本书之一。

马克·吐温评价为"绝好的、温暖的、令人满意的作品"，没有说教，没有理论，只是通过小姑娘——丽贝卡成长的故事，来阐释关于人生的哲理。

美国国前总统里根，音乐天才迈克尔·杰克逊，乃至科学巨人霍金等人都曾把丽贝卡当作自己生活的表率，以丽贝卡的生活态度作为自己逆境中的灯塔。

CONTENTS
目录

1 我们七个兄弟姐妹

旧驿车行驶在这条从美坡伍德到利维保罗的小路上，辘辘作响，尘土飞扬。虽然只是五月中旬，天却热得如同仲夏。赶车人杰里米亚·科博先生虽然对他的马宠爱有加，但是有些差事他也不好推辞，所以常常见他用马车运送邮件。一路上有很多小山丘，他松松地挽着缰绳，懒洋洋地斜靠在驾驶座上，把一条腿伸在挡泥板上。他把旧宽檐帽子压在眼睛上面，左脸颊不停地运动，咀嚼着烟叶。

驿车上只有一个乘客——一个头发乌黑、穿着暗黄色花布裙子的小女孩儿。她太瘦小了，尽管她直挺挺地坐着，伸直双脚顶着中间的座位，戴着棉布手套的双手使劲抓住两边的扶手，努力地想在车子里面保持平衡，可还是在皮椅子上滑来滑去。每当马车轮子陷进深一点儿的车辙里，或者突然从一块石头上面轧过，小女孩儿就会被马车抛得跳到空中，然后再落回到座位上。每当重新坐稳后，她总是要把那顶滑稽的小草帽往后推一推，再把她那粉红色的小遮阳伞拿起来摆放好，这似乎是她的一项主要使命。其实，她更主要的心思是放在一个珍珠钱包上，只要路面状况允许，她总是要看看这个钱包，每当看到包里的钱既没有丢失也没有减少时，她都会感到由衷的满足。科博先生不会了解到这位小乘客在路途中的这些烦恼，他的职责只是把乘客送到目的地，并不一定要保证他们路途舒坦。事实上，他已经忘记这个身材矮小、并不引人注目的小乘客了。

那天早上，科博先生正要离开美坡伍德邮局，有个妇女从一辆马车上跳下来，迎着他跑过来，询问这是否是到利维保罗的驿车，并问他是否就是科博先生。得到肯定答复后，她对一个站在街角、急切等候的女孩儿点了点头，那个女孩儿立即飞跑了过来，唯恐耽误一秒钟似的。这孩子大概有十岁或者十二岁，但是，无论她有多大，她的样子看起来都比实际的年龄要小。母亲扶着她坐进驿车，把一个包袱和一束丁香花放在她身旁，又在她身后放了一个陈旧的毛织箱子，最后，小心翼翼地数着手里的银币，付了车费。

"请您把她送到利维保罗我姐姐的家里，"她说，"您认识米兰达·索亚和简·索亚吗？她们住在那幢砖房子里。"

这话可真是问对了人，科博先生太熟悉那姐妹两个了，就好像是他把她们造出来的一样。

"这孩子就是要到那里去，她们正等着她呢。一路上您能不能照顾照顾她？她可能会走出车厢和别人聊天，或者找人上车和她做伴儿，她真的会这样做呢。——再见，丽贝卡，别淘气，在车厢里安安静静地坐着，这样才能干干净净、漂漂亮亮地到姨妈家里。可别给科博先生添乱！——你看，她有多激动！昨天我们从汤普朗斯坐车，在我亲戚家里住了一个晚上，今天早上又从她家出发，走了八英里，来到这里。"

"再见，妈妈，别担心！您知道这已经不是我第一次出门旅行了！"

母亲窃窃地笑了，她对科博先生解释说："她曾经去过维尔汉姆，在那里住过一个晚上——这点路程可没有什么值得吹嘘的！"

"可那的确是旅行啊，妈妈。"小女孩儿急切而又固执地说，"我们离开了农场，用篮子带了午饭，又坐马车又坐蒸汽车，还带了我们的睡衣呢。"

"就算我们出去旅行了，也不能对全村人都宣扬啊！"母亲打断这位经验丰富的旅行家的回忆。"难道我以前没有告诉过你吗？"她压低声音对女儿说，试图最后一次给女儿立规矩，"你可不能大声谈论睡衣啦、长筒袜啦这些东西，尤其是有男人在旁边的时候。"

"我知道了，妈妈，我再也不会这样啦！我想说的是——"这时候科博先生已经坐上驿车，"驾"了一声，甩了甩缰绳，马儿们迈开稳重的步伐，开始执行它们的日常任务。"我想说的只是，那的确是一次旅行，如果——"驿车这时候已经上路了，丽贝卡不得不从车门上面的窗子探出头来，好把话说完，"如果带了睡衣的话，那就的确是旅行了！"

尽管兰德尔太太不想听到女儿丽贝卡大声说出这句有伤大

雅的话，但是它却在她的耳边一直萦绕着，直到她目送驿车在视线里消失。随后，她收拾好放在杂货店门口长凳上的包裹，上了一辆停在拴马桩旁的马车。要掉转马头准备上路回家时，她在车上踮起脚尖，手搭凉棚，看着远去的驿车消失在一片尘土中。

"我猜想，丽贝卡一定会让米兰达手忙脚乱的，"她心中暗想，"但是我也没有办法，我们这样做都是为了塑造丽贝卡，好让她长大、成才。"

以上的情景都是半个小时以前发生的，一路上烈日炎炎，空气闷热，尘土飞扬，加上科博先生正全神贯注地想着自己即将去大都市米尔顿办事情，一向头脑迟钝的他完全忘记了自己的承诺，把照看丽贝卡这件事早就忘到九霄云外去了。

突然，他听到一个很稚嫩的声音，这声音比车轮行驶的辘辘声和马具的吱吱声略高一点。起初，科博先生以为那是蟋蟀的吱吱声，或者是树蛙的呱呱声，或是小鸟的唧唧声，可是，当他确定了声音传来的方向以后，他转过头去，看到一个小小的身躯正在尽力探出窗外。一条长长的黑辫子伴着驿车的颠簸而来回晃动，这孩子一手拿着帽子，另一只手拿着那把小巧的遮阳伞，她想要拍打赶车人，却怎么也够不着。

"请您让我说句话！"她喊道。

科博先生听从请求，勒住了马缰绳。

"如果我想坐在你旁边，得多付钱吗？"她问道。"车厢里面太滑了，太阳又太晒了，这个车厢对我来说实在是太大了，我在里面撞来撞去，差不多是青一块紫一块了；还有，这些窗子太小了，我只能看到一点点窗外的风景；为了看箱子有没有从后面掉下去，我都快要把脖子伸断了，那可是我妈妈最喜欢的宝贝箱子啊！"

科博先生耐心地听完了这一长串的讲话，或者更确切地说，是一长串滔滔不绝地抱怨，然后幽默地说："如果你想出来，就过来吧，坐在我身边是不额外收费的。"随后他扶着小女孩儿走出车厢，又把她抱上前面的驾驶座，然后再坐回自己的位子。

丽贝卡小心翼翼地坐下来，仔细地抚平坐在下面的裙子，把她的遮阳伞打开放在她和科博先生中间。然后，她把帽子向后一推，脱下那双手工缝制的白色棉手套，兴高采烈地说：

"啊，这样好多了！这才像旅行的样子！现在我可是个真正的旅行家了。刚才在车厢里我感觉像一只被关在鸡笼里的小母鸡。但愿我们还有很长很长的一段旅途！"

"哦！我们的旅途才刚刚开始，"科博先生和蔼地说："恐怕得要两个多小时呢。"

"才两个小时啊，"丽贝卡叹了口气说，"那就是一点半到达；妈妈那时候就到安表姐家了，农场家里的孩子们午饭也该结束了，汉娜会把家里收拾得干干净净的。我自己带了午饭，因为妈妈说，不能饿着肚皮到砖房子，一见面就让米兰达姨妈做饭给我吃，这可不是个好的开头。是该我成长的日子了，对吧？"

"当然是啦。天太热了，你怎么不打起你的遮阳伞呢?"

她一边把裙子抻了抻，盖住了那把遮阳伞，一边说"哦，天哪，不! 太阳出来时我是从来不打伞的。你知道吧，粉红色是特别容易褪色的，所以我只是在有云彩的日子才会带上这把遮阳伞；有时候太阳突然出来了，我就得手忙脚乱地把伞盖起来；它是我最心爱的东西，只是照顾它确实很费事。"

此时，一个念头渐渐地渗透到科博先生那缓慢运转的头脑里：坐在他身边的这只唧唧喳喳的小鸟与平时他见识过的小鸟完全不同。于是，他把马鞭放回原处，腿从挡泥板上收了回来，又向后推了推帽子，把嘴里一直咀嚼的烟叶也一口吐向马路。这样清理好自己的头脑后，他开始认真仔细地打量起眼前这位小乘客，而丽贝卡对这样的打量则报以天真、好奇而友好的凝视。

这孩子身上的暗黄色印花布裙子虽然褪色了，但却洗得干干净净，而且还浆洗得硬邦邦的。她棕色的细长脖子从裙子的立领中钻出来，头看上去很小，似乎不能承受那根长长的、垂到腰间的、深色发辫的重压。她戴着一顶奇怪的白色麦秆遮阳帽，这也许是最新流行的一种儿童帽子，又或许是临时找出来应付场面的过时的帽子。帽子边檐装饰着一圈暗黄色的带子，帽子的一边还插着一簇棕黑色的豪猪刚毛，这簇刚毛直挺挺地立在她的耳朵上面，这让那女孩子看起来稀奇古怪、与众不同。她的脸上没有什么血色，脸部的轮廓十分突出。就面部特征而言，她只是个平常的女孩。科博先生还没有来得及品评到她的鼻子、前额和下巴这些部位，就已经被她那双眼睛深深地吸引住了。丽贝卡的眼睛非常真诚——"双眼充满希望，可以洞穿一切。"这双眼睛在她美丽弯曲的眉毛下面闪烁，像两颗明亮的星星，在黑暗中时隐时现。她轻轻一瞥时，眼神里充满了永不满足的好奇和渴望；她注视凝望时，眼神熠熠生辉而又神秘莫测，似乎要努力看透一件事情，一片风景，或者某一个人。没有人能够解读丽贝卡的眼睛的魅力。学校老师、汤普朗斯的牧师都曾经想要弄明白为什么这双眼睛有如此神奇的力量，但是他们的努力都是徒劳；一位年轻的艺术家夏天来村庄，准备画红色的谷仓、废弃的磨坊和村庄的小桥，最终却不得不放弃这些乡间美景，把自己的精力全部投入到这个乡村女孩的脸上——这孩子普通的小脸因为一双动人的眼睛而变得无比灿烂，她的双眼传递着信息与灵感，传递着些许的催眠力和深邃的洞察力，人们无法克制地想要探求那深邃的双眼，永不疲倦，似乎从那双眼睛里能够读出自己内心的思想。

科博先生还没有得出上述结论，他当天晚上回家后，对他的太太提起丽贝卡时，只是说，每当那孩子看他时，他都会受到某种震动。

"这把遮阳伞是会画画的罗斯小姐送给我的，"与科博先生对望后，丽贝卡已经把科博先生的容貌记在了心里，她说。"你看到那粉色的双层折叠板，白伞顶和白手把了吗？那可都是用象牙做的。手把上有点疤痕，你看，那是方妮趁我不注意的时候用嘴啃的，从那以后，我对方妮可没有以前那么有好感了。"

"方妮是你的妹妹吧?"

"我妹妹中的一个。"

"你们家有几个兄弟姐妹?"

"七个。有一首关于七个孩子的儿歌呢——

少女的回答如此机敏,

哦,主人,

我们是七个兄弟姐妹!

我学了这首儿歌,可是当我在学校唱的时候,有些讨厌的
同学就会笑话我。汉娜是老大,我是老二,然后是约翰,接着
是珍妮,后面是马克,再后面是方妮,米拉是老小。"

"哇!真是一个大家庭啊!"

"太大了,人人都会这么说,"丽贝卡出人意料的、完全成
人化的坦白弄得科博先生有点不好意思,科博先生只好嘟囔地
说了声"我的天哪!"然后又往嘴里塞了些烟叶,用左颊嚼了
起来。

"他们都很好,但是孩子多了就成了麻烦,养活这么多孩
子要花很多钱,你知道吧,"她继续说道。"这么多年来,汉娜
和我没做别的事情,就是每天晚上负责帮助弟弟妹妹们脱衣服
上床,第二天早上再给他们穿上衣服,帮助他们下床。不过,
现在不用了,这真让人欣慰,等我们都长大成人了,家里的抵

押贷款也还清了，我们就会有好日子过了。"

"现在不用了？哦，你的意思是你已经离开家里了？"

"不是的，我的意思是他们都长大了，不需要照顾了；我们家不会有新成员了。妈妈就是这么说的，她总是说话算数。生完米拉之后，妈妈就再也没有生孩子了，米拉已经三岁了。她出生的那一天就是爸爸去世的日子。米兰达姨妈本来是想要汉娜，而不是要我到利维保罗去的，但是妈妈腾不出汉娜；她做家务比我做得好多了，汉娜就是这么能干。昨天晚上我告诉妈妈，如果我不在家，家里再添新婴儿的话，就请一定把我叫回来，因为如果有个小婴儿，就得汉娜和我两个人来照看，而妈妈还要为大家做饭，还要照顾农场。"

"噢，你们家住在农场里，农场在哪里啊？——就在你上车的那个地方附近吗？"

"附近？才不是呢，我看得有几千英里！我们乘汽车从汤普朗斯出发，然后又走了很长的路到安表姐家，在那里过了一夜，然后起床又坐很长时间的车到美坡伍德的驿车站。我们的农场离哪里都很远很远，但是我们学校和教堂都在汤普朗斯，那里离我们家只有两英里的路程。和你一起坐在这里，感觉特别美好，就像爬上教堂的尖塔一样。我认识一个男孩子，他曾经爬上了教堂的尖塔，他说站在上面往下看，下面的人和奶牛就像苍蝇一样小。我爬上去的时候，没有看见任何人，但是我看到的奶牛却让我失望——它们看上去并没有我期望中那么小；也没有我们在下面和它们一起时那么大，对吧？男孩子总是做些刺激而有趣的事情，女孩子就只能做男孩子剩下的枯燥而无聊的事情。女孩子不能爬得太高，不能走得太远，不能在外面待得太晚，也不能跑得太快，反正就是什么事情都不能做。"

科博先生用手背擦了擦嘴巴，喘了口气。他感觉到自己好像被人驱赶着从一座山峰跑向另一座山峰，中间连喘口气的时间都没有。

"我好像还是没弄清楚你们家农场的位置，"他说道，"不过我去过汤普朗斯，一路上也很快活。你们家姓什么?"

"兰德尔。我妈妈的名字是奥蕾莉亚·兰德尔；我们的名字分别是：汉娜·露西·兰德尔，丽贝卡·罗恩娜·兰德尔，约翰·哈利法克斯·兰德尔，珍妮·林德·兰德尔，马奎斯·兰德尔，方妮·埃尔斯勒·兰德尔，和米兰达·兰德尔。我们七个孩子中，有一半人的名字是妈妈取的，另一半人的名字是爸爸取的，可是我们的总数不是偶数，于是爸爸妈妈决定用利维保罗的米兰达姨妈的名字来给米拉取名；他们希望这样做可以给这个孩子带来好运，但是，好像这个名字并没有给家里带来什么好处。现在我们都叫她米拉。其实，我们都是用一个人的名字命名的。汉娜的名字取自一首儿歌《坐在窗前缝袜子的汉娜》；我的名字取自《劫后英雄传》；约翰·哈利法克斯是一本故事书中的男主角；马克的名字来自马奎斯·德·拉法叶特叔叔，他是双胞胎中的一个。（双胞胎一般都不能同时长大成人，三胞胎就更不可能了，——你知道这些吗，科博先生?）

我们不叫他马奎斯，就叫他马克；珍妮的名字来自一个歌星，方妮的名字取自一个美女舞蹈家，但是妈妈说她们两个的名字都太不相配了，因为珍妮唱歌根本就找不着调子，而方妮天生就是一副硬腿，跳不了舞。妈妈本来想，只叫她们简和弗朗西斯，而不叫她们中间的名字，但是，她说那样对爸爸太不公平了。她还说我们应该时时刻刻站在爸爸的立场支持爸爸，因为爸爸周围所有的事情都和他作对，要不是运气这么差，爸爸也不会死得那么早。我想关于我的兄弟姐妹，我就只能说这么多了。"丽贝卡严肃地结束了她的自我介绍。

"我的天哪！我觉得已经足够了。"科博先生突然迸出一句话。"天底下的名字已经被你妈妈选得差不多了！你的记忆力真是太强了！我猜想学校的功课对你来说应该是小菜一碟吧？"

"功课倒没什么，麻烦的是要穿上鞋子才能去学校上课。我的新鞋子必须要穿够六个月，妈妈总是说要节省鞋子。可是，除了脱掉鞋子光脚走路，好像没有什么办法能节省鞋子。但是在利维保罗我不能光脚走路，这会给米兰达姨妈丢脸的。一住到米兰达姨妈家，我就得去上学了，两年后再去维尔汉姆神学院继续深造。妈妈说这样会塑造我的性格，对我有好处！我打算毕业后像罗斯小姐那样做个画家，不管怎么样，这是我自己对未来的打算。妈妈认为我最好将来做老师。"

"你们家的农场是不是老霍布斯农场？"

"不是的，我们家的农场是兰德尔农场。妈妈是这么叫它的，而我把它叫做太阳溪农场。"

"我觉得只要你知道它在哪里，随便叫它什么名字都没多大关系。"科博先生倚老卖老地说。

丽贝卡全神贯注地看着他，有点责备、甚至有点严厉地说：

"噢！你可不能像别人一样也这么说！你给一个东西起的名字不同，叫起来的感觉就不同。如果我说兰德尔农场，你能想象出它的样子吗？"

"不，我想象不出来。"科博先生有点不好意思地回答道。

"那么，如果我说太阳溪农场，它会让你想起什么？"

科博先生觉得自己好像一条离开海水在沙滩上喘气的鱼。他无法回避这个问题，因为丽贝卡的双眼就像是探照灯，刺穿了他头脑中的一切谎言，甚至都看见了他后脑勺上的秃头。

"我猜想农场附近应该有条小溪吧。"他怯怯地回答说。

丽贝卡有些失望，但是她并没有泄气。"你猜得不错，"她鼓励科博先生说。"你很温和，但是你不热情；农场附近确实有条小溪，但那可不是一条普通的小溪。那条小溪两旁长着很多很多小树，还有矮矮的灌木，浅浅的溪水哗哗地流着，水底是白色的砂石和光闪闪的鹅卵石。只要有一点点阳光，小溪就会抓住它，一整天都闪闪发光。你的肚子饿不饿？我的肚子已经饿得咕咕叫了！因为害怕赶不上驿车，我连早饭都没有吃。"

"那你就先吃午饭吧。我要到米尔顿再吃东西，到时候我吃一块馅饼，再喝一杯咖啡。"

"要是我有机会去看看米尔顿就好了。我猜想它一定比维尔汉姆大得多、气派得多吧，它一定更像巴黎吧？罗斯小姐给我讲过巴黎——她就是在巴黎给我买的这把粉色的遮阳伞和这个珍珠钱包的。你看看，只要轻轻按一下，钱包就打开啦。钱包里有二十美分，这些钱得花上三个月，主要用来买邮票、纸张和墨水。妈妈说，米兰达姨妈要供我吃饭，供我穿衣服，还要供我上学买书，她一定不会愿意再给我买邮票这些东西了。"

"巴黎没什么好的，"科博先生轻蔑地说，"巴黎是缅因州最枯燥无聊的地方。我很多次赶车都经过那里。"

丽贝卡又要责备科博先生了，虽然这次她压低了嗓门儿，舒缓了语调，但语气却非常坚定，她飞快地瞥了科博先生一眼，又飞快地收回眼光，否定他说：

"巴黎是法国首都，你得坐船才能到那里，"她语重心长地说，"我的地理课本上就有巴黎。书上说：'法兰西是一个生性快乐、彬彬有礼的民族，爱好舞蹈和非烈性酒。'我问过我们老师什么是'非烈性酒'，他说可能是指'苹果汁'或者'姜汁汽水'这类饮料吧。我一闭上眼睛就能轻而易举地想象巴黎的样子。美丽动人的女士们总是随身带着粉色的遮阳伞和珍珠钱包，欢快地四处起舞；风度翩翩的男人们优雅地跳着舞，喝着姜汁汽水。不过，你真幸运，每天睁开眼睛就可以看见米尔顿。"丽贝卡羡慕地说。

"米尔顿也没有什么好的，"科博先生说，听他的口气，似乎自己已经游遍世界上所有的城市，发现它们不过如此而已，"现在，让你看看，我是怎么准确无误地把报纸扔到布朗太太门前的台阶上的。"

"啪!"报纸果然不偏不倚地落在科博先生指定的地方,正好在栅栏门前用玉米壳编织的脚垫上。

"哦,你这招真是太神奇了!"丽贝卡激动地哇哇大叫,"就像我在马戏团看到的飞刀马克扔飞刀一样准确。我真希望有一长排的房子,每栋房子前都有栅栏门和玉米壳编织的脚垫,然后你在每家的脚垫上都扔一份报纸,那多好啊!"

"有时候我也会扔不准的,"科博先生的笑脸上洋溢着谦虚的骄傲,"如果你的姨妈米兰达同意的话,等夏天驿车不是很挤的时候,我可以选一天带你去米尔顿。"

一股妙不可言的兴奋传遍了丽贝卡的全身,从她的新鞋子开始,一直传过那顶麦秆编织的帽子,然后又向下传到她的黑辫子上。她无比激动地拍打着科博先生的膝盖,眼睛里饱含着欣喜而惊讶的泪水,哽咽着说道:"哦,这不是真的吧,我简直不敢相信自己的耳朵,想想我居然可以亲眼看见米尔顿。这真的好像是有个仙女教母,她问你你的愿望,然后就帮你把愿望实现了!你有没有读过《灰姑娘》《金黄矮子精》,还有《青蛙王子》,还有《戴金锁的仙女》?"

"没有,"科博先生思考了片刻,小心翼翼地回答说,"我连想都没想过自己会读你刚才说的那些故事。你怎么会有机会读到这么多故事啊?"

"哦,我已经读了很多书了,"丽贝卡不经意地说,"我读过爸爸的书,还读过罗斯小姐的书,还有很多学校老师的书,还读过主日学校图书馆的书。我读过《点街灯的人》《苏格兰酋长》《雷德克里夫的子女》《医生的妻子考拉》《劫后英雄传》《大卫·科波菲尔》《红毛栗鼠的金子》《天路历程》《普鲁塔克的生活》《华沙的萨迪厄斯》，还有很多别的书。——你读过什么书呀？"

"我从来就没有读过你读的那些书。可是，老天！我年轻的时候也读了不少书！现在我每天忙着赶车，所以就看看《年历书》《每周卫报》和《缅因州农学家》这些杂志。——又要过河了。这是最后一个长斜坡了，等我们上到斜坡顶上，就可以看到远处利维保罗的烟囱了。路途不算远，我自己住的地方离你姨妈家的砖房子只有半英里。"

丽贝卡开始惴惴不安起来，她的双手紧张地在腿上拨弄着。"我觉得我不会紧张的，"她的声音几乎是从嗓子眼儿里发出来的，"可是，我还是有一点点紧张——特别是当你说就快到了的时候。"

"你还要回去吗？"科博先生好奇地问道。

她勇敢地望了他一眼，然后骄傲地回答说，"我绝不会回去的——我也许会感到害怕，但是逃跑会让我感到羞耻。去米兰达姨妈家就像是到黑暗的地窖里去探险一样。楼梯下面也许藏着凶猛的怪兽或者可怕的巨人，——但是，还有这样的可能，就像我对汉娜说过的那样，也许我会遇到美丽的小精灵和可爱的小仙女，或者会遇到英俊的青蛙王子！——通往维尔汉姆有一条主干道，通往村子也有主干道吗？"

"你可以把它叫做主干道，你的索亚姨妈们就住在街上，可是这条街上既没有商店也没有磨坊，整个村子里只有一匹马！如果你想打听什么消息的话，你得蹚过小河到对岸我们家这边才行。"

　　"我感到好遗憾，"她叹了口气说，"如果是在真正的主干道上行驶，那该有多气派啊！坐在两匹威风凛凛的高头大马后面，撑开我的粉红色遮阳伞，镇上的每个人都会猜想，身边放着丁香花和毛织箱子的女孩子会是谁啊？这样才像盛装游行中那个美丽的女士。去年夏天，有个马戏团去了汤普朗斯。那天早上，他们举行了一次盛大的游行。妈妈让我们都走进游行队伍里面，我们把米拉也放在推车里带了进去，因为等到下午我们就没有机会看到他们的表演了，我们买不起进场的门票。游行队伍里有活泼可爱的小马，还有很多动物，它们被装在笼子里，滑稽的小丑骑在马背上。队伍的最后是一辆由两匹小赛马拉着的小战车，车身涂成了红黄相间的颜色，车里面的天鹅绒垫子上坐着舞蛇人，她身穿光滑的锦缎衣服，上面装饰着闪闪发光的小贴片。她真是太漂亮了，没有人能比得上她，科博先生，如果你看到她，你一定会喉咙哽塞，不住地咽唾沫，你的背后从上到下会有一股凉气穿过。你明白我的意思了吗？你有没有遇到让你有这种感觉的人？"

　　在这个不同寻常的早晨，科博先生曾经不止一次地感到窘迫，而此时此刻，他已经是惴惴不安了。不过，他巧妙地逃避了这个棘手的话题，他对丽贝卡说："依我看，就照你刚才说的做也没什么不好。让我们出演一场最高规格的入村仪式吧。我要拿起鞭子，把马车赶得快快的；你把那束花放在膝盖上，把你的遮阳伞撑开，我们要让村里的人看得目瞪口呆！"

那孩子的脸上顿时容光焕发起来，然而这洋溢的热情即刻间便消失了，"我忘了——妈妈把我安顿在车厢里面，是想让我从那里走进米兰达姨妈家里。也许在车厢里面我会显得更优雅些，这样我下车的时候就不用跳下来，我的裙子也就不会飘起来了，我就能够自己打开车门，像女士一样走下车来。科博先生，你能不能把车子稍微停一下，好让我回到车厢里面？"

科博先生耐心地勒住了马的缰绳，把这个无比激动的小家伙从驾驶座旁边抱下来，打开车门，扶她进了车厢，又把丁香花和粉红色的遮阳伞放在她身旁。

"我们两个的路途很愉快！"驿车夫说，"我们已经是真正的老相识了，对不对？——你不会忘记去米尔顿的事吧？"

"当然不会了！"她大声叫喊着说，"你确定你也不会忘记这件事的，对吧？"

"绝对不会忘记，我会记在心里的！"科博先生郑重地起誓说，然后他重新登上了驾驶座。驿车辘辘地驶进了村子的街道，街道两旁覆盖着郁郁葱葱的枫树。通过自己家的窗子向外望的人们看见了一个穿着暗黄色印花裙子的褐色小精灵端庄地坐在车厢的后座上，一只手紧紧地握着一大束丁香花，另一只手则拿了一把粉色的遮阳伞。如果他们的视力再好一点的话，他们或许已经看见，当驿车驶进那幢老砖房子侧面庭院时，一个小姑娘怀着无比激动的心情慌乱地从车厢里站起来，她走下车，苍白的脸颊忽红忽白，两只明亮的眼睛里笼罩了一层薄薄的雾。

丽贝卡的旅途结束了。

"驿车开进索亚姐妹家的院子了，"帕金斯太太对丈夫说。"肯定是她们的外甥女从汤普朗斯来了。好像她俩写信给奥蕾莉亚，邀请老大汉娜来，可是奥蕾莉亚回信说，如果米兰达和简觉得没关系的话，她想让丽贝卡来；所以来的那个女孩子是丽贝卡。她可以和我们的女儿艾玛·简做伴玩儿了，不过我相信她们不会让她待够三个月的！她看起来肤色很深，像个印第安人；皮肤黝黑，精神饱满。过去听说兰德尔家族中的一个人娶了位西班牙女人，那女人在寄宿学校教音乐和西班牙语。洛伦佐皮肤就黑黑的，你还记得吧，这孩子和她爸爸一样。不过，我觉得有西班牙血统没有什么丢脸的，况且这都是很早以前的事情了，听说那个西班牙女人品行端正，受人尊敬。"

2 丽贝卡的亲戚们

　　那一年，米兰达十八岁、简十二岁、奥蕾莉亚八岁，姐妹三个开始参与村子里的各种社交活动，也就是从那时候起，人们就叫她们索亚姐妹。利维保罗人的思维和语言一旦养成习惯，就很难改变，他们无论如何都不愿意放弃自己近百年来养成的任何习惯。因此，尽管故事开始时，米兰达和简已经五六十岁了，利维保罗人仍然把她们叫做索亚姐妹。她们两个一直都没有结婚，只有最小的奥蕾莉亚结了婚——她把自己的婚姻称作是浪漫的婚姻，而她的姐姐们则把这桩婚姻看做是一大桩赔本的买卖。"这种婚姻比终老不嫁更糟糕。"她们总是这么说，至于她们心里是否也这么想，那就是另外一回事了。

　　奥蕾莉亚婚姻中最主要的浪漫因素来源于她的丈夫洛伦佐·德·麦迪西·兰德尔。洛伦佐·德·麦迪西·兰德尔先生有一颗高雅的心灵，这可不是用来从事耕作或者进行贸易的，他热衷于诗歌的学习和创作。他在邻近五六个镇上的唱诗班里教授音乐（唱诗班是那时候乡村生活的一大特色），他会拉小提琴，是乡村舞会的总指挥，周末做礼拜的时候，他可以用教堂的脚踏风琴奏出美妙的乐曲。每当年轻的小伙子们到了社交的年龄时，他总是耐心地教他们错综复杂的乡村队列舞，或者教他们苏格兰漫步圆舞和玛祖卡舞。尽管镇务会上没有他的身影，男人们在店铺门前、小酒馆或者小桥上聚会时也不会邀请他参加，可是，在除此之外的所有社交场合里，他都是一颗耀眼的明星。

　　与村里别的男人们相比，他的头发有点长，他的双手有点白，他脚上的鞋子有点瘦；与他朴素无华的同伴们相比，他的行为举止精致优雅；的确，他的生活中唯一不闪光的地方就是没有赚到足够的钱来维持生计。所幸的是，他没有多少家庭负担，他的父亲和他的双胞胎哥哥在他孩提时就已经去世了。他母亲一生唯一的成就就是给自己的双胞胎儿子取了非常有学问名字：马奎斯·德·拉法叶特·兰德尔和洛伦佐·德·麦迪西·兰德尔（老大名字的首写字母为 M. D. L.，老二名字的首写字母为 L. D. M.，两个人名字的首写字母刚好一样，而顺序又刚好相反）。这位母亲自谋生路，靠给别人做衣服供孩子上学，直到去世。她常常满脸愁容，忧伤地说："恐怕我的两个双胞胎儿子的才能太对立了，L. D. M. 天资太聪明，所以不切实际；可是如果我的 M. D. L. 活着的话，他一定是个脚踏实地的人。"

　　"你的儿子 L. D. M. 也很实际啊，他娶了镇上最富有的女孩做太太，"罗宾逊太太回应道。

　　"是啊，"这位母亲叹口气说，"我又要唠叨了，如果两个双胞胎都能娶到奥蕾莉亚·索亚就好了。L. D. M. 天资聪明，可以得到奥蕾莉亚的钱财，而 M. D. L. 脚踏实地，可以守住这份家业。"

奥蕾莉亚继承了一份微薄的索亚家族的产业，可是这产业已经被她英俊潇洒，但却霉运不断的丈夫洛伦佐·德·麦迪西一点点花光了。每生一个儿子或女儿，他都要做一次优雅而富有诗意的投资，以此来为他们的降生而祝福。"奥蕾莉亚，这是给我们孩子的一份礼物，"他总是这么说，"一点点用于将来的'留窝蛋'（即储备金）。"有一次，他又说起了这句话，奥蕾莉亚沉思片刻，悲伤地慨叹说："连母鸡都没有了，'留窝蛋'又怎么能孵出小鸡呢？"

奥蕾莉亚嫁给洛伦佐·德·麦迪西·兰德尔后，米兰达和简就和妹妹家断绝了往来。这对不幸的夫妇花光了利维保罗及其周围的家产，只好不断地到处搬家，每次搬家携带的财物也越来越少，直到最后，他们来到汤普朗斯，决定在这里定居下来，听天由命。在这里，厄运仍然时时伴随着他们。两位未嫁独身的姐姐每年给奥蕾莉亚写两三封信，圣诞节到来时，她们会给孩子们寄去一些价钱不贵但却非常实用的礼物，但她们拒绝资助 L. D. M. 那个日益膨胀的家庭的日常开支。L. D. M. 的最后一次投资是在小米兰达出生前不久做出的（用姨妈的名字给这个孩子命名，就是希望姨妈能伸出援助之手，可惜，这个愿望落空了）。这次投资就是在距离汤普朗斯两英里的地方购买了一个农场。这一次，奥蕾莉亚亲自出马办理这件事，这个农场至少像个家的样子，也为一辈子潦倒落魄的洛伦佐提供了一个安息之地。农场是在米拉出生的那天买到的，洛伦佐也是在那一天离开人世的。

丽贝卡就是在这样一个听天由命的家庭里长大的。这是一个普通的家庭：有两三个孩子长相出众，其他人相貌平平；有三个孩子天资聪敏，两个孩子勤勉用功；还有两个孩子智力平平或者说是有点愚钝。丽贝卡继承了父亲的天赋，是父亲最聪明的弟子。她听完歌曲就会唱，舞蹈更是无师自通，虽然不识乐谱却能演奏脚踏风琴。她对于书本的痴迷主要继承了她的母亲。只要家里有本小说，这位母亲就无法安心扫地、做饭或者做缝纫。所幸的是，家里的书很少，否则的话，孩子们也许就得衣衫褴褛、食不果腹了。

但是，丽贝卡的身上还有一些别的品质，她的性格里面有一种不为人知的克制力和忍耐力，这是她的父母亲都不具备的能力。洛伦佐·德·麦迪西性格软弱、没有风骨，缺乏力量和勇气；而丽贝卡则性格刚烈、积极进取，她两岁时就显示出了自己的胆量，五岁时已经具备了不屈不挠的品质。兰德尔太太和汉娜都没有幽默感，而丽贝卡的幽默细胞似乎与生俱来，从会走路说话时起，她就展示了自己的幽默感。

然而，丽贝卡不可能只继承父亲和先祖的所有美德，而避开祖上的一切缺点。她缺少姐姐汉娜身上的耐心，也没有弟弟约翰那么有顽强的定力。有时，她任性固执，喜欢自由自在地做任何事情，因此，她常常没有耐心完成艰难的或者耗时长的任务。但是，无论孩子们有这样或者那样的优缺点，兰德尔农场给了他们足够的自由。孩子们在农场快乐地成长，他们干活、打闹，见到什么吃什么，在哪里累了就躺到哪里；他们互敬互爱、尊敬父母，日常生活中没有什么大喜大悲；每个人用自己的方式教育自己长大成人。

就是在这样的环境下，汉娜成了一个勤劳苦干、单调平凡、缺乏创见的人，因为她一直被外力左右着。而丽贝卡显然只需要一个个人的发展空间，和一种可以表达自我的语言，她的不断成长总是源于自己内部的力量。她身上的各种品质似乎都是与生俱来的，这些品质不需要日常的刺激，而是按照自己的意愿发展——朝着没有人可以预见的方向发展，连丽贝卡自己也无法预见。可以展示丽贝卡创造能力的机会是少之又少，她施展过自己才华的机会就是用玉米面包或者牛奶做材料来煎鸡蛋，看看会是什么样的结果；或者有时候把方妮的头发从中间分开，有时候又从右边分开，还有时候从左边分开；或者和别的孩子搞各种异想天开的恶作剧，有时候她还指导别的孩子扮演她从书里了解的历史人物或者虚构的人物。总的来说，丽贝卡是母亲和家人的开心果，但是她从来不是最重要的人物。虽然大家都认为她聪明伶俐，非常老成，但是没有人觉得她有任何过人之处。奥蕾莉亚曾经羡慕"天才"洛伦佐·德·麦迪西，可是拮据的生活和丈夫的早逝让她改变了观念。她如今更看重普通简单、能够维持日常生活的素质，而这些，坦率地讲，似乎是丽贝卡极度缺乏的素质。

如果说奥蕾莉亚还有空偏爱某个孩子的话，汉娜无疑是妈妈的宠儿。这位母亲不得不盘算如何用每月十五美元的收入来保证七个孩子穿衣吃饭，她几乎没有时间对自己的亲生骨肉区分偏袒，只是汉娜已经十四岁了，所以父亲去世后，她立刻就成了母亲的助手，帮助母亲处理家务活，分担母亲的烦恼。当奥蕾莉亚忙着打理谷仓、照看田地时，汉娜就负责料理家务。丽贝卡只能做些固定的家务，比如看管小弟弟妹妹不让他们伤着自己或别人，喂养家禽，运烧火的木柴，摘草莓，洗盘子等等。但是，母亲认为丽贝卡不负责任，因为她需要一个可以依靠的人（与"天才"洛伦佐在一起时，她从来没有享受过这种奢侈），她想依靠汉娜。而汉娜或多或少让她实现了愿望，这孩子有一张饱经风霜的脸，她精明能干，能自我克制，她行为端庄，值得信赖，也正是因为这个原因，她的姨妈们才写信邀请她去利维保罗和她们住在一起，享受她们优越的生活条件。

　　米兰达和简姨妈已经有好几年没有看见孩子们了，但是她们欣喜地记得，汉娜在那次聚会时一句话也没有说，这也正是她们邀请她过来做伴的主要原因。而丽贝卡给她们的印象却是截然不同。她先是给狗穿了约翰的衣服，让她给三个小孩洗漱然后过来吃饭，她把他们按到水龙头下面，接着又用力把他们的头发紧紧地拍打在头皮上，就这样，她带着他们湿漉漉、光闪闪地走到餐桌前，奥蕾莉亚为几个孩子的丑态深感羞愧。而丽贝卡自己的黑色刘海儿通常都是顺滑地压在额头上，但是，在这样的场合，她却把自己的头发梳成一种独一无二的——唾沫卷——用口水把刘海儿粘在两道眉毛之间。当然，这种古怪的发型只亮相了一会儿，就被汉娜发现了，她及时通报了母亲，奥蕾莉亚把丽贝卡赶到另一个房间，命令她赶快把那个怪异的发型去掉，弄得像个正派女孩子再出来。丽贝卡对这句话的理解似乎太狭隘了些，她在两分钟之内又设计了一种像虔诚的教徒般的发型，这种古板的发型让大家吃惊不小，当然也印象深刻。丽贝卡这些古怪的行为举止只是她紧张烦躁的一种体现，也是对米兰达·索亚小姐那种僵硬、冷漠、严厉的态度的一种反抗。两位喜欢安静的姨妈对丽贝卡的记忆至今仍然历历在目，所以，当她们收到奥蕾莉亚的信，得知汉娜最近几年都不能过来，而丽贝卡收拾收拾就可以上路了，两位姨妈惊得目瞪口呆。奥蕾莉亚还在信中说，感谢两位姐姐的邀请，相信正规的学校教育、教堂的感化以及索亚家庭的家教，无疑会"塑造好丽贝卡的"。

3　不同的心境

"我怎么不知道我能'塑造'孩子。"米兰达姨妈收起奥蕾莉亚的信，一边把信放在台灯桌子的抽屉里，一边说。"我当然希望奥蕾莉亚把我们要的孩子送来，但是，她好像想趁机把那个调皮鬼送来。"

"你记得我们在信里说，如果汉娜来不了的话，丽贝卡或者珍妮来也可以。"简打断米兰达说。

"我当然知道我们是这么写的，可是我们没有料到，结果真的会是这样。"米兰达姨妈嘟囔着说。

"三年前我们见到她时，她还很小，"简冒昧地说，"这么长时间，她会变好的。"

"也会变得更坏！"

"我们可以发发慈悲把她教育好，不是吗?"简怯怯地说。

"我可不知道什么慈悲不慈悲的事情，我只觉得她会是个大麻烦。如果她的妈妈到现在都没有把她教育好，她不可能到我们这里一下子就变好的。"

这种消沉压抑的心境一直笼罩着姐妹两个，直到丽贝卡到达砖房子的那一天。

"如果她来以后，还像以前那样到处添乱的话，我俩可就别指望有片刻的安生日子了。"米兰达姨妈一边把洗碗毛巾挂在侧门旁的伏牛花树丛上，一边叹着气说道。

"但是，不管有没有丽贝卡，我们都得打扫房间呀，"简反驳道，"我可没有看出来你是为了这个孩子才擦洗餐具、清洗衣物、烘烤面包的，我更不相信你会为了这孩子才把瓦特逊商店的存货都买光了。"

"你不了解奥蕾莉亚，我可了解她，"米兰达姨妈解释道，"我看见过她的屋子，我看见过那一大帮孩子，他们之间你穿我的衣服，我穿你的衣服，根本就不管是不是穿反了。我知道他们是怎么过日子的，我也知道他们是怎么穿衣打扮的，你也应该知道的。这孩子还没来，我就知道，她肯定凑合着穿着其他兄弟姐妹的衣服。她可能穿着汉娜的鞋子、约翰的衬衫，也可能穿着马克的袜子。我料定她从来就没有戴过顶针，不过，她一来这里我就会让她体会体会的。我已经专门为她买了一块原色的细棉布，还有一块棕色的洋布，这些可够她忙的了。当然，她不可能无师自通，她很可能都没见过防尘长外衣是什么样子呢。要把她训练得能融入我们的生活方式可真是不容易啊，她真像是个没有开化的野蛮人。"

"她肯定与我们不同，"简承认说，"但是，也许她比我们想象得更顺从、更听话呢。"

"不管她顺从不顺从，我们说的话她得当回事。"米兰达姨妈甩了甩最后一块毛巾，总结道。

米兰达·索亚当然是个有心的人，但是她的心除了制造血液、保持血液循环以外，就从来没有派上过别的用场。她为人公正、尽职尽责、朴素节约、勤勤恳恳；她定期去教堂和主日学校，而且还是州传教士协会和圣经社团的会员。但是，在米兰达姨妈这些令人敬畏的美德中，缺少了一点温情的瑕疵。有了这点瑕疵，旁人才会觉得她是个活生生的人。可惜，大家似乎还没有在她身上发现什么可爱的缺点。她只在附近的村立学校上了点学，就再也没有接受过什么教育，因为她的全部心思都倾注在整理房间、管理农场和料理奶牛场上。而简和奥蕾莉亚都上过专科院校，还上过女子寄宿学校。正因为如此，虽然这么多年过去了，大姐和两个妹妹在言谈举止上仍有些差异。

简的一颗心无疑经历过痛苦的煎熬，这种痛苦不是失去年迈的双亲的那种人之常情，因为当时她是看着他们寿终正寝的，这是一种痛彻心扉的忧伤。当年，她曾经与年轻的汤姆·卡特订婚，那时的汤姆虽然一文不名，可是简相信他将来会有成就，相信他值得自己以身相许。不久，南北战争爆发了。汤姆在第一时间应征入伍。在那之前，简对汤姆的爱是宁静的、友好的，她对自己的祖国也怀着这种温和的热爱。然而，战争、危险、焦虑在人们心中注入了新的情感。生活不再仅仅是一日三餐，不再是日复一日的烹饪做饭、洗洗刷刷、缝缝补补，不再是定期去教堂做礼拜了。村民们的话题也不再是个人之间的闲言碎语了。国家大事取代了这些琐碎小事——到处都是母亲和妻子庄严的忧伤，到处都是父亲和丈夫无奈的悲痛，到处可见自我献身的人们，大家怀着一片同情之心，渴望承担彼此的责任。在那些国难当头的日子里，男人和女人都迅速地成长起来。简这时候也从自己懵懵懂懂的梦中惊醒了，她的生活充满了新的希望、新的恐惧和新的目标。这一年是在焦虑中度过的，这一年里，人们看报纸的时候，总是胆战心惊、诚惶诚恐。终于有一天，简收到一份电报，电报说汤姆在前线受伤了，她顾不上向姐姐告别就收拾好行李出发去了南方。她及时赶到，在汤姆最痛苦的时候握住了他的手，给了他一颗燃烧着爱情与悲伤之火的新英格兰女孩的纯洁的心。她把他拥入怀中，好让他有一个最终的安息之处，一切就这样结束了——但是，这一切的一切，对于简，已经足够了。

为了牺牲的汤姆，简又在前线不知疲倦地当了几年护工，照顾其他受伤的战士。再回到家乡时，她已经变得更加成熟了；虽然，这之后的几十年里，她从来没有离开过利维保罗，慢慢地变得形容瘦削、无所事事，像她姐姐和其他新英格兰未嫁老处女一样。但是，这其实只是一个假象。在她平静的外表下，时时回响着一颗温情的心，一颗少女时代曾经跳动过的心。这颗可怜的、忠诚的心虽然经历过挫败，也体会过挚爱与煎熬，可它却仍然不懈地跳动着，尽管它只能活在记忆里，所有的多愁善感也只能在私下流露。

"你太软弱了，简，"米兰达曾经对她说，"你以前就很软弱，你将来也一定是这样的。要不是我把你变得这么坚强，你早就被风吹到门外去了。"

这时，已经过了科博先生和驿车到达村子的时间。

"驿车应该来了，"米兰达一边说着，一边紧张地望着墙上的大钟，这已经是她第十二次看钟了，"我想我已经把一切都准备好了。我在她的脸盆架上搭了两条厚毛巾，在她的水瓶下面放了防滑垫；可是，小孩子总是会糟蹋家具的。丽贝卡在这儿住上一年以后，我可能就认不出这个家了。"

米兰达姨妈忧心忡忡、神情黯淡，似乎要大难临头了，受其影响，简姨妈的情绪也很低落，而且还略带担忧。在丽贝卡来砖房子这件事情上，姐妹俩唯一的区别就是米兰达姨妈担心的是她们将如何忍受丽贝卡的恶习，而简姨妈则不敢设想丽贝卡将如何忍受苛刻的米兰达。正是出于这样的担心，简从后楼梯上楼拿来了一个花瓶，里面插上苹果花，又拿了一个红色的西红柿形状的针垫，放在丽贝卡的房间，让初来乍到的孩子感到一点温暖。

驿车停在了砖房子的侧门，科博先生扶着像个真正的女士的丽贝卡走下车。她小心翼翼地走下车，把那束有些凋谢的花送到米兰达姨妈手里，接受了姨妈的亲吻；姨妈的亲吻毫无表情，只能算是一个礼节罢了。

"你用不着这么麻烦地带花儿过来，"这位优雅得体的女士说，"到季节时，我们的院子里到处都是这样的花儿。"

这时候简也过来亲吻了丽贝卡，她的亲吻比姐姐真诚多了。"杰里米亚，把箱子放到门廊吧，下午我们再把它搬到楼上。"她吩咐道。

"如果你们需要的话,我帮你们把箱子搬上去。"

"不用了,别耽误你赶车。下午肯定有人从门口路过的,我们让他们帮忙就可以了。"

"那好吧,再见,丽贝卡;再见,米兰达、简。你们家有个活泼可爱的小女孩儿了。我觉得她是个一流的好伙伴。"

听到科博先生用"活泼可爱"来形容这个孩子,米兰达姨妈不禁打了个寒战;在她看来,孩子们到处乱跑,还可以容忍;如果到处乱喊,她是不能忍受的。"我和简一点也受不了吵闹。"她不悦地说道。

科博先生意识到自己说错话了,但是他不习惯振振有词地为自己辩解,于是就驱车走了。一路上,他一直在想,不知道有哪个比"活泼可爱"更准确的词可以形容那个可爱有趣的小乘客了。

"我带你上楼去看看你的房间,丽贝卡,"米兰达小姐说。"每次进门要把身后的纱门关紧,免得苍蝇飞进来。尽管现在还没有苍蝇蚊子,可是我想让你一开始就养成这个好习惯。把你的行李随身带着吧,免得你再下楼去取。以后要多动脑子少跑路。把你的鞋子在门口的那块小织毯上蹭一蹭,把帽子和披肩挂在门口的架子上。"

"这可是我最好的帽子。"丽贝卡说。

"那就把它带上楼来,放到衣柜里。我可没想到你坐驿车会戴最好的帽子。"

"这是我唯一的帽子，"丽贝卡解释道，"我平常戴的那顶帽子太旧了，不适合带来，就留给方妮去戴了。"

"把你的遮阳伞放到门口的壁橱里。"

"您不介意我把它带到我的房间里吧？我觉得那样会更安全些。"

"这附近没有小偷，即使有，我想他们也不会特意来偷你的遮阳伞，那你就把它带上来吧。记住，要从后楼梯上下楼，我们通常不走前楼梯，怕把地毯弄脏了。拐角的地方要注意，别碰到脚。靠着右手走进门。上去洗洗脸、洗洗手，再把你的头发梳整齐，然后再下来。过一会儿我们就整理你的箱子，晚饭前把你安顿好。你有没有带从背后系扣子的衣服？"

丽贝卡低下头，看着自己小小的胸前那一排熏黑了的珍珠纽扣，说，"从背后系扣子的衣服？哦，我明白了！我没有这样的衣服，不过没关系。如果七个孩子，你不可能总是帮他们又系扣子又解扣子——这些活儿得他们自己干。我们家的孩子都是自己系扣子，所以扣子都在前面。米拉只有三岁，但是她也会自己系前面的扣子。"

米兰达姨妈关上门，什么也没有说，但是，她那张冷若冰霜的脸比任何责怪的语言都更有说服力。

丽贝卡一动不动地站在屋子中央，仔细打量着四周的一切。屋子里每一件家具前面都铺着一块方形的油布，那张单人四脚床旁边还放着一块内置的小地毯，床上铺着缀有流苏的白色凸纹布床罩。

屋子里的一切都整整齐齐，只是天花板高得出奇，丽贝卡有点不习惯。这是一间朝北的屋子，那扇又长又窄的窗子正对着后面的屋子和谷仓。

不是因为屋子的原因，这屋子比丽贝卡农场家的屋子舒适多了，也不是因为看不见风景，更不是因为长途的旅行，因为她从来不会因此疲倦。当然也不是因为害怕陌生的环境，因为她最喜欢新环境给她带来的新感觉。这是一种难以名状的情绪，它驱使丽贝卡把心爱的遮阳伞放在屋角，摘下她那顶最好的帽子，狠狠地扔出去，插有豪猪刚毛的帽檐重重地落在衣柜上。她又一把揭掉床罩，躺倒在床中间，用床罩把自己的头蒙上。

没过多久，门轻轻地打开了。在利维保罗，人们不知道还有敲门这种高雅的动作，即使她们听说过要敲门，那也不必为一个孩子浪费这种修养。

米兰达小姐走了进来，她的双眼在空旷的房间里四处搜索，终于落在了这片凌乱的白色床罩上，这床罩看上去像是高低起伏的白色大海。

"丽贝卡!"

这句话的语调高得像是从屋顶上喊出来的。

一个头发蓬松的黑脑袋和一双惶恐的眼睛从白色凸纹布床罩下面露了出来。

"大白天你躺在这么干净的床上干什么？你瞧，到处都是散落的豪猪刚毛，你的脏靴子把枕头也弄脏了!"

丽贝卡内疚地站了起来。似乎没有什么借口。她的冒犯行为是无法通过解释或道歉来弥补的。

"对不起，米兰达姨妈——有种感情笼罩在我的心头，我不知道是怎么回事。"

"是吗？如果这种感情下次再来迫使你做自己不该做的事情，我们就一定要把这种东西找出来。现在，你立即把床收拾整齐，因为阿毕加·弗莱格马上要把你的箱子搬上来了，我可不想让他看见这么乱糟糟的屋子。否则，他会把这事传遍全镇的。"

当天晚上，科博先生把马拴到马厩里，然后来到后门廊，搬了把椅子，坐在妻子旁边。

"妈妈，[①] 我今天从美坡伍德带了一个兰德尔家的小女孩。她是索亚姐妹家的亲戚，要来和姨妈们一起住，"他一坐下来就讲起了今天的见闻，"那女孩是奥蕾莉亚的女儿，就是那个和苏珊·兰德尔的儿子一起从索亚家逃走的奥蕾莉亚。这都是我们搬到这里来之前发生的事情。"

"多大的孩子啊？"

"大概有十岁左右吧，不过比她的实际年龄看上去要小些。可是，我的天哪！如果你听她讲话，你会觉得她有一百岁啦！我被她的问题弄得抓耳挠腮！在我遇到的所有古怪精灵的小孩中，她算是最古怪的了。她算不上漂亮——她的眼睛占了一大

---

① 科博先生把自己太太称作'妈妈'的原因，下文有解释——译者

半儿脸；不过等她长大了，眼睛就不会显得那么大了，她长大一定会与众不同的。天哪，我真希望你听过她讲话。"

"我不明白像她那么大的孩子，能和陌生人说些什么。"科博太太说道。

"对于她来说，陌生人与熟人没有什么区别。她可能对着跳舞鞋说话，也可能对着磨盘说话，还可能对着胡桃说话，她哪怕对着自己说话也绝不会坐在那儿发呆。"

"那她都说了些什么？"

"我一点也重复不了她的话。她太让我吃惊了，我的脑子都被她弄懵了。她带了一把粉色的遮阳伞——看上去像是娃娃伞，她一刻不离地带着那把伞。太阳太晒了，我劝她把伞撑开。可是，她说不行，那样伞就会褪色，她还用裙子把伞遮盖起来。'它是我最心爱的东西，'她说，'只是照顾它确实很费事。'这是她的原话，我就只能记住这些了。'它是我最心爱的东西，只是照顾它确实很费事！'"科博先生重复着丽贝卡的这句话，大声地笑了起来，身后的椅子摇晃着斜靠在墙上。"还有另外一件事情，我记不清楚她是怎么说的。她向我说起了马戏团游行的时候，花车里有一个放蛇的箱子，箱子旁有一个漂亮的舞蛇女郎。她说，'她太漂亮了，没有人能比得上她，如果你看到她，你一定会喉咙哽塞，不住地咽唾沫。'以后她会过来看你的，妈妈，到时候你可以自己来了解她了。我真不知道她该怎么和米兰达·索亚相处——可怜的小精灵。"

整个利维保罗的人也几乎公开地表达了这样的疑问，不过，对于这件事情，有两种不同的观点；一种观点认为，索亚姐妹能够把奥蕾莉亚的一个孩子接过来供她上学，已经是非常慷慨大方了，另一种观点则认为，这种教育要付出与本身价值不成比例的代价。

丽贝卡刚到姨妈家写给母亲的信似乎表明她的处境与后一种观点不谋而合。

4 丽贝卡的见解

　　亲爱的妈妈，我已经安全到达。我的裙子没怎么弄皱，简姨妈已经帮我熨平了。我非常喜欢科博先生。他喜欢嚼烟叶，还可以准确地把报纸扔到人家门前的垫子上。我到车厢外面和科博先生坐了一会儿，但是到姨妈家之前，我又坐回了车厢。其实我不想坐回车厢，可是我知道你希望我这样做。米兰达这个单词太长了，不好拼写，以后星期天写信，我还是简写为M. 姨妈和J. 姨妈吧。J. 姨妈送了一本字典给我，这样我就可以查到不会写的生词了。查字典写信要花很长的时间，好在人们说话的时候不用停下来拼写。说话比写字容易多了，而且也有趣得多。这幢砖房子和你给我描述的一模一样。客厅闪闪发光，非常漂亮，可是站在屋里看客厅，你会感到浑身发冷，毛骨悚然。这里的家具和所有的房间也都很优雅，可是除了厨房，到处都不适合人坐着。家里只养了一只猫，每当猫生小猫的时候，她们就把小猫扔掉，这只猫已经老得不能玩了。汉娜曾经告诉我说你和爸爸逃离了这幢房子，我觉得你做得对。如果哪天M. 姨妈逃离了这幢房子，我想我还是很愿意和J. 姨妈住在这里的。告诉马克，他可以用我的颜料盒，不过我希望他把那支红色的蜡笔留着，万一回家，我还要用它画画呢。我希望汉娜和约翰不要因为帮我干家务活而累坏了。

你亲爱的小朋友
丽贝卡

附言：请把这首诗送给约翰，因为他最喜欢我写的诗，尽管写得不怎么好。这首诗用词不怎么恰当，但它写的都是事实。希望妈妈不要介意诗里对砖房子的描写，因为你已经逃离这幢房子了。

这幢房子黑暗、沉闷而又死寂
远近都没有任何灯光
它就像一片墓地

生活在这里的我们
像六翼天使撒拉弗一样死气沉沉
却不像他有颗美好的心

我的守护天使已经沉睡
他不再为我守夜司晨
啊，我这个倒霉的人！

请让我回到我的孤独的农场

那里没有人想让我受伤

我亲爱的青年的故乡!

再附言：这首小诗是我仿照一本书里读过的诗写的，可是，一开始写得不太好。你看"墓地"和"美好的心"放在一起，不怎么押韵，但是我特别想用"墓地"这个词。而天使撒拉弗是心地善良的，我也不想把"美好的心"去掉。于是，我又重新修改了一下。下面的诗可能没有完全表达我的想法，但是显得更押韵，更工整些。把最好的这首诗给约翰吧，他会把它放进储蓄罐和他的"留窝蛋"一起珍藏的。

礼拜天随想

这幢房子黑暗、冷清，沉闷凄凉

或远或近，没有任何灯光

我们生活在这里，毫无生气

就像六翼天使撒拉弗一样

却没有天使心地善良

我的守护天使已经沉睡

他不再为我守夜，而是四处游荡

请让我回到我那孤独的农场
那里没有人会让我受伤
我亲爱的孩提时的故乡！

亲爱的妈妈，今天早上我特别不开心，这种感觉很像《医生的妻子考拉》里考拉的心情。考拉丈夫的妈妈对她使尽了坏心眼儿，M. 姨妈对我也是这样。我真希望来这里的是汉娜而不是我，因为她们原本邀请的就是她。汉娜比我优秀得多，而且她也不会像我这样喜欢还嘴。家里还有没有给我做暗黄色棉布裙子剩下的碎布料？J. 姨妈想把我的旧裙子改成从后面系扣子的，这样我就不会显得那么古怪了。利维保罗街道的台阶很漂亮，教堂里的台阶也比汤普朗斯教堂精美得多。

这座小镇宁静，欢快而又美好
到处都是不可多见的珍宝
而我却宁愿把头枕在胳膊上
想念我那甜美的溪边农场

这里的学校很好。和汤普朗斯的老师相比，这里的老师能解答我更多的疑问，不过他们也不能解答我所有的问题。在班上，除了一个女生，我是最聪明的。男生中有两个比我聪明。

艾玛·简可以像闪电一样快速算出加法和减法题，她把拼写本上的单词背得滚瓜烂熟，可是她没有什么思想。她虽然在第三阅读小组，可是，她不喜欢书里的故事。我被排在第六阅读小组，可是，因为我背不出乘法表，迪尔包恩小姐总是威胁我，说要把我和爱莉亚·辛普森、爱莉莎·辛普森两个双胞胎一起放到小孩子的学前班。

> 酸楚是我的心
>
> 受挫的是我倔犟的傲骨
>
> 竟然与爱莉亚和爱莉莎为伍
>
> 我的灵魂像考拉一样备受折磨
>
> 我担心自己会像她一样扛不住这样的生活

我下定决心要努力学习，争取得到单词拼写奖，但是我担心自己得不到。以前我并不在乎拼写的对错，但是我的诗句里的拼写错误让我难堪。上个礼拜天我在字典里查到了"撒拉弗"（seraphim）这个单词，我觉得很羞愧，因为我的第一首诗里的"撒拉弗"（serrafim）虽然读音一样，可是这个单词根本就不存在。① 迪尔包恩小姐告诉我们，写字的时候，最好用自己会拼写的单词，如果你不会拼写"撒拉弗"（seraphim），

---

① 英语读音中，ph与f发音是一样的，所以儿童很容易把单词中的ph错拼成f。——译者注

那就用"天使"（angel）来代替，可是，天使毕竟与撒拉弗不同。撒拉弗是六翼天使，他们比普通天使更聪明、更洁白，他们的翅膀更大，寿命也更长；而天使很快就会死去，死后他们要在天堂的宝座旁生活很长时间，然后才能变成六翼天使撒拉弗。

　　每天下午四点半以前我都要待在屋里缝制棕色的格子棉布裙。而这时候，艾玛·简和辛普森兄弟却在玩过家家，或者在踩小河里漂流的圆木，当然他们的妈妈不知道。妈妈们总是担心他们会淹死，而 J. 姨妈也怕我会弄湿裙子，所以也不许我去踩木头。我可以从下午四点半一直玩到晚饭时间，晚饭后还可以再玩一会儿，另外，每个星期六的下午我也可以玩儿。我很高兴我们家的母牛生了一头斑点小牛犊。今年的天气很好，是苹果生长的好年景，草应该也很好晒干，所以也不愁没有干草了。你和约翰一定很高兴，因为我们又可以多还些贷款了。迪尔包恩小姐问我们受教育的目的是什么，我回答说我受教育的目的就是帮助家里还清抵押贷款。她把这话告诉了 M. 姨妈，M. 姨妈说，抵押贷款是一件很不光彩的事情，就像偷窃和出天花一样丢脸，而且整个小镇很快就会知道我们家有贷款，因此她惩罚我多做了很多缝纫。艾玛·简家里没有贷款，理查德·卡特家里也没有，但是辛普森兄弟家里有。

　　　让我的灵魂苏醒，
　　　拉紧我的每一根神经

去清除那恼人的债务
赢得母亲诚挚的谢意
赢得家人们感激的亲情

读这首诗的时候注意，"家人们"要读得快一些，要不然会影响节奏。

你亲爱的小朋友
丽贝卡

亲爱的约翰，你还记得有一次，我们把一条陌生的狗拴在谷仓里，它是怎样咆哮着啃咬绳子吗？我现在和那条拴起来的狗一模一样。只不过困我的不是谷仓，而是这幢砖房子，而我又不能咬 M. 姨妈，因为我必须心存感激，毕竟这里的教育一定能把我塑造成才，这样，等我们长大了，我就可以帮助你还清抵押贷款了。

你忠诚的姐姐
贝基

5　明智的方法

　　丽贝卡到达利维保罗的那天是星期五。接下来一周的星期一，她就开始到位于利维保罗镇中心的学校去上学了。学校离索亚家只有一英里远。索亚小姐借了邻居家的马车，把丽贝卡送到学校。还带她见了老师——迪尔包恩小姐，又带着丽贝卡领了课本，大概地给她讲了些应该注意的事项。顺便说说迪尔包恩小姐，这位老师从来就没有为她的教学艺术做过任何准备。她是凭着感觉教书的，也许正是因为这个原因，她的家里人说，她，就像汤姆·图里弗的牧师，"教学方法千篇一律，她从来不明白教育的本质就是因材施教，因为即使是不同的动物，在相同的情况下，表现也会不同。"自然学家是这样描述海狸的："尽管海狸被关在伦敦的一个只有六级台阶高的房间里，可是它一直在忙忙碌碌地修建一个大坝，就好像它依然住在加拿大北部的湖泊里，所以必须要修建大坝。它的本能就是修建，至于周围有没有水，它是不是要产卵，这可不是它要考虑的问题。"迪尔包恩小姐就像那只海狸，她一相情愿凭着自己的想象在孩子们的头脑里修建着大坝。

从第二天起，丽贝卡就开始步行上学。她非常喜欢每天的这次户外活动。如果哪天露水不是很重，天气又很好，她就会穿过树林，走一条捷径。她从大路上下来，蹑手蹑脚地穿过乔什·伍德曼大叔门前的栅栏墙，给卡特太太家的母牛挥挥手，踏上牧场，这牧场上有一条被人踩出来的小路，小路穿过一个园子，园子里长满了毛茛菜、杂草和蕨菜，还有很多白叶树。然后，她爬下一个山坡，蹦蹦跳跳地踩着石子，穿过林中的一条小溪。惊醒了昏昏欲睡的青蛙，它们通常要等到太阳出来时才睁开眼睛。接着就到了树林里。她用脚轻踩着褐色松针铺成的滑溜溜的地毯，这满是露水的树林里充满了惊喜——枯死的树干上窜出了闪闪发光的蘑菇，有橘黄色的，也有深红色的，这些美丽的植物是一夜之间就长成的。她得小心行走，因为路上时不时会冒出一丛丛白色的印第安草，稍不注意，就会踩到这些神奇的植物身上。随后，她爬过一个梯磴，穿过一个铺满绿草的牧场，又溜过几个栅栏墙，就出来回到了大路上。这样走下来，她可以节省半英里的路程。

　　这段路途真是美妙无比！丽贝卡在快乐中学到了很多知识，她掌握了"青蛙语法"和"绿叶算术"。她右手提着午餐桶，里面装着两块涂了黄油和糖浆的苏打饼干，还有一块烤成杯子形状的蛋糕，一个甜甜圈，还有一张硬姜饼。丽贝卡为自己有这么丰盛的午餐感到无比的幸福，餐桶在她的右手上晃来晃去。有时候，她还会吟诵一些自己周末打算写给家人的"诗作"。

一个罗马士兵
弥留在阿尔及尔战场
身旁没有女人照料呵护
也没有女人为他流泪悲伤。

她是那么喜欢诗歌的节奏和伤感的情绪！每当吟诵其中重叠的诗句时，她稚嫩的声音会因激动而颤抖。

但是我们再也不会重逢
重逢在莱茵河畔美丽的家乡。

走在早晨清新的空气中，她会用自己饱含泪水的高音吟诵诗作，这声音在她耳畔回荡，她感到美妙极了。她还有另外一首最喜爱的"诗作"，（要知道，丽贝卡对于浩瀚的诗歌海洋的认知，仅仅限于学校阅读课本上的流行诗选）这首诗是这样写的：

樵夫，请放过那棵大树！
不许伤害它的一根枝条！
年少时它曾为我挡风遮雨
如今我要保护它的生命。

有时候，艾玛·简·帕金斯会和丽贝卡一起走树林中的捷径。这时候，两个孩子常常把上面那首诗用戏剧化的动作表演出来。艾玛·简总是选择扮演樵夫，因为樵夫什么事情都不做，只要高高举起想象中的斧子就行了。有一次，她试着扮演了那个浪漫的大树保护人，但是她觉得"太傻"了，所以再也不愿意演了。这让丽贝卡心中窃喜不已，因为丽贝卡觉得樵夫的角色太枯燥，不适合自己张扬的个性。她深深沉醉于这首激情四射的诗作，于是，她恳求残忍的樵夫举斧子时再狠一点，这样，她就能在读自己的台词时更有情绪。一天早晨，丽贝卡觉得比平时更激动，她竟然跪在地上，拽着樵夫的裙子痛哭起来。奇怪的是，刚刚表演完毕，她的平衡心理就促使她立即否定刚才的行为。

"不对，这样做真傻，艾玛·简。但是我知道应该把这种动作放到哪首诗里了——放到'给我三颗玉米粒'这首诗里最合适。你是那个妈妈，我是那个快要饿死的爱尔兰孩子。你把斧子放下来吧，现在你已经不是樵夫了！"

"那我的手该干什么呢？"艾玛·简问道。

"你想干什么就干什么，"丽贝卡无奈地回答道，"你是个妈妈——明白了吧。你自己的妈妈平时用手干什么？好了，开始了！"

> 妈妈，给我三颗玉米粒
> 只要三颗玉米粒
> 就可以救活我年幼的生命
> 直到明天黎明。

这样的表演总是让艾玛·简紧张不安，但她是丽贝卡忠实的追随者，她愿意被丽贝卡使来唤去，即使不舒服，也心甘情愿。

有时候，走到最后两个栅栏墙前面时，她们会碰到辛普森兄弟，他们住在一幢黑色房子里，房子后面有个红色的谷仓，这房子建在一条叫做蓝莓平原的路上。一开始，丽贝卡就对辛普森兄弟很感兴趣，因为他们家有这么多孩子，他们的衣服缝满了补丁，很像自己农场家的那些兄弟姐妹。

丽贝卡的新学校坐落在一个小山顶上，校舍小小的，顶上竖着一根旗杆，前面有两扇门，一扇供女孩子出入，另一扇供男孩子出入。校舍一边是起伏的田野和草场，另一边是一片松树林，远处有条小河，闪着银光，潺潺流动。校舍里面没有任何引人注目的地方。一切都很难看，校园里光秃秃的，教室里没有舒适的座椅，因为村民们把大部分钱都用在了重建大桥上，所以在学校建设上就不得不精打细算了。老师的讲桌和椅子放在教室角落的一个台子上；教室里有一个笨重的火炉，一年才派上一次用场；还有一张美国地图，两块黑板，一个装满水的锡桶，墙角的架子上还有一个长把子的舀子。教室还有学生用的木质桌椅。丽贝卡上学的时候，班上只有二十个学生。教室后排的座位比前排的高些，高年级学生和个子高的学生坐在那里，这可是令人羡慕的位置，因为这里离窗户很近，离老师很远。

学校虽然只有一间教室，却有各种各样的班级。教室里几乎每个学生都使用与其他同学不同的课本，大家在任何一个科目里也没有达到相同的水平。丽贝卡更是个很难划分级别的孩子，迪尔包恩小姐绞尽脑汁想了两个星期，终于放弃原来的划分计划。她让丽贝卡与迪克·卡特和利文·帕金斯一起上阅读课，他们两个的阅读水平已经达到了上高等学院的水平了；与口吃的小苏珊·辛普森一起上算术课；与艾玛·简一起上地理课。而课后，她得单独跟着迪尔包恩小姐学习语法。尽管她脑子里充满了奇思妙想，刚上学的时候她的作文写得很差。痛苦的书写和拼词，复杂的标点和大小写，与她头脑中自由表达的观点格格不入。丽贝卡和爱丽丝·罗宾逊一起上历史课，课程已经进入美国独立战争这段历史了，而丽贝卡不得不按要求从发现美洲大陆开始学起。一个星期后，她已经掌握了美国独立战争前的所有历史事件，十天以后她就学到了约克镇战争，如果这一部分学完了，历史课这学期的全部任务就结束了。这时候，丽贝卡发现自己额外努力的结果，竟然是要和辛普森家的老大一起学习背诵，于是她故意放慢速度。因为明智的人不会牺牲自己的快乐和安宁，与"跷跷板"辛普森为伍。塞缪尔·辛普森通常都被叫做"跷跷板"，因为他从来都拿不定主意。无论是什么问题，单词该怎么拼写，日子究竟是哪天，去游泳还是去钓鱼，在主日学校选一本书还是到村里的商店买一块糖，他总是刚刚作出一个决定，就立即反悔，改成相反的另一个决定。"跷跷板"脸色苍白，长着亚麻色的头发，蓝眼睛，圆肩膀，一遇到紧张的事情就结巴。也许正是由于他太缺乏主见，丽贝卡果敢的性格深深地迷住了他。虽然丽贝卡非常冷落他，他却依然无法把自己的眼光从她的身上移开。丽贝卡弯下腰系上松开的鞋带时的神情，她激动或者高兴时把黑辫子甩到肩膀上的神态，她学习时的样子——课本摊在桌上，胳膊交叉，双眼望着对面的墙壁——所有这一切都让"跷跷板"着迷。每当丽贝卡得到老师允许，走到墙角的水桶边，用舀子喝水时，一股无名的力量会促使"跷跷板"离开自己的座位，跟着她也来喝水。"跷跷板"这样做，不仅仅是因为在她后面喝水近似于一种与她的亲密接触，更是因为他可以在交接舀子时与她面对面，还可以遇到她那双美丽的眼睛里发出的冷冷的、高傲的一瞥，这些都让"跷跷板"又怯又喜。

夏日的一天，天气很热。丽贝卡口渴难耐。当她第三次举手要求喝水解渴时，迪尔包恩小姐虽然点头同意了，可是当丽贝卡走近她的讲桌时，她不悦地皱起了眉头。丽贝卡喝完水，刚把舀子放下来，"跷跷板"立即就举起了手，这时候，迪尔包恩小姐终于不耐烦了。

"丽贝卡，你到底怎么啦?"她问道。

"我早上吃了咸鲭鱼。"丽贝卡回答说。

这个回答只是讲述了一个实际情况，本来没有什么可笑之处，可是整个教室竟然都笑了起来。迪尔包恩小姐从来不理解笑话，不喜欢听，更不喜欢说，于是，她的脸涨得通红。

"你最好在水桶旁边站五分钟，丽贝卡，这样有助于你控制自己的口渴。"

丽贝卡的心在颤抖。要她当着全班同学的面站在墙角的水桶边！她下意识地做了一个生气反抗的动作，朝自己的座位走了一步，却被迪尔包恩小姐更严厉的声音吓得收住了脚步。

"站在水桶旁边，丽贝卡！塞缪尔，你今天举了几次手要求喝水？"

"这是第四——四——四次。"

"不许再碰水舀子了。今天上学你除了喝水，什么事情也没做，你哪里有时间学习啊！你是不是今天早上也吃了什么咸东西了，塞缪尔？"迪尔包恩小姐讥讽地问道。

"我也吃了咸——咸——咸鲭鱼，和丽——丽——丽贝卡一样。"（整个教室又一次哄堂大笑起来。）

"我看也是，站在水桶另一边，塞缪尔。"

满怀着羞愧和愤怒，丽贝卡深深地低下了头。生活太让人沮丧，她无法承受。迪尔包恩小姐的惩罚已经够丢脸了，和"跷跷板"站在一起更是无法忍受。

下午的最后一件事情是唱歌，米妮·斯麦利选了一首《我们是否要在河边见面？》这是一个恶意的选择，似乎其中隐含着一个秘密，这秘密与下午发生的事情有着微妙的联系；而全班同学似乎也感到了其中隐晦的含义，于是用异常旺盛的精力一遍又一遍地吼出了最后的合唱：

> 我们是否要在河边见面，
> 在美丽，美丽的小河边？

迪尔包恩小姐偷偷看了一眼耷拉着脑袋的丽贝卡。她吓了一跳。这孩子脸色苍白，只有脸颊上有两个红点。她的睫毛上挂满了泪珠，呼吸急促，攥着手帕的手像风中的树叶一样不住地颤抖着。

　　"你可以回到自己的座位上了，丽贝卡，"唱完第一首歌后，迪尔包恩小姐说。"塞缪尔，你在原处一直站到放学为止。同学们，我让丽贝卡站在水桶边只是想让大家不要养成不断喝水的坏习惯，不断喝水就是心不在焉，想在地板上走来走去罢了。今天丽贝卡每喝一次水，整个班上的同学就一个跟着一个去喝水。她的确是口渴了，所以我说，我不应当惩罚她，我应当惩罚你们这些效仿她的人。下面该唱什么歌了，爱丽丝？"

　　"是《古老的橡木水桶》。"爱丽丝回答。

　　"唱点'干燥'的歌吧，爱丽丝，换个话题，别老是绕着'水'唱。对了，唱'星条旗'怎么样，唱点儿别的也可以。"

　　丽贝卡重重地坐到自己的座位上，从书桌里抽出音乐课本，迪尔包恩小姐当众做的解释减轻了她内心的重压，使她重新找回了一些自尊。

　　唱歌缓和了教室的气氛，同学们趁机向丽贝卡表达了他们的同情。利文·帕金斯虽然不会唱歌，可是他有自己的安慰方式。当他上黑板画缅因州地图经过丽贝卡的座位时，他把一块枫糖轻轻放在她的腿上。爱丽丝·罗宾逊把一支全新的石板铅笔放到地板上，然后用脚滚到丽贝卡的脚边。而丽贝卡的同桌，艾玛·简做了一堆小纸球，在纸球上写了"这是对付那个讨厌鬼的子弹"。

同学们的这些安慰使丽贝卡的心情越发轻松了，等到最后，当她像往常一样留下来单独和老师学习语法时，她几乎已经完全恢复了往日的镇定，而迪尔包恩小姐此时的心情反倒比丽贝卡还忐忑呢。"跷跷板"是在班上其他同学都离开教室后才走的，他回头望了一眼丽贝卡，眼里充满了忏悔，四目相对时，他看到的是丽贝卡冷漠的蔑视。

"丽贝卡，今天我对你的惩罚太重了，其实我没想到会那样。"迪尔包恩小姐对丽贝卡说。其实迪尔包恩小姐也只有十八岁，在她短暂的乡村教学生涯中，还从来没有遇到过像丽贝卡这样的孩子。

"今天一整天，你的所有提问我都没有错过，也没有和同学说悄悄话，"这个小"犯人"用颤抖的声音说，"我觉得我不应该因为喝水就受到惩罚。"

"可是你带动了其他同学，至少事实就是这样。无论你干什么，他们就会跟着干什么，你笑，他们就笑；你走神，他们也走神；你写纸条、请假出去、要求喝水，他们全都跟着模仿。我必须得制止这种行为。"

"塞缪尔·辛普森就是个跟屁虫！"丽贝卡咆哮着说，"我一个人站在墙角倒没什么，至少没有那么难过。可是，我无法容忍和那个家伙站在一起。"

"我看出你的心思了，所以我就叫你先回到座位上去，让他还站在那里。你要记住，你是班上的新成员，他们都很注意你的一举一动，所以你必须小心行事。好了，我们开始学习动词变化吧。你把动词'是……的'变成可能语气形式，用过去完成时态表达。"

"我可能已经是——你可能已经是——他可能已经是——我们可能已经是——你们可能已经是——他们可能已经是……"

"举个例子吧。"

"我可能已经是高兴的——你可能已经是高兴的——他，她，它可能已经是高兴的——"

"'他'和'她'可能已经是高兴的，这可以，因为他们是阳性和阴性，可是'它'能是高兴的吗？"迪尔包恩小姐一边摆弄着自己的头发，一边问道。

"'它'为什么不能？"丽贝卡问道。

"因为'它'是中性词。"

"难道我们不可以说，'如果小猫知道自己不会被主人溺死，它们可能已经（是）很高兴了'？"

"可——可以吧，"迪尔包恩小姐犹犹豫豫地回答说，面对丽贝卡的提问，她自己也不是很确定了，"虽然我们常常用'它'来指代婴儿、小鸡、或者小猫，其实它们都是有性别的，并不是中性的。"

丽贝卡沉思了很长一段时间，然后又问，"蜀葵是中性的吗？"

"蜀葵当然是中性了，丽贝卡。"

"那么，我们可不可以说，'遇到雨天，蜀葵可能已经（是）很高兴了。可是，一棵刚刚从蜀葵茎里长出来的嫩芽经不起暴风雨的摧残；老蜀葵也很担忧，他不是真正的高兴'？"

迪尔包恩小姐满脸疑惑地回答道，"当然不行，丽贝卡，蜀葵是不会真正有内疚、高兴或者担心这样的情绪的。"

"我想那是因为我们看不出来罢了，"丽贝卡说，"可是我觉得它们应该有。下面我该学什么？"

"虚拟语气，你把'知道'变成虚拟语气形式，用过去完成时态表达。"

"如果我早知道——如果你早知道——如果他早知道——如果我们早知道——如果你们早知道——如果他们早知道……哎，这真是最伤感的语气了，"丽贝卡叹了一口气说，"每句话里都是'如果'！让人觉得如果他们早知道，事情就不会那么糟！"

迪尔包恩小姐以前从来没有想过这些，可是沉思片刻后，她也觉得虚拟语气的确是"伤感"的语气，而"如果"是很遗憾的一种修辞。

"再用虚拟语气造几个句子，丽贝卡，这样今天下午的课就可以结束了。"

"如果我不是那么喜欢吃咸鲱鱼的话，我就不会那么口渴。"丽贝卡脸上挂着淘气的微笑，一边说，一边合上了语法书，"如果你是真心喜爱我的话，你就不会让我站在墙角里。如果塞缪尔不是那么那么讨厌的话，他就不会跟着我去喝水。"

"如果丽贝卡非常遵守学校的纪律的话，她就应该控制自己的行为。"迪尔包恩小姐用这句话结束了今天的语法课，她亲了亲丽贝卡，两个人友好地告别回家了。

6 黑暗中的一缕阳光

　　虽然有欢乐也有泪水，学校生活对于丽贝卡来说是个极大的安慰，这里的书本和新结识的同学让她快乐充实，否则，她在利维保罗的第一个夏天，一定是痛苦难熬的。她想尽办法去喜欢米兰达姨妈（她想要爱米兰达姨妈的念头在第一次见面时就已经打消了），可是她的努力都失败了。她是一个有缺点、好激动的普通孩子，她不想成为家里的小天使。可是她有强烈的责任心，而且一心向善——她想成为一个正派体面、端庄大方的孩子。每当自己达不到这个标准时，她都会伤感难过。她不喜欢生活在米兰达姨妈家的屋檐下，吃姨妈家的饭，穿姨妈买的衣服，用姨妈买的课本。她心里一点儿也不喜欢姨妈。她自己知道这样想是卑鄙龌龊的，所以，每当内心感到强烈的懊悔时，她就想尽办法去讨好这位冷酷严厉的姨妈。可是，她一见到米兰达姨妈就浑身不自在，她的讨好又怎么能够成功呢？米兰达姨妈那双看透一切的眼光、尖厉的声音、关节肿大的手指、薄薄的嘴唇、长时间的沉默不语、还有那片和她的头发不般配的刘海儿、头发上那个明显的中缝，像是用亚麻线缝在渔网上似的——米兰达姨妈的这些特点没有一样让丽贝卡喜欢。的确，有些狭隘、专制、缺乏想象力的老人似乎能把孩子们身上最淘气、甚至最恶劣的特点激发出来。如果米兰达姨妈住在一个人口聚居的地方，她一定会把门铃拽掉，大门紧闭，或者在花园的路上挖几个泥坑。辛普森家的双胞胎就特别害怕米兰达姨妈，即使简手里拿着小姜饼，招呼他们到侧门来吃，他们也不敢过来。

　　无疑，丽贝卡的一举一动都让米兰达姨妈恼怒。她总是忘记姨妈的叮咛，抄近路从前面楼梯走上自己房间；她总是把喝水的舀子放到厨房的架子上，而不是照姨妈说的挂在水桶旁；她总是坐在猫最喜欢坐的那张椅子上；她特别喜欢帮姨妈跑腿，可是总是忘了自己应该去干什么；她总是忘了把纱门关紧，苍蝇趁机就飞进了房间；她的嘴巴总是一刻不停；搬运烧火木柴的时候，她总是唱歌或者吹口哨；她总是把花儿弄得乱七八糟，要么插到花瓶里，要么别在裙子上，要么插在帽子上；最后，也是最重要的，她总是让米兰达姨妈想起她那个愚蠢无用的父亲，他凭借英俊的外表和优雅的举止欺骗了奥蕾莉亚，如果人们了解真相的话，就知道他也欺骗了另一个人。兰德尔一家是外地人。他们不是利维保罗本地人，甚至都不是约克镇的本地人。很多生活在她们这个神圣地区的人都不是本地人，按照常理，米兰达姨妈应该接受这个事实。可是，她对这些外地人抱有成见，而且是很不好的成见。如果汉娜来这里就好了——汉娜继承了母亲的一半，她是个"纯种的索亚人"。（可怜的汉娜！这是事实！）汉娜从不主动说话，除非别人问她，她不会像丽贝卡那样从头说到尾；她虽然只有十四岁，却是个虔诚的教徒；汉娜喜欢缝缝补补；汉娜已经具备了，或者将来会具备所有这些细小的美德；她可不像眼前这个长着一头黑发、眼睛大得像车轮的吉卜赛姑娘——可惜，家里来的竟然是她。

对于丽贝卡来说，简姨妈就是黑暗中的一缕阳光。在初来乍到的几个星期里，简姨妈安详的话语、宽容的眼神、为她时时准备好的合理借口都给了丽贝卡莫大的安慰与鼓舞，也帮助这个爱冲动的孩子适应了"砖房子"里的新生活。她不断努力改变自己去适应这些新的、难以做到的行为规范，终于，她做到了，而她也因此比同龄人成熟了许多。

通常，丽贝卡挨着简姨妈坐在厨房里做缝纫，而米兰达姨妈则常常坐在起居室的窗前，眺望窗外。有时候，她们会在侧面门廊里干活，那里的铁线莲和忍冬藤可以遮挡炎热的太阳。对于丽贝卡来说，棕色方格花棉布的长度似乎是没有尽头的。缝纫对她而言实在是个艰苦的工作。她一会儿把线折断了，一会儿又把顶针掉进了丁香树丛中，一会儿又把自己的手指头扎到了，一会儿又要擦额头上的汗水，她总是把两块布的接头处搞错，缝合线歪歪扭扭。她把缝衣针用砂石磨了又磨，可它们还是不听使唤，依旧吱吱作响。耐心的简姨妈给了她很多帮助，还教了她许多手指小技巧。丽贝卡的双手摆弄起铅笔、绘画笔和钢笔时特别灵活自如，可是，做起针线活，这双手却是笨拙无比。

第一件棕色方格花布罩衣终于缝好了。丽贝卡瞅准一个自认为很合适的时机，询问米兰达姨妈下一件可不可以换一块其他颜色的布。

"我买了一整块棕色布，"米兰达姨妈简洁地回答道，"这些布足足可以给你再缝两条裙子，还可以多缝几条袖子，等以后袖子磨破了可以替换。这样很节约。"

"我知道。可是瓦特逊先生说他可以收回一些棕色布料，让我们用同样的价钱换些粉色或者蓝色的布料。"

"你问过他了？"

"是的，姨妈。"

"你真是多管闲事。"

"我当时在帮助艾玛·简挑选围裙，我还以为你不会介意我挑什么颜色。粉色和棕色一样，又耐脏又好看，而且瓦特逊先生说，粉色用热水洗都不会褪色。"

"我看，瓦特逊先生对洗衣服还挺有研究的。可是我不赞成孩子们穿得太鲜亮，我再去问问简姨妈，看她怎么想的。"

"我觉得给丽贝卡缝一条粉色和蓝色方格衣服挺好的，"简说，"每天缝同样颜色的布料，孩子会厌烦的。她想要换个颜色，这是很自然的。另外，如果她每天都穿着棕色衣服，上面围着白围裙，看上去就像是孤儿院的孩子，这可太不符合她的身份了！"

"要我说：'品德美才算是美'，丽贝卡当然不应该为自己的外表而伤感，我们也没有必要去迎合她的想法。我觉得她现在已经自负得像孔雀了，尽管她还没有什么骄傲的理由。"

"她年龄小，喜欢鲜艳的颜色——就这么简单。我记得自己这么大的时候也是这样的。"

"你像她这么大的时候，就是个十足的傻瓜，简。"

"是的，我是个傻瓜，感谢上帝！我真希望自己知道怎样才能保持这种'傻气'，像很多人那样，让这种'傻气'来照亮我的晚年。"

终于，粉色方格花布买来了，衣服也很快就缝好了。这时候，简姨妈给了丽贝卡一个惊喜。她教丽贝卡把白色的亚麻绳子挽成一个个尖角形状，然后把这些尖角用小针平整地缝在衣服边上，这样，粉色衣服上就有了一条细细的白色花边。

"在衣服上缝些花边，丽贝卡，这样缝纫工作就有趣多了。米兰达姨妈不希望你在长长的冬夜里只是读书。现在，你在粉色裙子底边缝上两条白色花边，沿着布料上的格子缝就不会歪了。我来用小针把它们缝平，然后给腰部和袖子部分缝上尖角状的白色花边，这样，你的裙子一定漂亮极了。"

丽贝卡欣喜若狂。"我一定会缝得又快又好！"她兴奋地喊道。"我知道裙子的底边很长，要把它缝好就像从这里到米尔顿那么不容易，但是我会认真的。你觉得米兰达姨妈会让我和科博先生去米尔顿吗？你知道，他又邀请我了。可是，有个星期六我得摘草莓，还有一个星期六下雨了。我觉得她不会同意我去的。简姨妈，现在是四点二十九分，爱丽丝·罗宾逊已经坐在灌木丛下面等了我很久了。我可以出去玩儿吗？"

"可以，你去吧，你们最好跑远些，别在谷仓后面玩儿。这样，你们的吵闹声就不会干扰米兰达姨妈了。我看见苏珊·辛普森和那对双胞胎，还有艾玛·简·帕金斯正躲在篱笆后面呢。"

丽贝卡飞奔着出了门廊，把爱丽丝·罗宾逊从灌木丛中抓了出来。然后用一种非常复杂的信号把艾玛·简从辛普森兄妹身旁叫走，接着把兄妹三个一起推倒在地。他们年龄太小，不可能为下午的活动制定出什么具体计划，但是，也不能小看他们，因为他们有全村最迷人的庭院。在这个院子里，胡乱地摆放着旧雪橇、箱型雪橇、马具、大桶、没有靠背的长椅、没有头的破床，所有的东西都是残缺破损的，而且，每天院子里的东西都是不同的。辛普森太太很少在家，即使在家的时候，她也很少关心院子里的情况。孩子们最喜欢玩的一个游戏就是把房子当成堡垒，由勇敢的美国士兵占领，抗击围攻的英国军队。玩游戏之前，要非常谨慎地分派角色，因为游戏的结果必须是美国人获胜。"跷跷板"辛普森常常被推选为英军总指挥，他生性软弱，犹豫不决，他给出的命令常常前后矛盾，所以任何军队在他的指挥下都会全军覆没。有时候，这幢苦难的房子还会被当做木屋，勇敢的先民们在这里打败了一群凶恶的印第安人，有时候，他们也会被印第安人屠杀。无论是扮演哪个角色，辛普森家的院子看起来就像是，引用一句利维保罗人的口语，"就像是魔鬼撒旦正在里面开拍卖会"。

除了这个异常有趣的院子外，能够提供活动场所的，还有一个被孩子们称作"秘密地点"的地方。这是索亚家牧场的一片空旷地，上面布满了迷人的洞穴和山丘，还有很多绿意盎然的梯田，上面可以建"房子"。一群大树正好遮住了人们的视线，树影为"房子"提供了惬意的阴凉。孩子们从磨坊一把把地把棍子和圆木搬到这个僻静的地点，这项劳动虽然辛苦却很甜蜜。由于大部分搬运工作都是在晚饭后，趁着傍晚的微光进行的，这给大家的劳动又增添了很多乐趣。藏在大树中间的一个肥皂箱子里面存放着孩子们所有的宝贝：牛蒡球做的小篮子、小盘子和小杯子，一些大人聚会时打碎的瓷器，还有一些家里不玩的洋娃娃，所有这些废弃的东西都能在各种浪漫的表演中派上用场——死亡、葬礼、婚礼、洗礼。今天下午，孩子们在丽贝卡四周用棍子搭起了一个方形的房子，因为她要扮演夏洛特·科黛殉道前的情景，斜倚在"监狱的墙上"。

丽贝卡站在房子里面，头发用艾玛·简的围裙缠绕着。她只要把头靠在"墙上"，那些木棍似乎就变得冷冰冰的，这种感觉多么神奇啊。更神奇的是，她觉得自己的眼睛已经不再属于丽贝卡·兰德尔，它们映射着殉道者夏洛特·科黛无助的忧伤。

"多美好啊！"双胞胎叹着气说，这个"监狱"主要是他们的劳动成果，他们无限欣慰地欣赏着自己的"作品"以及丽贝卡在"作品"里面的表演。

"我真不愿意把它拆掉，"爱丽丝说，"这可是我们花了很大功夫才搭起来的。"

"如果你们能搬上来一些石头，再把上面的木棍拆下来，我就可以从上面走出来了，""夏洛特·科黛"提出了一个建议，"然后把石头放在这里，你们两个明天就可以从这里走进监狱，扮演塔楼里的两个小王子，然后我来谋杀你们。"

"什么王子？什么塔楼？"爱丽丝和艾玛·简异口同声地问道。"给我们讲讲吧。"

"现在不行，我得回去吃晚饭了。"丽贝卡在一定程度上是个严格遵守纪律的人。

"被你谋杀肯定是件有趣的事情，"艾玛·简忠诚地说，"可是你谋杀的时候很逼真。要么，我们让爱莉亚和爱莉莎扮演王子吧。"

"她们在被谋杀时肯定会大喊大叫的，"爱丽丝反对艾玛·简的主意，"你知道他们那些人演戏时候的傻样子，只有克拉拉·贝尔还好些。再说，如果我们告诉他们这个秘密地点，他们就会经常来这里玩，说不定他们会像他们的爸爸那样偷东西的。"

"不能因为他们的爸爸偷东西就认为他们一定也偷东西，"丽贝卡反驳道，"如果你们想做我的特别的朋友，就不要在他们面前老提他们爸爸的事情。我妈妈告诉我说，不要当着一个人的面说他家里人的坏话。她说，没有人能忍受这样的侮辱，而且，这样的羞辱是不道德的，因为这个人自己又没有错。你们还记得米妮·斯麦利吧！"

当然，他们很快就想起了那戏剧性的一幕，因为这件事就发生在几天前。村里所有女孩都目睹了米妮·斯麦利与丽贝卡的争吵，即使是铁石心肠的人都会为之感动。虽然在这场口水大战中，胜利者是丽贝卡，而不是米妮·斯麦利，但是，米妮一直积攒着心中的仇恨，准备随时报复丽贝卡。

7　利维保罗的秘密

辛普森先生极少在家，因为他从事着一种见不得人的贸易，他有时候做贩马生意，有时候交换农用工具和不同的交通工具——他从来就没有固定的客户。每次成功的交易之后，辛普森先生就得在监狱里或长或短地待上一段时间。对于一个有着根深蒂固的交易习惯的穷人来说，如果既没有货物又没有财产，那他就必须得先弄到可以交换的东西。由于自己一无所有，他自然就得用邻居的东西进行交换了。

辛普森先生暂时不在家，因为他用寡妇丽德奥特的雪橇换了约瑟夫·古德温的犁铧。古德温最近刚刚搬到北艾治伍德，他从来没有见过彬彬有礼、能言善辩的辛普森先生。古德温的犁铧很快被辛普森先生转手给了一个"正要去维尔汉姆"的人，从他那里换来了一匹老马，因为主人要去女儿家住一年，所以就用不上这匹马了。每天清晨前或者黄昏后，辛普森先生把马牵到邻居们的牧场上轮流吃草，用这样的方法，他把那匹老马养得肥肥的。然后又用这匹肥马换了一辆高级四轮轻马车。就在这一系列的交换过程中，寡妇丽德奥特发现放在自己马车房里的雪橇不见了。虽然她已经有十五年不用这个雪橇了，未来的十五年她也不会坐这个雪橇，可是，这毕竟是她的财产，她不想就这么轻而易举地失去它。和村里其他人一样，多疑的她在发现雪橇丢失的一刹那，就立即想到了阿布尼·辛普森。这桩特殊的交易太过复杂，而交易的过程又太过曲折（由于马的主人去了西部，没有留下任何地址，这使得调查更困难），地方官员花了好几个星期才确定了辛普森的罪证，给了村民们和寡妇丽德奥特一个满意的答复。阿布尼·辛普森发誓说自己是清白的，他告诉邻居们说，有一天早晨，天刚刚亮，一个红头发、兔唇嘴、穿着椒盐色衣服的人把他叫住，要用一个好雪橇换他放在院子里的苹果榨汁机。交易谈成后，他，阿布尼，还补给了那个人四美元七十五美分的差价；然后，那个神秘的家伙放下雪橇，把苹果榨汁机搬上自己的车子，上路消失了，从此再也没有听到或者见到他。

"如果哪天我能抓到那个可恶的老贼，"阿布尼义正词严地喊叫道，"我要羞辱他——竟敢把偷来的雪橇卖给我，还骗走了我的钱和苹果榨汁机，更不用说我的名声了！"

"你永远也不会抓到他了，阿布尼，"那个官员说，"他已经消失了，还有你的苹果榨汁机，你的人格，还有你的四美元七十五美分。除了你，没有任何人见过它们，你再也不会见到它们了。"

辛普森太太无疑是个好妻子。她每天进进出出，洗洗刷刷做家务，还要到外面做清洁，镇上的人们经常帮助她照顾孩子们的吃穿。老大乔治十四岁了，长得瘦瘦高高的，主要负责在邻近的农场做杂活补贴家用，其他孩子，塞缪尔、克拉拉·贝尔、苏珊、爱莉亚和爱莉莎，在有衣服穿，而且家里不忙的时候就去上学。

坐落在快乐河边的这些村子里没有什么秘密。村民们虽然勤勤恳恳，可是生活的节奏非常缓慢，于是大家就有很多闲暇时间说长道短、谈天说地——于是，中午时分，打草场的大树下；夜幕降临，河边的小桥上；入夜时分，村子里杂货店的火炉旁，这些聚会地点为男人们提供了讨论时事的广阔天地。而唱诗班的排练，缝纫协会、阅读小组、教堂野炊等等活动则为妇女提供了她们表达思想的场所。

所有这些活动周而复始，约定俗成，然而，生活总是这样，常常有些过于敏感的人非常反对这种没有秘密的生活方式。

迪莉娅·威克斯就是一个例子，她是一个靠缝纫衣服糊口的未婚老处女。有一次，她生病了，请遍了周围所有的大夫，却都无力回天，她的身体每况愈下。这时候，她的表哥塞利思邀请她到利维斯顿帮忙看家。她就去了，一年以后，她变得身体强壮、精神饱满、神采奕奕。有一次她回到利维保罗暂住，有人问她是否打算客死他乡。

"如果能找到别的地方落脚，我肯定不会再回来了。"她坦白地回答道。"在这里，我为了保守自己的秘密，累得皮包骨头，可还是守不住我那点秘密。一开始，他们说我想要嫁给牧师，后来那个牧师娶了一个斯坦迪什女人，他们又说我过度失望。接着的五六年里，他们又怀疑我想去学校当老师，当我放弃这个愿望开始做裁缝时，他们对我特别同情，更为我惋惜。我父亲去世的时候，我下定决心不让任何人了解父亲留给我的遗嘱，因为这又得让他们津津乐道很久。可是他们总有办法寻找到真相，而且也真的找到了，我要掩盖秘密，那可真是难上加难啊！我弟弟詹姆士十六岁就去了亚利桑那州。三十年里，我对邻居一直只讲他的好消息，可是阿克西姨妈有个包打听的表妹，不知道她是通过邮递员，还是通过地方官员，总之，她找到了我弟弟。于是，她写信给阿克西姨妈，把我弟弟的一切透露给姨妈，还写了我弟弟悲惨的生活状况。他们知道我什么时候掉牙了，什么时候又装了新牙；他们知道我装了假发；他们还知道那个水果贩子想娶我做他的第三任太太——这些事情我从来没有告诉过任何人，而且我相信也没有人告诉过他们，可是村里人根本就不需要别人告诉他们什么。他们没别的事情做，于是就拼命去猜测，而且他们每次都能猜中。我试过用假象迷惑他们，欺骗他们甚至误导他们，所有这些弄得我筋疲力尽。白天我好像在他们的显微镜下生活，晚上我又好像生活在他们的望远镜下面，我再也不想过这样的日子了，我想自己做自己的事情，不用对别人说'请原谅'。现在我精神好多了。塞利思表哥已经老了，而且是个多事的人，但是他觉得我的牙齿很漂亮，还说我的头发很标致。在利维斯顿，没有人知道我和牧师的事情，没有人知道我父亲的遗嘱，也没有人了解我弟弟的情况，更没有人知道那个水果贩子是谁。就算是有些情况他们知道了，他们也不会在意，更不会想起。因为利维斯顿是个繁忙的地方，真是谢天谢地！"

迪莉娅·威克斯小姐也许有点夸大其词，但是在利维保罗这个地方，可以想象得到，丽贝卡和其他小孩早已听说了寡妇丽德奥特丢失雪橇的详细情况，也听说了阿布尼·辛普森与这件事的关联。

这个普通的乡村学校不比外面更清净脱俗，学生们通过几个谜语或者几首诗传递着辛普森事件，而且乐此不疲，辛普森家孩子不在场的时候，他们还小声议论这件事。

丽贝卡和大家处在同样的环境下，她也和她的同学一样猜到了事情的真相，因此，别人很难理解她为什么那么讨厌那些卑鄙的嚼舌，更难理解她为什么本能地远离这些闲言碎语。

在利维保罗学校的同龄女孩中，有一个名字很好听的女孩叫米妮·斯麦利，这是一个很不受大家欢迎的女孩。她有一双探寻的眼睛，金黄的头发，细长的双腿，她既像学舌的鹦鹉，又像胆小的绵羊。同学们怀疑她抄袭别人题板上的答案，但是从来没有被当场抓住过。丽贝卡和艾玛·简能判断出她午饭的时候是否带了蛋挞和三角夹心蛋糕，因为每当带了这些美味的东西，午餐时间她就会抛开自己的好朋友，在树林里找个安全的地方独自享受美食，吃完后，她就自鸣得意地回到教室里。

有一次，享用完美餐，她又面带微笑地回到自己的座位，丽贝卡忍不住试着问她，"你的头痛好些了吗，米妮？让我把你嘴边的草莓酱擦掉吧。"

其实米妮的嘴边根本就没有草莓酱，但是心虚的她还是红着脸拿出手绢擦了擦嘴。

当天下午，丽贝卡就为自己的恶作剧感到羞愧，她向艾玛·简坦白说，"我确实很讨厌她平时的样子，但是我还是很难过，因为我让她看出我们在暗地里使坏。所以，作为补偿，我把藏在珍珠钱包里的那块破了的小珊瑚送给她了。你见过那块珊瑚吧？"

"我看她根本就不配接受你的礼物，她是个贪婪的家伙。"艾玛·简说。

"我知道她不配，可是这样做我自己心里会好受些，"丽贝卡慷慨地说，"再说，那珊瑚已经跟了我两年了，而且也破了，所以也就不算什么好东西了，只是看上去很好看罢了。"

这块珊瑚暂时缓解了她们两个的矛盾。一天下午，丽贝卡像往常一样留下来跟老师补习语法，学习结束后，她抄着小路赶回家。她老远就看见了辛普森家的那群孩子，他们正朝着树林走着。由于自己最讨厌的"跷跷板"不在其中，丽贝卡就加快步伐，想要和他们结伴回家。他们走得很快，一会儿就消失在丽贝卡的视线里。当她再看见他们时，她听到了远处树林里，米妮·斯麦利在放声高歌，还有孩子的呜咽声。克拉拉·贝尔、苏珊和双胞胎正走在小路上，而米妮一边跳着舞，一边大声喊着：

'是什么让雪橇爱上辛普森？'

好学的孩子们大声提问；

'辛普森爱雪橇的原因，你很明白。'

老师的回答又准又快。

衣衫褴褛的辛普森家孩子像打了败仗的逃兵，躲进了树林里。只有那个外号"好战双胞胎"的爱莉亚勇敢向远处扔了一块石头，石头声打破了林中的寂静，但是这块石头离米妮还远着呢。米妮一边扯破嗓门儿朝他们大喊"惯犯"，一边得意扬扬地转身回头，正好碰上了丽贝卡，丽贝卡积攒了很久的对米妮的反感全部写在了她那双喷火的眼睛里。

米妮的脸色很难看，通常，一个正在干坏事的懦夫被当场抓获，这情景可真是不好看。

"米妮·斯麦利，如果——再——让我——听到——你对着辛普森家孩子——唱——那首歌，你知道我会干什么？"丽贝卡用极度愤怒的语调说。

"我不知道，我也不在乎。"米妮嘴上得意扬扬地说，可是她的脸上分明写满了胆怯。

"那我就收回我那块珊瑚，而且我还会扇你耳光！"

"你敢！"米妮还嘴道。"如果你敢打我，我就告诉我妈妈和老师，有你好看的！"

"我才不会在乎你告诉你妈妈、我妈妈、还是你的亲戚们，就算是告诉总统，我也不怕。""总统"这个神圣的称谓又给丽贝卡增添了勇气。"你告诉整个小镇、整个约克镇、整个缅因州——我都不怕!"她越说越大声。"现在请你回家,记住我说的话。如果你再这么做,如果你再说'惯犯',我会用我的方法惩罚你的。"

第二天早上课间休息的时候,丽贝卡看到米妮对赫达改头换面地讲述着昨天的事情。"她竟敢威胁我,"米妮低声说,"不过,我才不相信她的话呢。"

米妮的最后一句话是故意说给丽贝卡听的,在班级里,在老师面前,这个懦夫忽然变得有了勇气。

丽贝卡走到迪尔包恩小姐身边,请求传一张纸条给米妮·斯麦利,得到允许后,她递给了米妮。纸条上写着:

世界上有些女孩很卑鄙
可是谁也比不上米妮·斯麦利
我将收回我送她的礼物
还有把她打得血肉模糊。

附言:
现在,你还信不信我的话?

这首打油诗的确威力十足,从那以后,只要米妮看到辛普森家的孩子,老远她会浑身发抖,闭口不言。

8 玫瑰本色

　　与米妮的这场斗争，就像班扬在《天路历程》里描写的"最可怕的斗争"一样，就这样结束了。接下来的星期五，这个山顶小学校要举行一场大规模的活动。通常，星期五下午是表演对话、唱歌和背诵的时间，但是，这个时间实在算不上是什么节日。大多数孩子不喜欢演讲和背诵，更讨厌学习朗诵，因为他们害怕中途卡壳。每当这时候，迪尔包恩小姐总是焦头烂额，下午回家就蒙头大睡。偶然来旁听的母亲通常坐在前排的凳子上，满头冷汗，紧张地听着那些熟悉的停顿和结巴。有时候，完全忘记台词的孩子会号叫着投进母亲的怀抱，然后被带出现场，要么得到母亲安慰性的亲吻，要么被母亲痛揍一顿。这种失败加重了孩子们的沮丧情绪，他们更加惧怕这个活动了。而丽贝卡的到来，在某种程度上为这个一直以来很恐怖的活动注入了一些活水。她教给爱莉亚和爱莉莎三首小诗，这些诗很有喜剧效果，朗诵给两个姐妹和自己带来欢乐，也给老师和班级增添了笑声。丽贝卡为口吃的苏珊"量身定做"了一首幽默诗，让她在诗里扮演一个口吃的孩子。艾玛·简和丽贝卡表演对白，强烈的友谊感鼓励着艾玛·简，也给了她很多自信。正是因为这样，在这个特别的星期五早上，迪尔包恩小姐向大家宣布，今天下午的活动一定非常有趣，所以她已经邀请了医生的妻子、牧师的妻子、两位校委员会委员，还有几位学生家长，请他们来观摩欣赏大家的表演。老师让利文·帕金斯来装饰一块黑板，丽贝卡装饰另一块。利文是学校里的明星艺术家，他选择画一幅美国地图。而丽贝卡喜欢画一些不太真实的东西，在大家欣赏的目光下，她灵巧的手指挥动着红、白、蓝色粉笔，快速地画出了一幅美国国旗，每颗星星的位置都准确无误，星条旗在风中飞舞。接着，她又在国旗旁画了一幅哥伦比亚草图，这是她从装粉笔的雪茄盒子上临摹来的。

迪尔包恩小姐非常满意。"我想我们应该为丽贝卡美丽的图画鼓掌——我们整个学校也应该为这幅画骄傲！"

同学们都热烈地鼓掌，迪克·卡特挥动手臂，为丽贝卡欢呼。

丽贝卡的心因喜悦而狂跳，不知道为什么她觉得眼睛里充满了泪水。她几乎看不见回座位的路了，在她被忽视的、孤独的幼小生命里，从来没有人特意为她鼓掌，从来没有人簇拥着赞扬她，而在这个美妙、眩晕的时刻，她全得到了。如果说"高贵可以激发高贵"，那么，热情也可以燃起热情，智慧和才能也能启发智慧和才能。爱丽丝·罗宾逊提议大家唱《三呼万岁的红黄蓝》！唱到合唱部分时，大家都一起转向丽贝卡画的国旗。迪克·卡特建议利文·帕金斯和丽贝卡·兰德尔把自己的名字签在自己的图画旁边，这样下午观摩的人就可以知道是谁画了这么美丽的画。赫达·米塞弗主动请求把墙壁上最大的洞用树枝塞上，在水桶里插上野花。丽贝卡的情绪很高涨，她已经注意不到这些现实的细节了。她默默地坐着，内心充满了感激的喜悦，她几乎要忘记自己的台词了。休息了一会儿，她又恢复了往日的谦虚，在一片祥和美好的气氛中，米妮与兰德尔的恩怨也一笔勾销，米妮捡来很多枫树枝，在丽贝卡的指导下，把丑陋的火炉遮盖住。

迪尔包恩小姐在差一刻十二点的时候就结束了早上的课程，这样那些家离学校比较近的学生就可以回家换衣服。艾玛·简和丽贝卡一路狂跑，激动极了，到了家门口才停下来喘口气。

"米兰达姨妈会让你穿你最漂亮的衣服，还是就穿那件暗黄色裙子?"艾玛·简问丽贝卡。

"我得先问问简姨妈。"丽贝卡回答说，"噢！真希望我的粉色裙子已经缝好了！我让简姨妈帮我缝纽扣孔，不知道她做好没有。"

"我要让我妈妈把她的石榴色戒指借给我戴。"艾玛·简说。"这样，当我指着国旗时，戒指会在阳光下闪光，那一定美极了。再见，别等我一起回学校了，我可能搭别人的车去。"

丽贝卡发现侧门锁上了，但是她知道钥匙放在台阶下面，当然，利维保罗的其他人也都知道，因为他们的做事情的方法几乎都是一样的。她打开大门，走进饭厅，发现桌上摆着她的午饭，旁边还有一张简姨妈留的纸条，简姨妈说她们和罗宾逊太太一起坐马车去了茂德雷森。丽贝卡囫囵吞了一口面包和黄油，飞快地从前面楼梯跑上了自己的卧室。床上放着那件粉色的方格裙子，已经由简姨妈慈爱的双手缝制完毕。她能不能，敢不敢，不经姨妈允许就穿上这条裙子呢？下午的场合穿新衣服合适吗？也许，姨妈觉得她应该把新裙子留在音乐会的时候穿？

"我要穿上它。"丽贝卡想。"她们不在家，我没有办法征得她们的同意。毕竟，这只是条方格裙子，如果不是全新的，如果不是粉色的，如果没有白色的花边，它也算不上漂亮。"

她解开两条辫子，把头发梳直，用丝带把头发扎到脑后，然后换了双鞋，接着就冲向这件美丽的裙子，她努力想把背后的扣子扣完，可是中间三颗实在够不着，就打算等会儿让艾玛·简帮忙。

这时候，她的眼神落在了她无比珍爱的粉色遮阳伞上，它是这件新裙子的绝配，而且同学们从来没有见过它。这把伞不适合上学用，但是，她可以不把它带进教室，她可以把它用纸包起来，只给他们看看，然后放学就带回家。她跑到楼下客厅里，照了照镜子，镜子里的人让她激动不已。任何衣服似乎都没有这件粉色方格裙子那么漂亮！她双眼的光亮、两颊的红晕、头发的光泽，通通被这件魅力四射的粉色裙子衬得黯然失色。天哪！差二十分就一点了，她要迟到了。她跳出侧门，从门口的花丛里扯了一朵玫瑰花，以难以置信的速度飞跑到了学校门口，在那里，她遇到了艾玛·简，一样的盛装打扮，一样的气喘吁吁。

"丽贝卡·兰德尔！"艾玛·简大声叫道，"你漂亮得像一幅画！"

"我？"丽贝卡笑了，"胡说八道！我只是穿了粉色裙子。"

"你不是每天都这么漂亮的，"艾玛·简坚持说，"今天你有点与众不同。看看我的石榴色戒指，妈妈特意用肥皂水把它擦洗干净了。你的米兰达姨妈怎么会同意你穿这条新裙子呢？"

"她们两个都不在家，所以我没有和她们商量。"丽贝卡急切地回答道，"难道？你觉得她们会不同意吗？"

"米兰达小姐总是不同意这、不同意那，不是吗？"艾玛·简反问道。

"的确——是。但是今天下午很特别——就像主日学校的音乐会一样。"

"是的。"艾玛·简也赞同这个观点，"今天当然很特别。你的名字写在黑板上，我们大家面对你画的国旗唱歌，还有我们两个的精彩对话，这一切都很特别。"

对于每个人来说，这都是一个成功的下午。每个节目都很精彩，根本没有真正的失败，没有眼泪，没有为孩子羞愧的家长。迪尔包恩小姐耳畔回响着表扬她能力的溢美之词，她不知道这些赞美应该属于自己还是属于丽贝卡，至少，丽贝卡有很大的功劳。虽然这孩子没有多少角色，可是她总是那么显眼。这次活动之后，很多人猜测说，以后的娱乐活动丽贝卡一定都是主角了，配角肯定不适合她。其实，就算是她的对手也了解，她不是那种抢风头的人。她灵活机敏，乐于助人，而且从不害羞，但是她从来不会趁机炫耀自己，而且她很少想到自己，她总是把快乐带给别人。如果说，教皇坐到哪里，哪里就是桌子的中心。那么，丽贝卡站在哪里，哪里就是舞台的中心。她清澈响亮的高音超过了合唱班所有队员的声音，所有的人都注视着她，欣赏着她的姿势，倾听她全神贯注的演唱，感受她难以抑制的激情。

　　终于，一切都结束了。丽贝卡漫步在回家的路上，可是她的心情似乎再也不能恢复往日的平静。今天不用补课了，表演后的清场工作也不再让她发愁——担心和恐惧已经被她灵魂里强大的光芒遮盖了。天空中布满了乌云，可是她一点儿也不在乎，甚至有点高兴，因为这样就可以打开遮阳伞了。她似乎根本就没有走在地上，或者说，她根本就没有生活在凡间的感觉。直到走进砖房子的侧庭院，看到米兰达姨妈站在打开的大门前，她才匆忙从梦中觉醒，回到了人间世界。

9 玫瑰的灰烬

"她终于回来了，迟到了一个多小时。再迟一点她就要困在大雷雨中了，她可不管这些。"米兰达对简说，"想想她平时的那些罪孽，她一定穿着那条新裙子，像她爸爸那样一路跳着舞跑到学校，然后向全班同学炫耀自己的遮阳伞，她以为这是在演戏。简，我是家里的老大，我要教训教训她。你如果不喜欢听，就躲进厨房里，等我教训完了再出来。站到这边来，丽贝卡，我要和你好好谈谈。你为什么不经我们同意，就穿上那件新裙子去上学？"

"我本来打算中午的时候问你们的，可是你们都不在家，所以，我没办法就——"丽贝卡开始解释。

"你不会这样打算的，你就是趁着我们不在才穿那条裙子的，你明明知道我不会同意的。"

"如果我能确定你不同意我穿，那我就不会穿了。"丽贝卡说，她竭力想要显示自己的真诚。"可是我不能确定，再说，下午的表演也值得我这样冒险。我想也许你会同意，如果你知道今天下午学校就像展览会那样热闹的话。"

"展览会！"米兰达轻蔑地吼道，"你自己已经展览够了吧，你是不是还展览了你的遮阳伞？"

"带遮阳伞上学的确很傻。"丽贝卡扬起头，承认说，"但是，我一生中唯有这一次有衣服可以配这把伞。它配上粉色裙子漂亮极了！艾玛·简和我表演一个城市女孩和乡村女孩的对话，我突然想到城里女孩用遮阳伞一定很好看，所以就带了伞。我一点也没有弄脏裙子，米兰达姨妈。"

"你身上最大的毛病就是诡计多端和阴险狡猾。"米兰达姨妈冷冷地说，"看看你做的别的事情吧！就像是魔鬼撒旦附在了你的身上！你从前面楼梯上楼进房间，可是你藏不住自己的行踪，因为你把手绢丢在了楼梯上。你根本没有关上自己房间的纱门，因为房间里都是苍蝇。你从来不打扫自己的餐桌，也不收拾盘子，而且你今天下午没有锁侧门，侧门从十二点半到三点钟一直开着，这样谁都可以进来，偷自己想要的东西！"

听到姨妈列数的这些"罪行"，丽贝卡重重地坐到了椅子上。她怎么可以这么粗心呢？泪水禁不住流了下来，她试图解释这些无法解释，而且无法原谅的"罪过"。

"噢，实在对不起！"她声音颤抖着说，"我帮助老师打扫教室，所以耽误了回家的时间，我是一路跑回来的。我一个人穿衣服很困难，所以没有时间吃饭，就只吃了一口，在最后的时刻，我真的——真的——应该想到收拾盘子和锁门，可是，我看了看表，知道再耽误我就要迟到了。我想今天牧师的妻子，医生的妻子，校委会委员都在场，如果我迟到了，就会得到一颗我从来没有得到过的黑标志的处罚，那是多么可怕的事情啊！"

"不用号啕大哭地解释了，后悔是没有用的。"米兰达姨妈说。"一分善行抵得十分悔改。你没有考虑自己怎么才能给这个不是自己的家里少添点麻烦，相反，你好像是在想着法子给我们添乱。把你裙子上的玫瑰花取下来，让我看看插花的地方有没有被弄脏或是留下印子。还好，没有，真是幸运。我实在受不了你那些花花草草、卷曲的头发、俗气的装饰、粗鲁的举止，你这一切就像你那女里女气的爸爸。"

丽贝卡的头突然抬了起来，"听着，米兰达姨妈，我会尽我所能做一个好孩子。我也会照你说的去做，不再忘记锁门。但是，我不希望你辱骂我的爸爸。他是一个完美的、可爱的父亲，他就是这样的，你用'女里女气'来形容他是卑鄙的！"

"你竟敢这样和我顶嘴，丽贝卡，你竟然说我卑鄙！你的爸爸是个自负空虚、愚蠢透顶、懒惰无用的人，不光是我这么说，别人的看法也一样。他花光了你妈妈的钱，还留下七个孩子让她抚养。"

"他为妈妈留了七个好孩子。"丽贝卡抽泣着说。

"只是这些孩子需要别人帮忙供吃供穿供教育。"米兰达姨妈回应说，"你现在上楼去，换上睡衣，上床睡觉，明天早上之前，不许下来。我们会把饼干碗和牛奶杯放到你的梳妆台上，早饭之前，我不想听到你的声音。简，出去把外面晒的厨房毛巾收回来，关上房门，马上要下一场大雨了。"

"我想刚才已经下了一场大雨了。"简一边按照姐姐的吩咐做事，一边不慌不忙地说道，"我很少表达我的意见，米兰达。但是我觉得，你今天不应该那样评价洛伦佐。他是什么样，就是什么样，谁也改变不了。可是，他是丽贝卡的父亲，而且奥蕾莉亚经常说他是个好丈夫。"

米兰达虽然从来没有听说过这句谚语："印第安人中唯一的好人就是那个死人"，可是她的观念比这句谚语还要固执："不错，我发现死了的丈夫总是好丈夫。真相总得弄清楚。孩子如果不痛改她爸爸身上的恶习，就不可能取得一点点进步。我很高兴自己说了刚才的话。"

"我看你是很高兴。"简说，她似乎一年才鼓起一次勇气，她借着这难得的勇气说道，"但是，无论如何，你那样说是没有教养的行为，也是有昧良心的行为！"

就在这时，一阵霹雳响彻了整个房间，可它的威力远远不及简的那句话。简的评论对于米兰达·索亚的良知犹如晴天霹雳，振聋发聩。

也许正是因为一年才有一次这样说话的机会，所以简才说得那么中肯，直达目的。

丽贝卡疲倦地爬上后楼梯，关上自己房间的门，用颤抖的双手脱下那件心爱的粉色裙子。棉布手绢已经被她揉成了一个坚硬的小球。利用解开裙子背部扣子的间隙，她小心翼翼地擦了擦眼角的泪水，免得泪渍沾到这件美丽的裙子上，为了穿它，丽贝卡付出了沉重的代价。她细心地把裙子抚平，把脖子周围皱褶的地方抻直，然后把裙子放进抽屉里，她又轻轻地抽泣了一声，感叹生活的苦涩。那朵粉色的玫瑰躺在地板上。丽贝卡望着玫瑰，自言自语道，"正如我这快乐的一天！"这朵玫瑰曾经美丽，现在却已凋零，这正好符合了丽贝卡今天的遭遇。她立刻领会了玫瑰的象征意义，把它捡起来，和裙子一起放进抽屉里，好像在埋葬这充满忧伤记忆的一天。这是一个孩子诗意的本能，也是女性多愁善感的萌芽。

　　她把头发梳成平时习惯扎的小辫子，脱下她最好的鞋（幸亏躲过了米兰达姨妈的视线），她的心中萌生了一个坚定的念头，她决定要离开砖房子，回到农场自己的家里去。妈妈不会张开双臂欢迎她回来——她知道妈妈的感受——可是她可以帮助妈妈料理家务，然后让汉娜代替她来利维保罗。"我希望她能喜欢这里！"她心里突然闪过一个报复的念头。她坐在窗前，一边望着闪电在山顶上嬉戏，一股股雨水从避雷针上你追我赶地滑下来，一边努力地盘算着逃出砖房子的计划。这是一个多么快乐的日子啊！早上的日出那么美丽，她斜靠在教室的窗子上，一边听课一边想，这个世界多可爱啊！早晨发生的事情也是那么美好！他们把光秃秃简陋的小教室装饰成一个美丽的房间；迪尔包恩小姐很欣赏她为辛普森双胞胎设计的背诵词；她有幸为班级设计黑板；她还突发奇想从雪茄烟盒上临摹了一幅哥伦比亚草图；最令她陶醉的是全校同学的掌声！下午更是精彩！好事一件接一件，开始，艾玛·简告诉她，说她"漂亮得像是一幅画"。她又想起了下午的表演，尤其是她和艾玛·简的对话。她当时突发奇想，把树枝遮盖的火炉当成长满苔藓的河岸，这样，那个乡村女孩就可以坐在那里，看管她的羊群。艾玛·简因此特别放松，结果她的朗诵完美无缺。她还慷慨地把她的石榴色戒指借给城里女孩丽贝卡，当城里女孩收起自己的遮阳伞、戴着美丽的戒指走近牧羊女时，她心里觉得美极了！她曾经想，米兰达姨妈看到自己农场来的外甥女在学校这么出色，她一定会很高兴。可是，她错了，这个方法根本不可能取悦姨妈，别的方法也行不通。她决定第二天就坐科博先生的驿车去美坡伍德，然后从安表姐那里转车回家。可是，仔细想想，姨妈们肯定不会同意她回去。那好吧，她现在就逃走，看看能不能和科博夫妇待一个晚上，然后，第二天早饭前就可以出发了。

可惜，丽贝卡从来不会多加思考，于是，她穿上以前的旧衣服，戴上旧帽子，披上旧外套，然后又把睡衣、梳子和牙刷放进一个包袱里，把包袱轻轻地扔到窗外。她的房间窗子离地面很低，所以跳下去并不危险。就算是有危险，她也不会在乎，此刻没有人能够阻止她。以前来屋顶修理水槽的人在侧墙上钉了一块夹板，夹板位于后门廊顶子和窗子之间。丽贝卡听到餐厅里有缝纫机的声音，厨房里有切肉的声音。这些声音让她知道了两个姨妈的行踪，于是她轻轻爬出窗户，抓住避雷针，轻轻滑到那块夹板上，然后跳到门廊上，把忍冬藤的架子当梯子，在大雨中逃出院子，跳到了路上。此刻，她根本没有时间为她的以后考虑过。

杰里米亚·科博先生正坐在厨房的窗子前独自享用晚餐。"妈妈"——这是他称呼妻子的老习惯——这时候正在照顾一个生病的邻居。可怜的科博太太也曾经做过母亲，她的孩子现在躺在教堂的墓地里，墓碑上刻着"萨拉·安，杰里米亚和萨拉·科博的爱女，享年十七个月。""妈妈"这个称呼虽然没有实际意义，但是它或多或少可以让这个不幸的女人想起自己曾经的幸福。

雨一直下着，还不到五点钟，天就已经黑了。科博先生边吃晚餐边抬头望了望外面。他看见门外站着一个悲伤的人影。丽贝卡满脸都是泪水，脸色因为忧伤而显得那么憔悴，以至于科博先生看了好一会儿，差点没有认出来。接着他听到一个声音问道："科博先生，我可以进来吗？"科博先生这才认出了她，他大叫道："天哪！原来是我的小女乘客！是来看望你的老杰里叔叔的吧？哎呀，你浑身都湿透啦。快到炉子边上来。我刚刚生了火，这样吃饭就暖和了，'妈妈'不在家，我还真有点孤单。她今晚住在赛思·斯图尔特家照顾她。来，我帮你把湿帽子挂到钉子上，把你的外套搭在椅子背上，你背对着火炉烤烤，一会儿就干了。"

杰里叔叔以前从来没有一口气说过这么多的话，那是因为他看到了这孩子红肿的双眼和泪水浸湿的两颊。善良的他很同情这孩子，他知道她有了麻烦，虽然他还不知道是什么麻烦。

丽贝卡静静地站了一会儿，直到杰里叔叔坐回椅子上，这时候，她似乎再也控制不住自己了，大声哭了起来，"科博先生，我是从砖房子里逃出来的，我想回到我们的农场。你能不能留我住一个晚上，然后明天早上把我带到美坡伍德？我没有车费钱，不过我以后会挣钱还给你的。"

"我们之间就不要谈钱的事情，"这位老人说，"我们两个到现在还没有一起坐过车出去呢，虽然我们约了好几次，当然，不是去你们家的方向，是往城里的方向。"

"我可能再也去不了米尔顿了！"丽贝卡抽泣着说。

"过来到我身边，告诉我到底发生了什么事情。"杰里耐心地诱导说，"就坐在这张木椅子上，把事情讲给我听听吧。"

丽贝卡的头重重地靠在科博先生温暖的膝盖上，把自己今天的遭遇从头到尾讲了一遍。对于她充满激情而不受约束的性格而言，整个故事的确很悲惨，她原原本本地把事情复述了一遍，没有任何夸大。

10　彩虹桥

　　丽贝卡叙述事情经过的时候，杰里叔叔不断地咳嗽，在椅子上面来回地移动，但是，他小心翼翼地掩盖着自己对丽贝卡的同情心，不断地低声嘟囔着，"可怜的小精灵！我得看看我们能为她做点什么！"

　　"你会带我去美坡伍德的，对不对，科博先生？"丽贝卡可怜兮兮地恳求他。

　　"你先别着急。"他回答说，脑子在慢慢地思考，"我得好好看看我的小女乘客。先吃点东西吧，孩子。把番茄酱涂在面包上，离桌子近点。你愿不愿意扮演妈妈的角色，给我再冲一杯热茶来？"

　　杰里米亚·科博先生的思想非常简单，除非是受感情或者同情心的驱使，否则他的头脑不会运转自如的。对于丽贝卡这件事情，他既有感情又有同情心，于是他痛恨自己的愚钝，祈祷有灵感的光芒照耀自己的前方。他一个人苦苦思索，祈祷上帝显灵。

　　丽贝卡从老人亲切的话语中得到了安慰，她羞怯地享受着坐在科博太太座位上的荣耀，端起蓝色的瓷茶杯，脸上有了些许微笑，她把头发梳直，擦干了眼泪。

"看到你又回去，你妈妈会很高兴吗?"科博先生问道。

丽贝卡心底原来就有的一点点担心，科博先生这么一问，这种担心开始涌动起来，而且越来越剧烈。

"我想她一定不喜欢我逃跑回家，她也会因为我不能取悦米兰达姨妈而感到遗憾。不过我会让她明白的，就像我刚才能让你明白一样。"

"我想她是为了让你上学才把你送到这里的。不过也好!你可以去汤普朗斯上学，对吗?"

"汤普朗斯的学校只上两个月的课，而别的学校都离我们家农场太远了。"

"是吗! 这世界上除了受教育，还有很多别的事情。"杰里叔叔一边说着，一边咬了一口苹果饼。

"是——的。可是妈妈说，受教育可以塑造我。"丽贝卡遗憾地说，她一边喝了口茶，一边轻轻抽泣了一下。

"这样也好，你和你的兄弟姐妹们又可以在农场团聚了，房子里挤满了孩子!"这个可爱的老"骗子"说，他这么说只是想安抚和诱导这个可怜的小家伙。

"房子里挤得太满了，这可是件麻烦事! 不过我可以叫汉娜来利维保罗代替我。"

"想想米兰达和简会收留她吗? 我敢打赌她们不会收留她的。你这么一走，她们两个肯定会被气疯的，所以，你不能怪她们不收留汉娜。"

这可是丽贝卡从来没有想到的，砖房子可能会拒绝汉娜的到来，因为她，丽贝卡，曾经背弃了这房子里给予的冰冷的热情。

"利维保罗的学校怎么样——很好吗？"杰里叔叔问道，他的脑子此时正以异常的速度运转着，连他自己都为自己的聪明而吃惊。

"这里的学校太好了！迪尔包恩小姐是个很优秀的老师！"

"你喜欢她，对吗？其实，你应该相信她也很喜欢你的。'妈妈'今天去商店给赛思·斯图尔特买药，她在小桥上碰到了迪尔包恩小姐。她们谈到了学校的事情，因为'妈妈'暑假曾经给学校的女教师做过饭，也很喜欢她们。所以她就问迪尔包恩小姐：'那个汤普朗斯来的小女孩怎么样啊？'迪尔包恩小姐说，'噢，她是我教过的最好的学生！如果我的学生都像丽贝卡·兰德尔那样，我就是从早教到晚也不会觉得累。'"

"是吗，科博先生，她真是这么说的？"丽贝卡的眼睛一热，脸上立即容光焕发，露出了欣喜的酒窝。"我一直就很努力，可是从今以后，我要更努力，要把书本都翻烂了。"

"你的意思是，如果你继续待在这里。你就可以努力学习了。"杰里叔叔打断她的话。"可惜，因为米兰达姨妈的缘故，你就要放弃这一切了。当然，我不能责怪你。米兰达姨妈性情古怪、尖酸刻薄。她可能是吃着带刺的凝乳和青苹果长大的。她应该学会倾听，可是，我想，你也没有多少耐心，对吧？"

"我是没有多少耐心。"丽贝卡悲伤地说。

"如果昨天我们两个谈话，"科博先生继续说道，"我想我会给你不同的建议。可惜，一切都晚了，我也不能说你都错了。但是，如果一切重来，我会这样对你说：米兰达姨妈供你吃住，供你上学，还打算以后花大价钱供你去维尔汉姆上学。她这人是很难相处，同样的好话可能到她嘴里就成了坏话。可是，这些话对你都是有好处的，你应该用好的表现来回报她。简比米兰达好处些，还是和她一样，不好取悦？"

"哦，简姨妈和我相处得特别好。"丽贝卡大声说，"她心地善良，性格和蔼，我一直都很喜欢她。我想她也喜欢我，有一次她还抚摩过我的头发呢。我宁愿让她整天批评，因为她善解人意；可是她不敢为了我和米兰达姨妈顶嘴，她也和我一样，害怕米兰达姨妈。"

"如果明天早上发现你不见了，简一定特别伤心。不过，没关系，伤心也没用了。她觉得和刻薄的米兰达在一起很枯燥，所以特别在乎你。有一天晚上，'妈妈'在祈祷会之后和简聊天。'你不知道砖房子发生的事情，萨拉。'简说。'我正在开缝纫班呢，我的学生已经缝了三条裙子。你觉得她怎么样？'她还说，'因为这个孩子，我上了主日学校，觉得自己又恢复了青春，我还打算带丽贝卡去野炊呢。''妈妈'说，她从来没有见过简那么年轻、那么快乐过。"

厨房里一片寂静；只听得见那只大钟的走动声和丽贝卡的心跳声。丽贝卡觉得自己的心跳声已经淹没了钟声。这时候，雨停了，房间里突然充满了玫瑰色的光芒，透过窗子，可以看见一道彩虹挂在天边，就像一座色彩斑斓的桥。桥可以帮助人们摆脱困境，丽贝卡心想，杰里叔叔似乎已经为她搭建了一座走出忧愁烦恼的桥，而且还给了她跨过去的勇气。

"大雨过去了。"老人一边说，一边给烟斗里装烟叶，"它清洗了空气，把大地洗得干干净净，等明天早上我们两个坐车回家时，眼前的一切一定都是亮闪闪的。"

丽贝卡放下茶杯，站了起来，默默地戴上帽子，穿上外套。"科博先生，我明天不和你一起走了，"她说，"我决定留在这里——迎接困难。迎接困难而且不给别人制造困难。我不知道米兰达姨妈会不会因为我的逃跑而拒绝我，可是，我要回去，趁着自己还有勇气。科博先生，你能不能行行好，陪我一起去呢？"

"你尽管放心，杰里叔叔不把这件事情办好是不会放手的。"老人欣喜地说，"你现在已经吃饱了，晚上也不会饿了，也不会因淋雨而生病了，我的小精灵。可是米兰达姨妈很尖酸刻薄，你一定辩不过她的；所以，我是这样打算的：我用我的高背马车把你带到砖房子旁边，你躲在角落里，我到侧门叫你的姨妈们，我把她们叫到堆放杂物的小棚屋里，商量怎么摆放这星期要运来的木头，这时候，你悄悄溜出车子，回你的房间睡觉。前面不会上锁了吧？"

"这个时候不会的，"丽贝卡回答说，"米兰达姨妈睡觉前才锁前门。可是……万一锁上了怎么办？"

"不会的。如果锁上了，那我们就直接面对吧。在我看来，事情还没有发展到要直接面对的地步，我们一定会心平气和地解决它。你看，你不是还没有逃走吗？你只是到我这里来征求意见，我也已经告诉你这不值得。我看，你唯一的罪过就是，姨妈让你睡觉时，你却翻窗跑到这里来。这也算不上大错误，你可以在星期天，趁着简姨妈做礼拜的时候告诉她，她会帮你找个适当的时间去面对米兰达姨妈的。我不主张欺骗别人，可是如果你有了难以解决的心结，而你又不想积在心里，那你就在祈祷的时候告诉上帝，就像圣歌里唱的那样，你的心结就没有了。好了，来吧！我已经准备好出发了。别忘了你的包袱。'如果带了睡衣的话，妈妈，那就的确是旅行了。'这是杰里叔叔听到你说的第一句话！他当时可没有料到你会把睡衣带到他的家里来。上来，躲到角落里。我们可不能让别人看见车里的小逃犯，要不然，他们又要到处乱说了！"

　　丽贝卡摸黑悄悄爬上楼梯，又轻轻地脱了衣服，爬上了自己的床。虽然她的每一根神经还在发酸、发痛，可是，她感觉到一种宁静袭上了心头。是科博先生把她从愚蠢和错误的边缘解救了出来，这样她才没有给可怜的妈妈增添麻烦，也没有使自己的姨妈恼怒和羞愧。

　　现在，她的心结融化了，她决定用一切办法来赢得米兰达姨妈的赞扬，她决定努力忘记最不能忍受的那件事情：姨妈对爸爸的污蔑。爸爸一直是她最钦佩的人，从来没有人在她面前批评过爸爸，因为奥蕾莉亚·兰德尔从来没有对自己的孩子讲过这些所谓的悲伤和失望。

如果这个备受打击、闷闷不乐的小家伙知道了砖房子里后来发生的事情，她应该会感到些许安慰。原来，米兰达·索亚也度过了一个不安之夜，她暗暗后悔自己过于尖酸刻薄，因为，在这件事上，简选择了一个高尚的、道德的立场。她不能忍受简对她的驳斥，虽然她从来不承认自己的这个弱点。

杰里叔叔在星夜里赶着马车往家走，他心里充满了满足感，因为他已经帮助丽贝卡化险为夷了，他回想着丽贝卡的头靠在自己的膝盖上，她的泪水像雨一样落在他的手里；他回想着丽贝卡在认清事实后是那么通情达理；他回想着丽贝卡在明白自己的责任后是那么斩钉截铁，而她对于关爱和理解又是那么的渴望。"上帝啊！"他低声说道，"欺负虐待这样一个孩子！我知道，对于那些没心没肺、厚脸皮的小孩子来说，这算不上'虐待'。可是，对于这样一个瘦弱敏感、要面子的孩子，一句刺耳的话就像是鞭子一样沉重。米兰达·索亚要是像我和'妈妈'这样经历过失去孩子的痛苦，她一定会变得更温柔、更有爱心。"

"我还从来没有见过哪个孩子像丽贝卡今天这样，进步这么快。"星期六晚上，米兰达·索亚对简说。"看来我给她的教训是对的，她就是欠批评，我敢说，这个月她都会表现得这么好的。"

"她终于让你满意了，我很高兴。"简说，"你要的是一个献媚虫，而不是一个聪明伶俐、面带微笑的孩子。在我看来，丽贝卡似乎经历了那场持续了七年的战争。今天早上，她从楼梯上下来的时候，我感到她一夜之间竟然老成了。如果你能听我的建议，当然，你一般不会听的，你就让我带上她和艾玛·简明天下午去河边玩，然后请艾玛·简在我们家吃顿周日晚餐。如果你还能同意，就让她和科博夫妇星期三去趟米尔顿，这样她的情绪会好一些，也正好满足了她一直以来的心愿。星期三学校放假，因为迪尔包恩小姐要回家参加她姐姐的婚礼，而科博和帕金斯两家人打算去逛米尔顿的农贸集市。"

11 涌动的才华

　　丽贝卡的米尔顿之行和她心目中描绘的一模一样，只是最近，她读到一些关于罗马和威尼斯的书，这些书使她相信，那些城市的景观比米尔顿要美丽得多。于是，不久，她的脑子里又盘算着看完米尔顿，将来一定要去波特兰。因为波特兰有很多岛屿，还有港口和两座公共纪念碑，这要比米尔顿漂亮多了，她觉得米尔顿只是一个内陆城市，它以繁忙的商业活动而著名，不能激发游客无穷的想象力。

　　在这个难忘的星期三，艾玛·简和丽贝卡见了那么多从没见过的东西，做了那么多从没做过的事情，说了那么多从没说过的悄悄话，吃了那么多从没吃过的美食，问了那么多从没问过的问题。

　　"她是我这辈子见过的最好的伙伴了。"科博太太那天晚上回家对丈夫说道，"今天我们过的每一分钟都是那么有趣。她也很有教养。她从不主动要东西，每次我们给她买东西，她总是很感激。我们走进那个演《汤姆叔叔的小屋》的帐篷时，你看见她那张兴奋的脸了吗？我们坐下来一起吃冰激凌的时候，她给我们讲起了那本书（《汤姆叔叔的小屋》），你注意到她讲话时的神情了吗？要我说，她比那个作者，比切·斯托夫人讲得还要好听呢。"

"这些我都注意到了。"科博先生回答道，他很高兴"妈妈"和他对丽贝卡的看法相同。"我虽然不能确定，可是，她将来一定会是个了不起的人物——歌手，作家，或者像科尼什镇上的帕克斯小姐那样当个女医生。"

"女医生总是要待在家里，这恐怕不行吧？"科博太太反问道，她自己显然就是老式医学校毕业的。

"天哪，不对吧，'妈妈'！帕克斯小姐可没有一直待在家里，她驾车走遍了整个美国。"

"我怎么也看不出丽贝卡像个要当医生的样子。"科博太太默想了一会儿说，"她爱说话的天分会帮助她成才的。也许她可以演讲，或者朗诵诗歌，就像上次来参加丰收宴会的波特兰演说家那样。"

"我想她一定会自己写诗。"科博先生很有把握地说，"她一定能很快写出诗作，她写诗的速度一定要比朗读书本上的诗要快得多。"

"只可惜，她长相太一般了。"科博太太一边说，一边吹灭了蜡烛。

"长相一般，'妈妈'？"科博先生惊讶地大叫道，"你看看她的眼睛，看看她的头发，她的笑脸，还有她的酒窝！你再看看爱丽丝·罗宾逊，她是我们这一带号称最漂亮的女孩子，可是和丽贝卡相比,她马上就黯然失色了!我真希望米兰达能允许她经常来我们家,这样她就可以在这里释放一下自己的精力,大家在砖房子里,也就相安无事。我们体会过养孩子的滋味,可是,那毕竟已经是三十年前的事情了,现在,我们正好可以弥补一下。"

科博夫妇虽然对丽贝卡的才华欣赏有加,可是丽贝卡此时的写作仍然是非常糟糕。迪尔包恩小姐把自己曾经练习过的所有题目都拿出来给丽贝卡写:云景、亚伯拉罕·林肯、自然、博爱、奴隶制度、放纵、快乐与责任、孤独,应有尽有。但是,丽贝卡的作文没有一篇能让老师满意的。

"丽贝卡,像你说话那样写作文。"可怜的迪尔包恩小姐反复强调说,其实她心里暗自明白,她自己就从来没有写过一篇好作文。

"可是,迪尔包恩小姐!我从来就不说自然和奴隶制度。我连说都不会说,又怎么会写呢?"

"这就是作文的目的。"迪尔包恩小姐含糊其辞地回答说,"它让你有话可说。你看你的最近一篇作文,'论孤独',你没有写任何有趣的事情,你把作文写得太普通,像是日常说话。你的作文里有那么多'你',你应该用'一个人'来代替'你',这样看起来就是好作文。比如:'当一个人打开自己喜欢的书','孤独的时候,思想是一个人最大的安慰'等等。"

"我一点儿也不了解这周写的'孤独',上周写的'快乐与责任'我也不懂。"丽贝卡嘟囔着说。

"'快乐与责任'是个严肃的题目，你却把它写得滑稽可笑。"迪尔包恩小姐不满地说，"所以肯定没写好。"

"我没想到你会让我们在班上大声读出来。"丽贝卡回想起上周的情形，脸上露出窘迫的微笑。

"快乐与责任"是个高年级同学的作文题目，要求学生在五分钟内完成。

丽贝卡于是字斟句酌、冥思苦想，累得满头大汗，也无济于事。轮到她读自己的作文时，她只好承认自己什么也没有写出来。

"你至少写了两行字吧，丽贝卡。"迪尔包恩小姐说，"因为我看到你的石板上有字。"

"我还是不要读出来吧，写得太差了。"丽贝卡恳求老师。

"读罢，不管你写得好与坏，不管你写得多与少。谁都不许找借口。"

丽贝卡站了起来，由于害怕大家嘲笑和羞辱，她低声读出了自己写的对句：

当快乐与责任相对，

把责任打个粉碎。

迪克·卡特的头笑得钻到了桌子底下，利文·帕金斯笑得岔了气。

迪尔包恩小姐也笑了，她也不过是个女孩，教育孩子的工作很枯燥，根本唤不起什么幽默感。

"放学后你留下来再写一遍，丽贝卡。"她说，不过，她说这话的时候，脸上带微笑。"你写的诗观点不好，因为一个好的女孩子应该热爱自己的责任。"

"这可不是我自己的观点。"丽贝卡歉疚地说。

"我只写了第一行，就看见你去敲钟，然后说时间到了。那时，我刚刚写下'相对'，想不起别的什么可以押韵的词。我把它改成这样吧：

当快乐与责任相对，

把快乐打个粉碎。

"这样好多了。"迪尔包恩小姐说，"不过我觉得'打个粉碎'不适合用在诗歌里。"

丽贝卡在老师的教导下学习了不定代词"一个人"，知道它可以为文章增添优雅的诗歌韵味，于是她绞尽脑汁，重新写了那篇题为"论孤独"的作文。作文如下，不过好像师生两个人都不满意这样的作文：

当一个人用一个人可爱的思想来安慰一个人的时候，就不能说一个人是孤独的。的确，一个人独自坐在那里，可是一个人在思考；一个人打开一个人心爱的书，阅读一个人心爱的故事；一个人对着一个人的姨妈或者一个人的弟弟说话，抚摩一个人的猫，或者看着一个人的影集。一个人还有事情要做：如果一个人碰巧喜欢做事，一个人会感到快乐。一个人所有的琐碎家务会让一个人不再孤独。当一个人捡起烧火柴点火为一个人做夜宵的时候，一个人会感到失落吗？当一个人给奶牛挤奶前清洗一个人的奶桶的时候，一个人会感到失落吗？一个人不会觉得失落的。

丽·兰

"这真是太可怕了。"放学后，丽贝卡大声朗读了一遍作文，叹着气自言自语道。"总是在作文里加上'一个人'不但没有让作文读起来像书，反而读起来更傻！"

"那是因为你写了这么稀奇古怪的事情。"迪尔包恩小姐反驳说。"我不知道你为什么要写那些东西。你怎么能把捡烧火柴这么普通的事情也写进作文里？"

"因为我前面一句话谈的就是家务活，而且，那也的确是我的一个家务活。你不觉得我把晚饭改成'夜宵'很好吗？还有，'失落'也是个很好的词吧？"

"是的，这一部分写得很好。只是'猫'、'烧火柴'、'奶桶'这些部分我不喜欢。"

"那好吧！"丽贝卡叹着气说。"把它们去掉，'奶牛'也得去掉吧？"

"对，我不喜欢奶牛跑到作文里来。"顽固的迪尔包恩说。

米尔顿之行虽然美好，却也带来了一件小小的不愉快。接下来的那个星期，米妮·斯麦利的妈妈找到米兰达·索亚，要她最好管管丽贝卡，因为她学了些"诅咒的、污秽的话"。还说一天下午有人听到她对着艾玛·简和利文·帕金斯说很可怕的话，而那两个人只是大笑着，然后弯着腰追赶她。

　　面对这样的指责，愤怒的丽贝卡拒绝承认，简姨妈也相信她是无辜的。

　　"你再好好想想，丽贝卡，想想米妮到底听到你说了什么话。"简设法帮助丽贝卡。"不要那么气急败坏，也不要那么固执，认认真真地想想。他们两个什么时候追着你跑，当时你们在干什么？"

　　丽贝卡忽然眼前一亮。

　　"哦！我想起来啦！"她大叫一声，"那天早上一直下着大雨，路上到处都是水坑。艾玛·简、利文和我走在一起，我在最前面。看到路上的雨水流进水沟里，我想起了在米尔顿看到的《汤姆叔叔的小屋》的表演，其中有一场演的是，伊莉莎被警犬追赶，她怀抱婴儿，踩着浮冰，横穿密西西比河。从演出棚里走出来，我们几个都禁不住大笑起来，因为演出的舞台太小了，伊莉莎就只好在舞台上绕着圈子跑来跑去，有的时候那条狗追着她跑，有的时候，她好像又追着那条狗跑。我知道利文一定也记得那个可笑的场面，所以我就脱下雨衣，把书裹成一团，做成婴儿的样子。然后我就模仿伊莉莎喊道，'我的上帝呀！这么冰冷的河！'——和戏里面的伊莉莎说的一模一样。

我从一个水坑跳到另一个水坑，而利文和艾玛·简两个人就扮演警犬追赶着我。那个笨蛋米妮·斯麦利只看到我们在玩，哪里懂得我们是在演戏。再说，伊莉莎只说了这句'我的上帝呀！这么冰冷的河！'，这不算是诅咒，这是祈祷。"

"就算是这样，你也没有必要在马路中间祈祷。"米兰达姨妈说，"幸好没有他们说的那么糟糕。你天生就是个麻烦鬼，而且，如果你不管住自己的舌头，我看你永远都会麻烦不断的。"

"但愿哪天我能把米妮的舌头管住。"丽贝卡一边摆桌子准备晚饭，一边不停地低声嘀咕着。

"我敢说她真的是个最不服输的孩子！"米兰达摘下眼镜，停下手里的缝纫活儿，对简说。"你不觉得她有点疯疯癫癫的，简？"

"我觉得她和我们不一样。"简若有所思地说，她欣喜的脸上带着一丝忧虑，"但是这种不一样是好还是坏，等她长大以后我们才能明白，现在我说不准。她身上什么潜质都有，有时候我觉得我们那么对待她，不大合适。"

"别跟我说这浑话！"米兰达说，"那是你的看法。我觉得自己适合管理世界上所有的小孩！"

"我知道你是这样感觉的，但是恐怕你没有这种能力。"简微笑着回敬道。

简最近养成了自由表达自己意见的习惯，而且，这个习惯还在以惊人的速度成长着。

12 失败的殉道者

这段时间，丽贝卡一直在读一本关于斯巴达男孩的书，她从中得到启发，于是产生了这样的观点，她坚信，时不时地给自己来点适度的自我惩罚，是非常有益的。这个观点产生的直接导火索是一件伤心事，尽管她的经历里不乏这样的遭遇，而这一件似乎更悲惨。

那天，丽贝卡穿着自己最好的衣服去科博先生家玩，可是通过小桥时，她突然被美丽的河水深深地吸引住了。于是，她斜靠在刚刷了油漆的护栏上，欣赏着飞流直下的瀑布。她一边把胳膊肘搭在护栏上面的木板上，身体悠闲地向前倾斜着，一边遐想起来。

大坝上游的河水形成了一面明镜般的湖泊，湖面上倒映着蓝蓝的天空和绿绿的河岸。由于大坝拦截而形成的瀑布打着旋涡飞流而下，异常壮观，瀑布闪着金光，不知疲倦地涌动着、倾泻着，然后消失在雪白的、深深的泡沫里。艳阳下，它熠熠生辉；月光里，它闪闪发亮；初冬季节，它冷清清、灰蒙蒙；炙热的夏季，它潺潺作响，经过大坝；雨季来临的四月，它又充满力量地咆哮起来。曾经有多少双年轻的眼睛，在河边凝视过这神秘、雄伟而又壮丽的瀑布；曾经有多少颗年轻的心，斜靠在小桥的护栏上，憧憬着他们的未来！当然，看到这辉煌壮丽的景象的同时，也难免望见辉煌背后最终要消失在"朴素平常"中，正如咆哮的瀑布最终归于宁静的河流一样。

丽贝卡每次过桥，都要扶着护栏向前屈身，边看风景边沉思。而此时此刻，她正在给自己写的诗找最后的韵脚呢。

辽阔的缅因州
美丽的小河旁
两位少女在游荡

一位叫做丽贝卡
另一位的芳名是艾玛

"我渴望生活像河流
艾玛·简说
如此安静如此平坦
没有任何痛苦与困难"

"我愿做奔腾的瀑布里
一滴水珠
我不愿生活在平静的湖中

这与我的性格格格不入"

（深色皮肤的少女说的是刚才的话，
虽然两个少女形影不离，
却没有亲戚关系。）

可惜！也许我们都不能如愿
安静的生活也许属于我
激越的生活却归艾玛·简

"我不喜欢'激越的生活却归艾玛·简'这一句，可是我
又想不出别的句子。哎呀！怎么有股油漆味儿！天哪！我身上
有油漆！我最漂亮的衣服上全都是油漆！天哪，这会让米兰达
姨妈怎么说我呢！"

丽贝卡的眼睛里流淌着自责的泪水，她飞速爬上山，向科
博夫妇家里跑去，她抱着一线希望，渴望在那里能够得到
帮助。

科博太太看了看裙子，声称自己可以把任何衣服上的任何
污渍洗掉。而科博先生也在一旁保证，他发誓说"妈妈"能把
任何脏东西洗掉。虽然有时候她洗的衣服有斑点，但是，她的
手很巧，肯定能洗得掉。

丽贝卡脱下那件斑斑点点的衣服，科博太太马上把有油漆
的地方浸泡在松节油里，而丽贝卡则换上了科博太太平时在家

穿的蓝色印花棉衣服，这装束使科博家的这顿饭别有一番风味。

"别让这件事倒了你的胃口。"科博太太柔声安慰丽贝卡。"我给你拿奶油饼干和蜂蜜。如果松节油不起作用，我就用法国白垩粉、泻盐或者肥皂水。如果这些都不管用，就让杰里叔叔跑趟斯图尔特家，借点玛希从米尔顿买来的东西，那东西把她婚纱上沾的葡萄酒渍都洗掉了。"

"可我还是弄不明白到底是怎么回事？"杰里叔叔一边把蜂蜜递给丽贝卡，一边半开玩笑地说。"因为小桥上到处都挂着'油漆未干'的牌子，就算是瞎子也看得到的，我不知道你是怎么会粘上油漆的。"

"我根本就没有注意到牌子。"丽贝卡闷闷不乐地说，"我好像一直在看瀑布。"

"那瀑布自古以来就在那里，而且我看它永远也不会消失，所以你根本没必要这么着急去看它。小孩子们总是喜欢爬得高高的，妈妈，我看我们得理解他们呢！"他一边说，一边朝着科博太太使眼色。

吃完晚饭，丽贝卡坚持要帮着擦洗盘子，科博太太则继续努力处理那件衣服，任务还真是很艰巨。丽贝卡不时地跑出厨房来到水槽边，紧张地弯下腰看着水盆里的衣服，了解科博太太的工作情况，而杰里叔叔则不停地提出这样那样的建议。

"你肯定整个人都趴到桥上了，小宝贝！"科博太太说，"因为不光胳膊肘、肩胛和腰部有油漆，整个前胸也全是油漆。"

衣服的情况稍有起色，丽贝卡的心情也好转起来。终于，衣服洗干净了，晾在外面风干，丽贝卡也走进了起居室。

"你们家有纸吗?"她问道，"我要把我刚才粘油漆时写好的诗抄下来。"

科博太太坐在针线筐旁，杰里叔叔则拿来一只方格袋子，取出里面装的细绳子，全神贯注地解开绳子上的一个个小结——这是他晚上最喜欢的娱乐活动。

经过冷静思考，丽贝卡对诗作进行了一些修改，最后，用她圆润的小手快速把作品抄在了一张纸上。

两个心愿

丽贝卡·兰德尔

辽阔的缅因州
美丽的小河旁
两位少女在游荡

皮肤深色的是丽贝卡
白皙的那位的芳名叫艾玛

白皙的少女说
"我渴望生活像一条河流
安静平坦波澜不惊

如此心旷神怡，如此风平浪静"

"我宁愿做奔腾的瀑布里
一颗小水滴
也绝不选择沉寂的湖水
这生活对我枯燥无味"

（深肤色的少女直抒胸臆，
两位少女虽然形影不离，
却不是姐妹，更不是亲戚。）

可惜！我们不可能都
随心如愿
安静的生活也许属于我
激越的生活也许归艾玛·简

　　然后，她把抄好的诗大声读了一遍，科博夫妇觉得这首诗不但非常优美，简直就是一篇杰作。

　　"我猜想，如果那位住在波特兰国会街上的作家能够听到你的诗作，他一定会大吃一惊，"科博太太说。"如果要我说，这首诗和他的那首'不要用伤心的数字向我诉说'不相上下，而且比他那首诗更有条理。"

　　"我从来就没有明白'伤心的数字'是什么。"科博先生讯讽地说。

"那我猜你肯定没学过小数和分数！"丽贝卡笑着说，"杰里叔叔，萨拉阿姨，你们能不能帮我重新改改，尤其是最后一句——这句里面一定要有思想，可是我总是写得很别扭——你们能不能给我改一个好一点的结尾？"

"既然你发动了自己的奇思妙想，苦苦构思了这首诗，当然是越到结尾越好，我看不出还有什么更好的结尾。"科博先生评价说。

"太恐怖了！"丽贝卡低声嘟囔着说，"我不应该把'我'字写进去。我是在写诗，不应该让读者知道是我站在小河边。应该用'丽贝卡'或者'深肤色的少女'。还有，'激越的生活也许归艾玛·简'，这句也很可怕！有时候我觉得自己不应该再尝试写诗了，要把诗写好太难了。可是有的时候，它又自己从我脑子里冒出来。看看这句话是不是更好些？

　　可惜！我们都明了
　　世间事常难遂人愿
　　平静的生活也许会降临
　　给那个渴望快乐与挑战的人

我不知道改好了还是改坏了，让我再改改最后一段！"

几分钟后，小诗人抬起头，她的脸因为兴奋而闪闪发光。"真是太简单了。你们听吧！"她用悦耳、哀婉的声音慢慢地朗读道：

> 因此无论命运辉煌还是黯淡
>
> 是充满欢笑还是泪水涟涟
>
> 相信这一切都是天意
>
> 信念可以帮助我们忍受苦难。

科博夫妇默默地交换了一下赞许的目光，杰里叔叔禁不住把头转向窗外，用手里的方格帕子偷偷地擦拭自己的眼睛。

"你是怎么想出这样的句子的？"科博太太惊叫道。

"这很容易啊。"丽贝卡回答说，"礼拜会的圣歌都是这样的。你们知道吗，在维尔汉姆神学院，每个月都要出版一期校报。迪克·卡特告诉我，校报的编辑自然都是男孩子，但是编辑也允许女孩子给他们写稿子，然后从中选出最好的。迪克觉得我的作品可以在校报上发表。"

"发表作品！"杰里叔叔惊叫道，"你就是写整期校报我都不觉得意外。至于那个男生编辑，我敢打赌，你用一只手就可以把他打败。"

"我们可不可以把刚才那首诗抄到我们家的《圣经》后面的空白页上？"科博太太谦恭地询问道。

"你喜欢那首诗吗？"丽贝卡问道，"当然可以给你们啦！我要用一支好钢笔，蘸着紫色墨水，给你们写得又干净又好。不过，现在我得出去看看我那可怜的衣服。"

科博夫妇也跟着丽贝卡来到厨房。衣服已经干了，而且萨拉阿姨的努力也的确没有白费。只是衣服由于用力搓洗而褪色不少，原来的图案已经模糊了，不少地方还有脏痕。科博太太又进行了最后一次的补救，她小心翼翼地用热熨斗把衣服熨得平平整整。他们又催促丽贝卡赶快换上衣服，看看油漆的污渍还有没有原来那么明显。

可惜！那些污渍顽强地粘在衣服上，眼力再差的人也看得清清楚楚。丽贝卡检查了一遍衣服，然后到门口的钉子上去取帽子，边取边说，"我看我得走了。晚安！如果我免不了被责骂，我希望时间短一点，赶快结束就好了。"

"可怜而不幸的小家伙，怎么老是不走运！"杰里叔叔叹了口气，目送丽贝卡下了山。"真希望她小心看看脚底下的山路。我发誓，如果她是我们的孩子，就算她把油漆溅得满屋子都是，我也不会骂她的。这是她丢下来的诗，再大声读一遍吧，妈妈。我的天哪！"他一边点燃烟斗，一边哧哧地笑了起来，"我好像可以看见那个编辑男孩灰溜溜地走下台的样子，而丽贝卡就理直气壮地坐在他原来的位子上！我弄不明白编辑到底是干什么工作的，但是丽贝卡懂，她一定行！而且她肯定能把一切都编辑得好好的。

相信这一切都是天意，
信念可以帮助我们忍受苦难。

天哪，妈妈！你听听，说得多好，就像福音书一样。你说她是怎么想出这些话的？"

"像她这种年龄的孩子不应该能想得出这样的话。"科博太太说，"她一定是凭着猜测，觉得人生就是这样的。有些道理，我们不需要别人教导就可以明白，杰里米亚。"

丽贝卡像战士一样接受了姨妈对她的责骂（这次她活该挨骂）。责骂的内容相当多，另外，米兰达小姐说，像她这样心不在焉的小孩，将来长大一定是个胡言乱语的白痴。姨妈还命令她不许参加爱丽丝·罗宾逊的生日派对，而且，她还得一直穿着这件已经褪色的、疤痕累累的衣服，直到穿破为止。不过，六个月以后，简姨妈为这个可怜的"殉道者"做了一件暗颜色的褶皱围裙，还特意设计了大小，这样可以遮盖所有的污渍。简姨妈总是那么仁慈，帮助这个可怜的小"罪人"弥补她所犯下的"罪行"。

听完姨妈对她的处分，丽贝卡回到自己那间朝北的屋子，陷入了沉思。如果说，她对将来有什么希望的话，她最不希望自己是个白痴，不管是什么样的白痴。尤其不能做一个胡言乱语的白痴。于是她决定，如果因为自己闯祸，惹得善良本分的姨妈不悦，那她就惩罚自己。她不在乎自己不能参加爱丽丝·罗宾逊的生日派对。她曾经对艾玛·简说过，这个派对一定像是在墓地里举行的野炊，罗宾逊家离墓地实在是太近了。参加派对的孩子们只能从后门进来，每次"拜访"，孩子们都得站在报纸上，所以爱丽丝的朋友们总是请求她到小棚屋或者谷仓里"接见"他们。罗宾逊太太不仅"特别整洁",而且"特别小气",所以他们家提供的茶点很可能只是薄荷味的止咳糖和一杯杯的白开水。

丽贝卡想了几种自我惩罚的方式,一种是穿上紧贴皮肤的粗布衬衣,还有一种是在鞋子里放上小石子,可是她仔细衡量了因此要付出的代价后,就否定了这些方式。因为第一,她根本就找不到紧贴皮肤的粗布衬衣;第二,鞋子里放上小石子一定会引起姨妈的注意,姨妈就像是希腊神话中的百眼巨人,什么都别想逃过她的眼睛;况且,对于一个家务缠身,还要走半英里路去上学的人来说,鞋子里面放石子实在是太愚蠢了。

第一次通过殉道方式惩罚自己的尝试并未成功。于是,她又试了别的方式。她决定留在家里,不去参加这个星期主日学校的音乐会,这可是她最喜爱的活动之一。由于她的缺席,两个经常靠她提示歌词的孩子中途忘词(她把所有孩子的歌词都记得清清楚楚,比他们自己还要清楚),只好灰溜溜地下台。那天,她所在的那个唱诗班必须按照座位顺序,轮流朗读《圣经》中很难的一章,结果,很多同学因为忘词而被罚重新练习。他们根本没有料到,丽贝卡的缺席会让一切都乱了章法,更为惨不忍睹的是,那些最不善记忆的同学,在音乐会最后,被迫诵读最难的耶布斯人记、阿摩利人记那一部分内容。

既然自我惩罚会殃及别人,那么,何不像做慈善工作那样,从家里开始呢?丽贝卡迷惘地坐在窗前,环视着自己的房间。看来,她必须得牺牲一点什么,实际上,她几乎一无所有，也没有什么可以牺牲的，几乎没有什么——对了，那把心爱的遮阳伞总该可以吧。她想把伞藏到阁楼上，可是又担心自己脆弱的时候会忍不住去拿。她更担心自己没有勇气把伞摔个粉碎。她的视线从遮阳伞上移到了侧院里的苹果树上，然后落到了水井栏上。这办法一定可行，她要把自己最心爱的宝贝扔进深深的井水里。想到就要做到，这是她的一贯风格。趁着天黑，她偷偷下楼，悄悄走出前门，来到她准备牺牲的地方。她把井盖打开，于心不忍地打了个冷战，然后用尽浑身的气力，把遮阳伞扔了下去。在她扔伞的一瞬间，她觉得自己特别像恒河边上那些把自己的孩子扔给鳄鱼的异教徒母亲，这种思想帮助她顺利地完成了这次壮举。

献出祭品的人，自然应该安然入睡了。丽贝卡不仅睡得香，早上起来也觉得心旷神怡。可是，早饭后，水井就很难抽出水了。而此时，经过磨炼的丽贝卡已经情绪高涨地上学去了。家里请阿毕加·弗莱格来帮忙，他揭开井盖，经过一番仔细查看，终于找到了问题的元凶，又费了九牛二虎之力，才把那东西取出来。原来，遮阳伞的象牙把手卡在了抽水机链条的齿轮上，抽水时的动力猛地拉弯了这个懊悔之心敬献的"祭品"，坚硬的伞骨戳进了井壁，与一根小树枝缠在了一起。就算是最会玩骗术的专家，如果没有秘密力量的帮助，一定也完成不了这个壮举。而一个心灵向善的不幸的孩子，却在手腕一挥之间做到了。

我们还是略去丽贝卡放学回家发生的那一幕吧。尊敬的读者，您也许年事已高，也许满腹经纶，又或者能言善辩。就算您挖空心思，要把自己曲折的扔伞的心路历程解释清楚也是件头疼的事情。同样，面对一个双唇紧闭、目光漠然的人，讨论自我惩罚的功效一定是对牛弹琴！常识、公正和逻辑永远属于米兰达姨妈。可怜的丽贝卡被逼到墙角，她被迫承认了自己牺牲遮阳伞背后的原因，姨妈说，"现在听我说，丽贝卡，你已经长大了，我不能用鞭子抽你，我也不愿意用鞭子抽你。但是，如果你觉得你受的惩罚还不够的话，请你告诉我，我来帮你想些新点子。和有些人相比，可能我不怎么聪明，不过办法我还想得出来。而且无论是好是坏，我的办法都不会让全家人受到惩罚，让他们喝用象牙末子、木头屑子和丝绸碎片搅拌的水。"

13　白雪和红玫瑰

就在感恩节前夕，辛普森一家的生活到了一个堪称危机的地步，一直以来，辛普森家的孩子都是生在极度贫穷里，长在冒险无常中。

利维保罗人想尽一切办法，要把辛普森一家赶回他们的老家去，之所以这样说，是因为大家认为，他们是外地人，他们出生的那个小镇，应该为他们提供衣食和住宿，直到孩子们自谋生路为止，而收留他们的利维保罗没有义务养活他们。尽管辛普森太太竭尽全力，家里依然缺衣少食。每当快开饭的时候，辛普森家的孩子们就羞怯地坐在邻居家的厨房门外，以求填点肚子。虽然没有人喜欢他们，可是，有些心慈手软的主妇们还是会给他们几口自己吃剩的残羹冷饭。

寒冷阴暗的十一月里，辛普森家的生活更加的黯淡沉闷。而此时，别人家则把满身肥肉的火鸡，金灿灿的南瓜，还有黄澄澄的玉米放进谷仓，储存起来，准备过冬。看着这些，小辛普森们也想找点事情做做，给生活添点儿刺激，最后，他们决定推销肥皂，换取奖品。初秋时节，他们就已经向邻居卖了很多肥皂，然后用赚来的钱买了一辆儿童手推车，车子虽然不很牢固，但是足够他们推着在乡间小路上来回走了。这些孩子继承了父亲的商业头脑和管理才能，他们决定把业务扩展到更大的地区范围，如果邻近村庄的村民愿意买他们的肥皂，他们就到这些村庄去销售。"精益求精"肥皂公司在全国各地都有童工推销员，公司虽然只付给他们很微薄的报酬，但是它用大型彩图制成的传单来吸引推销员的想象力，传单规定，销售额达到一定数量后，销售员可以得到不同的奖品。正是在这个重要关头，克拉拉·贝尔·辛普森和苏珊·辛普森来请教丽贝卡，丽贝卡毫不犹豫、全神贯注地投入到这项事业中，她答应自己和艾玛·简·帕金斯都会来帮忙的。他们可能得到的奖品有三种：一个书架、一把长毛绒躺椅还有一盏宴会灯。当然，辛普森家里是没有什么书的，所以书架就不用选了；长毛绒躺椅也不用考虑，虽然它对于一个七口之家还有一点用处（辛普森先生除外，因为他通常待在监狱里）；只有那盏宴会灯让他们眼前一亮，欢天喜地的他们越来越渴望拥有这盏灯，这种渴望比他们对食物、水和衣服的渴望更强烈。艾玛·简和丽贝卡对于辛普森家孩子渴望得到宴会灯的想法非常理解，丝毫不觉得这有什么不妥之处。她们每天都要看看那张图片，她们知道，如果自己是小小推销员，她们一定也会为这盏灯而努力奋斗、吃苦耐劳、不惜血汗的，在即将到来的漫漫冬夜里，房间里有这样一盏灯将是多么幸福的事情啊！从传单上看，这盏灯似乎有八英尺高，艾玛·简还建议克拉拉·贝尔回去量一量家里的屋顶有多高。后来他们在宣传册旁边的注释里了解到：灯的高度只有两英尺半，应该放置在配套的桌子上以凸显其高贵与华丽，桌子额外收费三美元。灯体是由抛光的黄铜做成的，宣传册上还说，虽然总是被大家误会——以为是纯金做的。配套的灯罩（如果推销人员再额外卖一百块肥皂，就可以得到这个灯罩）是由绉纱纸做成的，纸上印了各种漂亮的颜色，喜上眉梢、眼花缭乱的推销人员可以从不同的颜色中选出自己的最爱。

"跷跷板"辛普森不是这个企业联合中的成员；克拉拉·贝尔是个非常成功的推销员；但是，苏珊由于口吃，常常费半天口舌，也做不成一笔大买卖；而那对双胞胎因为年龄太小，得不到客户的完全信任，所以每次只能领到六块肥皂的销售任务，出去销售时，还得给他们带上一张清单，写上每一块、每一打以及每一箱肥皂的价格。丽贝卡和艾玛·简主动请缨，要求沿途走上两三英里，看看她们能不能鼓动附近村民购买"白雪"和"红玫瑰"两个牌子的肥皂，白雪是洗衣专用肥皂，而红玫瑰则是盥洗室专用肥皂。

为这次行动所做的准备工作充满了欢乐，两个女孩子在艾玛·简的阁楼上开了一个很长的讨论会。她们带上公司的宣传册，这样可以随时根据册子的内容准备不同的演讲词。她们至今还清楚地记得，上次去米尔顿，在市场上遇到的那个药品销售商对她们演说的情形。他的推销方法，让她们过目难忘；他的行为举止，让她们回味无穷；他的言语措辞，在她们的耳畔回响。艾玛·简把丽贝卡当做客户练习了一遍，丽贝卡也把艾玛·简当做客户练习了一遍。

"今天下午，我能向您推销一块肥皂吗？肥皂的牌子分别是'白雪牌'和'红玫瑰牌'，每只包装箱里有六块肥皂，白色肥皂二十美分，红色肥皂二十五美分。肥皂由最纯净的原料制成，香味袭人，效果好，如果您抵挡不住美味的诱惑，您会忍不住想咬一口呢！"

"哦，丽贝卡，我们可别那么说！"艾玛·简大声插话说，"这让我觉得自己像个傻瓜。"

"这一点也不会让人觉得傻，艾玛·简。"丽贝卡批评她说，"有时候我觉得你必须'傻'一些，要想让自己感觉像个傻瓜还不是那么容易呢。如果你不喜欢'咬一口'那句，就跳过去，继续练习。"

"'白雪'肥皂是有肥皂以来最非凡的产品。您只需要把衣服浸在水盆里，轻轻用肥皂揉搓比较脏的油渍部分。然后把衣服浸泡起来，只要一个晚上，然后，就算是最小的婴儿也可以轻而易举地把衣服洗干净了。"

"'小孩'，不是'婴儿'。"丽贝卡对照宣传单上的内容纠正艾玛·简。

"不是指的一样的人吗？"艾玛·简辩解说。

"当然是一样的'人'，可是婴儿在宣传册里通常叫做'小孩'或者'幼儿'，在诗歌里也是这样！你是不是想说'幼儿'？"

"我不想。"艾玛·简嘟囔着说，"'幼儿'比'小孩'更难听。丽贝卡，你觉得我们是不是应该像宣传册上说的那样，先让爱莉亚和爱莉莎试一试肥皂的效果，然后再去推销？"

"我想象不出一个小婴儿能用什么肥皂做家务。"丽贝卡回答说，"但是，我想这肯定是真的，要不然他们也不敢印出来，所以，我们就不要担心这个了。哇！艾玛·简，难道这不是一件天大的趣事？到一些人家里——这些人不可能认识我——我不会害怕的，我一定要把宣传册上的内容从头说到尾，包括'抵挡不住诱惑'，也包括'小孩'等等。如果记得住，我还要对他们说最后的那句话：'我们竭尽所能，为了您最大的满意。'"

这是星期五放学以后，两个人在艾玛·简房间里的一段对话。这个周末，两个姨妈去波特兰参加一个老朋友的葬礼，所以丽贝卡要在艾玛·简家里住两天，和朋友的家人一起过周末，丽贝卡感到无比的快乐和欣喜。星期六是节假日，他们打算套上那匹老白马，驱车去三英里外的北利维保罗，中午十二点在艾玛·简的表兄妹家吃顿午饭，然后四点钟准时回家。

孩子们问帕金斯太太，在来回北利维保罗的路上，她们可否短暂地拜访几家人，为辛普森家孩子们推销一点肥皂。一开始，帕金斯太太果断地拒绝了她们的请求。其实，帕金斯太太非常溺爱孩子，她丝毫不反对艾玛·简用这种不同寻常的方式给自己寻开心。她只是为丽贝卡——一个那么难缠的姨妈的外甥女——担心，为丽贝卡顾虑。但是，在两个孩子的不断劝说下，她也确信，这种推销是一种慈善事业，于是，她勉强同意了孩子们的要求。

　　孩子们在瓦特逊先生的商店门前碰面，在克拉拉·贝尔账户名下取了几大箱子肥皂。她们把大箱子抬上马车，放到车厢后面，一切准备完毕，马车沿着乡村小路出发了。两个小伙伴一路上兴高采烈，天底下似乎没有比她俩更高兴的人了。此时正值深秋初冬时节，风和日丽，虽然感恩节近在咫尺，田野里的美景却让人忘记了这个重要的节日。孩子们的眼前是一个色彩斑斓的世界，有铁锈色、猩红色、浅黄色、黄色、洋红色、赤褐色、深红色等。路旁的橡树和枫树上还残留很多叶子，它们组成了一个由红色、棕色和金色混合的流动展览。空气好像是冒着泡沫的苹果酒，香气四溢，每一块田地里都放着一堆堆金黄色或者赤褐色的美味收成，静静地等待主人把它们收进谷仓里，送到磨坊里，或者运到市场卖掉。那匹老马也忘记了自己已经是二十岁的"高龄"了，它用鼻子嗅着清新甜美的空气，像小马驹一样匆匆忙忙往前跑。远处的诺克米斯山清晰可见，丽贝卡站在车厢里，突然涌动起对美好生活的感慨，她于是大声呼叫着，赞美这美丽的大自然：

　　　　伟大的，宽广的，美丽的，精彩的大地，
　　　　可爱的河流环绕着你蜿蜒嬉戏，
　　　　美丽的小草装点着你的胸膛，
　　　　大地，你穿着华美的盛装！

一向呆板枯燥的艾玛·简从来没有像今天这样让丽贝卡感到如此亲近、如此可爱、如此善良、如此真诚；而艾玛·简那颗忠实的心也觉得丽贝卡从来没有像今天这样神采奕奕、难以捉摸、充满魔力。这次共同出游让两个小伙伴更加亲密，而旅途的自由，令人兴奋不已的商业计划，都让两个人感到格外欣喜。

一片美丽的树叶吹进了车厢里。

"看见颜色，你会感到头晕目眩吗？"丽贝卡问道。

"不会的。"艾玛·简想了好长时间，回答说，"绝对不会的，一点儿也不会！"

"也许头晕目眩用得不是很恰当，但是它是最接近的一个词。我愿意把颜色吃掉，喝掉，然后睡在颜色里。如果你能变成一棵树，你会选择哪种树？"

艾玛·简非常喜欢这种话题，于是，丽贝卡成功地吸引了艾玛·简的耳朵，擦亮了她的眼睛，放松了她的口舌，这样她就可以听丽贝卡的摆布，像往常一样和她做游戏了。

"我愿意做一棵花朵盛开的苹果树——就是我们家猪圈旁边那棵开着粉色花朵的苹果树。"

丽贝卡笑了。艾玛·简的答案里总有一些出人意料的成分。"我愿意做那棵长满火红叶子的枫树，站在美丽的池塘边。"她一边说，一边用鞭子指了指远处的一棵枫树。"这样，和你们家猪圈旁边的苹果树相比，我看见的风景更多、更美丽。我可以看到树林里的一切风景，也可以在我美丽的镜子

（小池塘）里欣赏我火红的衣裙，还可以看见那些郁郁葱葱的树木在水中的优雅的倒影。等我长大能赚钱了，我一定要给自己买一条像这片树叶一样色彩斑斓的裙子，质地薄薄的裙子通身都是红宝石色，配上长长的拖裙和褶皱的卷边。然后我再系上和树干颜色一样的褐色腰带，那我哪里应该是绿色的呢？我不知道有没有绿色衬裙？如果有，我希望绿色衬裙时不时从红裙子下面露出来，这样就可以表现出这片树叶的成长历程了，从嫩绿到火红。"

"我觉得这样的衣服会很难看。"艾玛·简说，"我打算穿一条雪白色的绸缎长裙，系上一条粉色的腰带，配上粉色的长筒袜、赤褐色的拖鞋，再用一把扇子做装饰。"

14 阿拉丁先生

在两个孩子的商业生涯里，头一个小时的成败荣辱并没有影响她们高涨的情绪。选定了"受害人"之后，她们通常不会一起上门推销，因为她们知道，如果两个人一起去，肯定就不会严肃认真地推销了。于是，每到一家门口，她们就分头行动，一个人看着马车，另一个人拿着肥皂样品，去拜访看似有购买潜质的顺从的主顾，向他们推销产品。艾玛·简已经售出了三块肥皂，而丽贝卡则已经卖出了三小箱——本来，两个人说服公众的能力天生就有天壤之别，当然，两个孩子都把她们的成功和失败归因于不可抗拒的客观环境，她们从来没有考虑过别的原因。家庭主妇们看一眼艾玛·简，就没有了买肥皂的念头，听她平铺直叙地讲解完肥皂的优点，还是没有购买的欲望。而丽贝卡的运气则截然不同，她的推销异常顺利。她拜访的主顾要么觉得自己正需要肥皂，要么忽然想起来他们将来需要肥皂。整个推销过程最重要的特点就是，丽贝卡几乎不费吹灰之力就大功告成，而可怜的艾玛·简虽然竭尽全力，不辞劳苦，却没有如愿以偿地卖出几块肥皂。

"现在轮到你了，丽贝卡，我也很高兴能休息一下。"艾玛·简在一家大门前停了下来，她一边对丽贝卡说，一边指着很远处的一幢房子说，"刚才的经历让我浑身发抖，我还没有缓过神来呢。"（就在刚才，一个家庭主妇从楼上的窗子探出头来，对着艾玛·简大声叫道，"小女孩，走远点！不管你箱子里装的是什么，我们家都不会买的。"这粗暴的态度让艾玛·简至今仍然惊魂未定。）"我不知道这幢房子里住着什么人，前面的百叶窗全都关着呢。如果房子里没有人，就不能算你推销过了，下一家还是该你去。"

丽贝卡沿着巷子走过去，来到房子的侧门前。侧门里有个门廊，门廊里有个摇椅，摇椅上坐着一个人，那人正在剥玉米。这是一个英俊帅气的年轻人，或者是个中年人？丽贝卡判断不出来他的年龄。但是，无论他年龄如何，他身上都有一股城市的气息——脸上刮得干干净净，胡子修得整整齐齐，衣服也穿得很得体。出乎意料地遇到这样的主顾，丽贝卡有点害羞了，可是，她别无选择，只能按照计划先解释一下来意，于是，她问道，"这幢房子的女主人在吗？"

"我目前就是这幢房子的女主人。"这个陌生人说着，嘴角还挂着一丝调侃的微笑，"我能为你做什么？"

"你有没有听说过——你是否想要，哦，我的意思是——你需不需要肥皂？"丽贝卡结结巴巴地问道。

"你看看我像不像要肥皂的人？"他的回答完全出乎丽贝卡的意料。

丽贝卡嫣然一笑，露出了两个小酒窝。"我不是那个意思。我要向你推销一些肥皂，我的意思是我想要向你介绍一种非常神奇的肥皂，是目前市面上最好的肥皂。这种肥皂叫——"

"哦！我应该听说过这种肥皂。"这位绅士和蔼地说，"它是由纯植物油脂做成的，对不对？"

"是最纯的植物油脂。"丽贝卡肯定了他的回答。

"里面没有任何酸性物质？"

"一点儿也没有。"

"那么说，连孩子都可以帮家里洗衣服了，而且毫不费力。"

"是小孩。"丽贝卡纠正说。

"哦，小孩，是吗？原来是'孩子'，现在变成'小孩'，看来这个'孩子'不但没有长大变聪明，反而越长越小了！"

今天运气真好，碰到一个事先就已经了解了产品所有优点的主顾。丽贝卡和他谈得越来越开心，脸上时不时地绽放出快乐的微笑，酒窝也越来越深了。在这位新朋友的盛情邀请下，丽贝卡走到门廊边，坐到他旁边的一张凳子上。她打开装有红玫瑰肥皂的美丽的盒子，然后把印有两种不同肥皂的价目表取出来。此时此刻，她全然忘记了自己那个等在大门口、不过问业务的合伙人，与自己的主顾滔滔不绝地谈了起来，似乎她与这位好心的先生前生就认识似的。

"今天我帮忙看家，不过我不住在这里。"这位讨人喜欢的先生解释说，"我是来这里探望我姑妈的，她今天去了波特兰。

我很小的时候曾经在这里生活过。所以，我特别喜欢这个地方。"

"我觉得任何地方都不能取代一个人孩提时代生活过的农场。"丽贝卡评论道，她终于成功地在日常会话中使用了不定代词"一个人"，而这种成功的自豪感几乎充斥了她的头脑。那位先生向丽贝卡瞥了一眼，然后放下手里的玉米叶子。"这么说，你把自己的童年看作是过去的事情了，是吗，年轻的女士？"

"我现在依然记得住我的童年。"丽贝卡严肃地说，"虽然这已经是很久以前的事情了。"

"我也依然记得我自己的童年，那可真是一段辛酸的往事。"这位陌生人说。

"我的也是。"丽贝卡叹了口气说，"你那时候最大的烦恼是什么？"

"主要是缺少食物和衣服。"

"哦！"丽贝卡同情地叫了一声，"我的最大烦恼是没有鞋穿，家里孩子又太多，没有足够的书读。可是，你现在一切都好了，而且还很快乐，对不对？"丽贝卡疑惑地问道，她之所以这样问，是因为这位先生虽然外表英俊帅气、举止得体、春风得意，但是连孩子都看得出来，他沉默的时候眼睛是那么疲惫，嘴角挂满了伤感。

"我现在一切都还好，谢谢你！"这位绅士脸上满含欣喜的微笑，"现在你告诉我，我今天应该买多少肥皂？"

"你姑妈手头现在有多少肥皂啊?"这位缺乏经验的小推销员羞怯地说,"她到底需要多少块呢?"

"哦,我可不知道她有多少肥皂,更不知道她需要多少。不过,肥皂可以储存很久,对不对?"

"我不太确定。"丽贝卡很负责地说,"不过,我可以在宣传册上帮你查查——宣传册上一定会写保存时间的。"说着,她从口袋里取出了宣传册。

"这个生意可以让你赚到一笔不菲的钱,你打算怎么花掉这笔钱?"

"我们可不是为了自己的利益才出来卖肥皂的。"丽贝卡悄悄地说,"我那个站在门口,看着马车的朋友是一个非常富有的铁匠的女儿,她根本就不缺钱。我虽然很穷,但是我和我的姨妈们住在砖房子里,她们当然不会让我做小商贩的。我们这么做,只是想为我们的几个朋友赢得一件奖品。"

给之前的客户推销产品时,丽贝卡从来没有想过要提到这件事情的来龙去脉,可是,这一次,她竟然出乎意料地讲起了辛普森先生、辛普森太太和辛普森一家。她讲到了他们的贫穷,他们没有丝毫快乐的生活,以及他们对这盏宴会灯的热切渴望,因为它可以给他们的生活带来光明。

"你不用和我解释这么多。"这位绅士一边笑着说,一边站起身来,瞥了一眼站在门口的"富有的铁匠的女儿"。"我觉得如果那盏灯是他们想要的,那他们就应当得到它,尤其是你想让他们得到的话。我自己曾经体会过没有宴会灯的生活,我知道那其中的滋味。你现在把传单递给我，我们来算一算。辛普森兄妹现在还缺多少钱，他们还需要卖出多少块肥皂？"

"如果他们这个月和下个月再多卖出两百块肥皂，圣诞节之前他们就可以得到那盏宴会灯。"丽贝卡回答道，"然后，如果他们继续努力，夏天的时候，他们就可以挣到灯罩了。不过，我恐怕从今天以后就帮不了他们多少了，因为我的米兰达姨妈一定不会让我这样做的。"

"我明白了。好吧，就这样。我决定买三百块肥皂，这样，辛普森一家就既可以得到灯，也可以得到灯罩了。"

丽贝卡一直坐在门廊边的凳子上，听到这位客户的决定，她大吃一惊，身体突然一哆嗦，凳子也跟着她翻倒了，结果，丽贝卡和凳子一起滚进了旁边的丁香树丛里。幸好距离不远，这位忍俊不禁的"资本家"把她拉了起来，扶她站好，帮她把身上的尘土掸掉。"接到一宗大订单时，你不应该显得吃惊呀。"他说，"你应该这样回答'你能不能再多买点，三百五十块怎么样啊？'，而不是吓得摔倒，这可不像做生意的样子。"

"哦，我永远也说不出这样的话！"丽贝卡大声说道，刚才那尴尬的一跤，使得她面红耳赤。"可是，你一下子买这么多肥皂好像有点不妥。你确定自己买得起吗？"

"如果我买不起，我会想方设法在别的方面节省些。"这位诙谐的慈善家回答说。

"要是你的姑妈不喜欢这种肥皂，那可怎么办？"丽贝卡紧张地问道。

"我喜欢什么，我姑妈就喜欢什么，她总是这样。"他回答说。

"我的姨妈可从来不喜欢我喜欢的东西！"丽贝卡说。

"那一定是你姨妈的错啦！"

"或许是我的错。"丽贝卡笑着说。

"你叫什么名字，年轻的女士？"

"丽贝卡·罗恩娜·兰德尔，先生。"

"怎么？"他又被逗笑了。"你有两个名字，你的妈妈可真是慷慨。"

"她想出了两个名字，可是她不忍心放弃任何一个。"

"你想知道我的名字吗？"

"我想我已经知道你的名字了。"丽贝卡双眸闪闪发亮，她瞥了他一眼，回答说。"我确信，你一定是《一千零一夜》里的那个阿拉丁先生。哦，对不起，我可不可以跑过去，把这个好消息告诉给艾玛·简？她肯定等得不耐烦了，听到这个消息，她肯定会高兴得跳起来！"

那位先生刚刚点头同意，丽贝卡就飞速冲出小巷子，还没有跑到马车旁边，她已经按捺不住地大声喊起来，"哦，艾玛·简！艾玛·简！我们全部卖光了！"

"阿拉丁"先生面带微笑跟在丽贝卡身后，证明了她那令人难以置信、瞠目结舌的话是千真万确的。他从马车后面把所有的箱子搬下来，接过了她们给的宣传册，还答应当天晚上就给精益求精公司写信，帮他们索要奖品。

"如果你们能够保守秘密的话——你们两个小女孩——辛普森家可以在感恩节的时候意外地收到那盏宴会灯，这对于他们一家人来说，一定是个莫大的惊喜，对不对？"他一边问，一边把她们扶上车，还轻轻地帮她们理了理身上的旅行围毯。

两个女孩欣然答应了这个请求，又无比激动、异口同声地说了一声"谢谢"，此时，丽贝卡的眼睛里涌动着欢乐的泪水。

"哦，不用谢了！"阿拉丁先生举起自己的帽子，笑着说。"我自己曾经也是一个旅行推销员——好几年以前了——所以我喜欢把事情处理得妥妥当当。再见了，丽贝卡·罗恩娜小姐！下次还有什么东西要推销的话，一定要告诉我，因为我现在就可以确定，我一定需要那种产品。"

"再见，阿拉丁先生！我一定会照你说的做的！"丽贝卡一边大声喊着，一边挥动着手臂告别，她兴高采烈地把两条黑色的辫子甩到背后。

"哦，丽贝卡！"艾玛·简充满敬畏地低声说。"他居然对我们行了举帽礼，可是我们还没有到十三岁呢！我们要再长五年，才能成为女士。"

"不用担心。"丽贝卡回答说，"我们正处在女士的初期，现在我们正在成长为女士。"

"他还帮我们盖上了旅行围毯。"艾玛·简沉醉在美好的回忆中，她继续说道，"哦！你不觉得他很优雅吗？他真是太可爱了，买下了我们所有的肥皂！想想看吧，我们只劳动了一天，就换来了宴会灯和灯罩！现在你应该庆幸自己穿了这件粉色的方格裙子，即使我妈妈给你底下穿了法兰绒内衣，你依然那么可爱。丽贝卡，你穿红色和粉色就特别漂亮，穿灰褐色和棕色就不好看！"

"我知道。"丽贝卡叹了口气说，"我真希望我能像你一样——穿什么颜色都那么漂亮！"丽贝卡用满含渴望的眼神看着艾玛·简那张圆乎乎、红扑扑的脸蛋；看着她天蓝色的双眼，那双眼睛空洞无物；看着她端庄的鼻子，那只鼻子毫无特色；看着她红红的双唇，这双唇从来没有说出过值得倾听的话语。

"不用担心！"艾玛·简安慰丽贝卡，"每个人都说你聪明伶俐、思维敏捷，而且我妈妈一直觉得，等你长大了一定会更漂亮。说起来你可能不相信，我婴儿时就长得很难看，一直到一两年前，我还是不好看。可是，就在那时，我的头发开始由红色变成深色，这样，我才好看了些。刚才那个好人叫什么名字？"

"我根本就没想到要问他！"丽贝卡突然说，"米兰达姨妈一定会说，我天生就是这样，她说的对。不过，我把他叫做阿拉丁先生，因为是他帮助我们得到这盏宴会灯的。你听说过阿拉丁和神灯的故事吧？"

"哦，丽贝卡！你怎么能第一次见面就给人家取外号呢？"

"阿拉丁根本不是外号。不管怎么样，他当时笑了，好像还挺喜欢这个名字。"

回到家以后，两个女孩的嘴巴像贴了世间最紧的封条一样，她们凭借着一股超人的力量，严守着这个美丽的秘密。尽管连旁观者都明显地觉得她们两个心中有事，不大正常，但是谁也不明白到底发生了什么事。

感恩节到了，那盏宴会灯也如期而至。辛普森家当天收到一个大包装箱，"跷跷板"打开箱子，取出那盏华美的灯，并把它装好。他顿时对姐姐妹妹们的经商能力佩服得五体投地。丽贝卡也听到了宴会灯送达的消息，但是她一直等到傍晚时分，征得姨妈允许后，才去了辛普森家，这样她可以看到那件无比华美的奖品被点亮，欣赏它从红色绉纱纸灯罩里发出的深红色的美丽的光。感恩节那天，砖房子里来了两位客人，下午一点，主人和客人吃了一顿丰盛的感恩大餐。这两位客人是伯尔汉姆姐妹，她们住在北利维保罗和史科尔村之间的某个地方，过去的二十五年里，她们每年都来和索亚姐妹共度感恩节。丽贝卡洗完午餐的盘子，然后默默地坐在家里看书，等到快五点钟的时候，她问米兰达姨妈可否同意她去辛普森家。

"今天是感恩节，你找那些辛普森家孩子干什么？"米兰达小姐质问道，"你就不能安安静静地在家待一会儿，听听长辈们谈天说地？你怎么一刻也待不住，永远都是跑来跑去的。"

"辛普森家里有一盏新的宴会灯，艾玛·简和我答应要过去看看点灯的场面，他们想趁这个机会开个派对。"

"他们要一盏宴会灯干什么，他们哪里有钱买灯？如果他们的爸爸阿布尼在家，我倒相信他又犯了好交易的老毛病了。"米兰达小姐说道。

"那是辛普森家的孩子们卖肥皂得的奖品。"丽贝卡解释说，"他们已经卖了一年的肥皂了，而且你记得我上次告诉过你，在你们去波特兰的那个星期六，艾玛·简和我还帮他们卖了一些。"

"可能我当时根本就没在意你说的话，我还是第一次听你说宴会灯的事情。好吧，你可以去一个小时，记住不能超过一小时。要知道，晚上六点，天就黑了，而且黑得像半夜。你要不要带些鲍尔温苹果给他们？你在新衣服口袋里装了什么东西？口袋怎么凸起那么多？"

"这都是我吃饭时的坚果和葡萄干。"丽贝卡回答说，在米兰达姨妈面前，她从来没有成功地隐瞒过任何清白无辜的行为，"这些都是你刚才放到我盘子里给我吃的。"

"那你为什么不吃呢？"

"因为我已经吃了很多主食了，所以我就想，如果我把这些东西带到辛普森家，那么他们的派对就更有意思了。"丽贝卡结结巴巴地说，她特别害怕在客人面前被姨妈质问或者指责。

"这些东西给你就是你的了，丽贝卡。"简姨妈插话说，"如果你想要把它们省下来送给别人，那也没关系。在这个感恩的日子里，我们应该给邻居们一些值得感激的东西，而不是时时刻刻只想着自己得到好处。"

丽贝卡走出家门的时候，伯尔汉姆姐妹赞许地点了点头，她们说自己从来没有见过哪个孩子在这么短的时间里成长得这么快，取得这么大的进步。

"如果她是和你们住在一起，那她取得的进步应该会更大。"米兰达姨妈说。"周围邻近地区发生大大小小的事件，都少不了她在其中，她不但参与其中，而且还总是个小头目，尤其是调皮捣蛋恶作剧什么的。在我听到的所有愚蠢的事情中，辛普森家买宴会灯是最蠢的一件。当然，那一家人总是那么愚蠢，不过我没有想到那些辛普森家的孩子还有点做生意的头脑。"

"他们中肯定有一个有这种头脑。"爱伦·伯尔汉姆小姐说，"因为有个小女孩去北利维保罗拉德家推销肥皂，据亚当·拉德说，那是他见到的最不寻常、最迷人的女孩。"

"那一定是克拉拉·贝尔，我一辈子也不会觉得她有什么不寻常的地方。"米兰达小姐说，"亚当又回来了吗?"

"是的，他已经回来和他姑妈住了好几天了。他们都说他赚的钱多得不计其数，他还常常给所有的邻居购买礼物。这次回来，他给姑妈买了一整套毛皮衣服。想想看，我们还记得他小的时候穷得没鞋穿，赤着双脚，身上只有一件衣服！奇怪的是，他有那么多钱，怎么还没有结婚，而且他特别喜欢小孩，每次回来都有一堆孩子围着他转。"

"但是我看他还很有希望。"简小姐笑着说道，"因为我怎么也看不出来他已经过了三十岁了。"

"就算他有一百三十岁了，他照样可以在利维保罗找到太太。"米兰达姨妈评论说。

"亚当的姑妈说，他非常喜欢那个推销肥皂的小女孩——克拉拉·贝尔，你是说她叫这个名字吗？还说他打算圣诞节的时候要给那个女孩送礼物呢。"爱伦小姐继续说着。

"是吗，他也太没有品位了。"米兰达小姐大声说道，"克拉拉·贝尔两眼斜视，长了一头难看的红头发，我是绝对不会给她送圣诞礼物的。亚当·拉德越是给她送礼物，镇上的人就越不喜欢她。"

"辛普森家会不会还有别的女孩？"莉迪亚·伯尔汉姆小姐问道，"因为亚当说的那个女孩根本不可能是斜眼，我记得拉德太太说，亚当还特意提到了那孩子有双美丽的大眼睛。他说，就是因为那双眼睛，他才一口气买了三百块肥皂。拉德太太已经把这些肥皂堆放到储藏间了。"

"三百块肥皂！"米兰达惊叫起来。"当然，在利维保罗这个地方，有一种庄稼从来不会歉收！"

"你说的是什么？"莉迪亚小姐彬彬有礼地问道。

"愚蠢的庄稼。"米兰达小姐的回答非常简洁，接着，她转移了话题，这让简如释重负，因为在最后的十五分钟里，她一直感到神经紧张、坐立不安。她想，在利维保罗这个小地方，除了丽贝卡，还有哪个孩子可以用最不寻常、最迷人来形容？除了丽贝卡，又有哪个女孩会有美丽动人的眼睛呢？还有一点，除了丽贝卡，这世界上有哪个女孩有能力说服一个男人一次买几百块肥皂？

就在砖房子里谈论这个"最不寻常"的女孩子的时候，她已经飞跑在黄昏的小路上，可是，没跑多远，她就听到一阵急促的脚步声，她回过头去，看见一个熟悉的身影正向她跑过来，原来是艾玛·简。很快，两个人就会合了，气喘吁吁地拥抱了一下。

"发生了一件糟糕的事情！"艾玛·简喘着气说。

"别告诉我灯坏了。"丽贝卡大声叫道。

"不是！哦，不是！不是灯的问题！灯是装在箱子里运来的，四周塞满了干稻草，取出来的时候，每一个部件都是好的。我当时就在旁边，可是我一点也没有提到，是因为你卖出了三百块肥皂他们才得到宴会灯的，我想，应该等我们都在场时，由你来讲整个事情的经过。"

"是我们两个一起卖出了三百块肥皂。"丽贝卡纠正说，"你和我做的一样多。"

"不，我没有，丽贝卡·兰德尔。我当时只是坐在门外，牵着马。"

"是的，你是没有在现场，可是，是谁家的马带着我们两个去了北利维保罗？而且，那次正好轮到我去推销。如果是你去了，碰到了'阿拉丁'先生，他也一样会买那么多，那盏宴会灯就是你挣的了。到底出了什么事情？"

"辛普森家没有煤油也没有灯芯，我猜他们家人一定以为宴会灯会自己发光，不用什么辅助材料。'跷跷板'已经去了医生家，看看能不能借到一根灯芯，妈妈让我带了一品脱油过去，可是她说，下次不会再让我带油了。我们从来没有想到过，拥有一盏宴会灯还需要很多别的费用，丽贝卡。"

"是的，我们的确没想到这些，不过，我们先不要担心，一切都等我们的派对结束后再说吧。我带了一把坚果、葡萄干，还有几个苹果。"

"我带了些薄荷糖和枫糖。"艾玛·简说，"他们吃了一顿真正的感恩大餐，医生给他们送了一些甘薯、越橘和萝卜，我爸爸给他们送了一块大排骨，科博太太还给了他们一只鸡和一罐肉末。"

五点半的时候，人们看到了辛普森家明亮的窗户，窗户里面的派对已经达到了高潮。辛普森太太熄灭了厨房的柴火，带着最小的孩子一起来参加这个喜庆的派对。那盏宴会灯似乎也正在主持派对，迎接客人。孩子们把家里唯一的那张小桌子搬进房间，放到角落当做灯座。然后把那盏心爱的、神圣的、渴望已久的宴会灯放到灯座上。它很漂亮，与宣传册上的图片差不多，不过高度却只有图片的一半。黄铜做的灯身像金子一样闪闪发光，而深红色的绉纱纸灯罩像一块巨大的红宝石熠熠生辉。辛普森一家静静地坐在地上，沐浴着四散的灯光，艾玛·简和丽贝卡手拉着手站在他们身后，大家沉浸在一片庄严而肃穆的沉默中。此时，不需要任何话语，因为没有语言可以表达这激动人心、庄重严肃的场景。不言而喻，大家都觉得，这盏灯使今天的派对格外高贵，它的存在本身就给大家带来了无限的乐趣，就像一架自动钢琴或者一支弦乐队那样让人称心如意。

"我真希望爸爸能够看到它。"克拉拉·贝尔忠诚地说。

"如果他看到这盏灯，他肯定又想把它交换给别人。"精明的苏珊低声说道。

姨妈指定的回家时间到了，丽贝卡极不情愿地告别了这个让人心醉的地方。

"等我估算着艾玛·简和你回到家的时候，我就把灯熄灭。"克拉拉·贝尔说，"哦！我真高兴你们两个住的地方很近，可以看见我们家窗子里的灯光。如果每天晚上只点一个小时的灯，我不知道这些灯油能撑多长时间？"

"你不用因为没有煤油就把灯熄灭。""跷跷板"这时候正好从储藏室走出来，他说，"因为我们的储藏室里放了一大桶。是特布斯先生从北利维保罗送来的，他说是一个人邮递给我们的。"

丽贝卡捏了捏艾玛·简的胳膊，艾玛·简也狂喜地捏了一把丽贝卡。两个好朋友走在通向大门的小路上，"那个送油的人一定是阿拉丁先生。"丽贝卡低声对艾玛·简说。"跷跷板"跟在她们后面，慷慨地表示要把两个人分别送回各自的家，但是丽贝卡断然拒绝了他的好意，他也不敢再坚持，只好回家上床，在梦里与她相遇。梦中的丽贝卡两眼喷着火光，双手各拿了一把火红的宝剑。

丽贝卡兴高采烈地走进了餐厅。伯尔汉姆姐妹已经走了，两个姨妈正在做针线活。

"这真是个超凡的派对。"她一边摘掉帽子，脱去外衣，一边大声说。

"回去看看你有没有把门关紧，然后再把门锁上。"米兰达小姐以她惯有的冷漠态度，对丽贝卡说。

"这真是个超凡的派对！"丽贝卡出去锁了门，回来又接着说，她实在是太兴奋了，姨妈的冷漠一点也没有挫败她。"哦！简姨妈，米兰达姨妈，你们只要走进厨房，从水槽旁的窗户往外看，就可以看见全身通红的宴会灯在闪闪发光，就好像辛普森家的房子着了火似的。"

"说不定不久之后还真会着火呢。"米兰达评论道，"我可没有耐心管这种愚蠢的事情。"

简跟着丽贝卡来到厨房。从那么远的地方，她只能看到一丝微弱的光，丝毫也没有眼花缭乱的感觉，可是善良的她竭力地表现出自己的兴奋。

"丽贝卡，是谁卖了三百块肥皂给北利维保罗的拉德先生？"

"什么先生？"丽贝卡惊叫着问道。

"拉德先生，住在北利维保罗。"

"这是他的真名字吗？"目瞪口呆的丽贝卡问道，"看样子我的猜测不算差，拉丁和拉德听起来差不多。"她一边自言自语，一边暗自笑了起来。

"我问你，是谁卖给亚当·拉德先生肥皂的？"简重新问道。

"亚当·拉德！这么说他的名字缩略写法就是阿·拉德。

天哪，这太有趣啦！"

"回答我的问题，丽贝卡。"

"哦！对不起，简姨妈，我一直在忙着想一个问题呢。是艾玛·简和我一起把肥皂卖给了拉德先生。"

"你是不是强求他，硬要让他买你的肥皂呢？"

"想想看，简姨妈，我怎么能强迫一个大人买他根本不需要的东西呢？他一定非常需要那些肥皂，那是他送给姑妈的礼物。"

简小姐仍然面带疑惑，她只是说，"我希望你的米兰达姨妈不会介意，可是你知道她有多么特别。丽贝卡，我真的希望在没有征得米兰达姨妈同意之前，你不要做任何不同寻常的事情，因为你的行为非常古怪。"

"这一次我没有做错任何事情。"丽贝卡肯定地回答说，"艾玛·简把肥皂卖给了她的亲戚和杰里米亚·科博叔叔，我先去木材加工厂旁边的那片新住宅推销，然后才去了拉德家。拉德先生不但把我们所有的肥皂全部买光了，还让我们答应把这个秘密一直保留到宴会灯送来的那一刻，从那时候起，我觉得那盏宴会灯似乎就在自己心里，它亮闪闪地燃烧着，为大家指路。"

丽贝卡解开辫子，头发蓬蓬松松的，像起伏的波浪一样挡住了她的额头。她的双眼闪闪发光，两颊泛着红晕。这个女孩的脸上似乎隐含着一切——细腻敏感、精致娇美，以及真挚热情。有五月的鲜花般的甜美，有年轻的橡树的活力，但是，显而易见，她是属于那种天赋过高曲高和寡，历经磨难才能成才的人。

"你就是这个样子，你的心里似乎真的有一盏燃烧的灯。"简姨妈叹了口气说，"丽贝卡！丽贝卡！我真的希望你能轻轻松松、平平淡淡，孩子，我有时候真的很替你担心。"

16　成长的季节

时光飞逝，转眼间夏天已逝，秋天来临，又转眼间秋天过去，冬天来临了。砖房子里最近的生活风平浪静，因为丽贝卡干每一件事情都力求小心翼翼、精益求精，即使是玩耍的时候，她也尽量保持安静，她慢慢地理解了一个道理：温和的回答可以消解怒气。

或许，米兰达发脾气的机会比以前少多了，但是，公正地说，应该是她没有以前那么傲慢挑剔了。

丽贝卡有一个过分好客的习惯，姨妈因此对她发过一次脾气，这是无可指责的。然而她的这个习惯最近竟然发展到了一个戏剧性的、出乎意料的程度。

一个星期五的下午，丽贝卡问米兰达姨妈，她可不可以把自己的面包和牛奶拿一半给楼上的一个朋友。

"你楼上究竟是什么朋友？"姨妈追问道。

"是辛普森家的那个小婴儿，要在这里住到星期天。当然，如果你同意的话，辛普森太太说她可以在这里住几天。要不要我把她带下来给你们看看？她穿着艾玛·简的旧衣服，看上去特别可爱。"

"你可以把她带下楼来，但是你不要给我看！你怎么偷偷把她弄进来的，就怎么把她弄出去，还给她妈妈。你怎么会有这么奇怪的念头，把别人的小婴儿借来过星期天！"

"你太习惯家里没有小孩了，你不知道这种日子有多么枯燥。"丽贝卡顺从地叹了口气，然后转身朝门口走去，"可是我在农场的时候，我们家总是有小婴儿，我可以和他们玩耍，还可以拥抱他们。虽然我们家小婴儿多了点，但是一点也不麻烦。好吧，我把她送回去吧。她一定会特别失望，辛普森太太也一定会特别失望的，她已经计划好了要去米尔顿。"

"她可以取消计划！"米兰达姨妈说。

"或许我可以待在楼上照顾小婴儿？"丽贝卡建议说，"我把她带回家，就是想一边干家务一边照顾她。"

"你要做的家务事很多，不必借个小婴儿来添麻烦。好啦，不要再回嘴了，给那个孩子吃点晚饭，然后把她送回家去。"

"你不允许我从前面的楼梯下来，那我可不可以从这个房间出来，让你看看她？她长着一头金发，还有一双蓝色的大眼睛！辛普森太太总是说这孩子跟她爸爸长得很像。"

米兰达姨妈刻薄地笑了，她说那孩子可不能跟她爸爸像，等她跟上爸爸的时候，她就什么也得不到了，因为她爸爸已经把东西都偷光了。

简姨妈正在楼上放桌布和床单的衣柜间里，为星期六的大清洗准备一些干净的床单和枕头套，丽贝卡想从简姨妈这儿寻求帮助。

"我把辛普森家的小婴儿带到我们家了，简姨妈，我想她可以帮助我们打发枯燥无聊的星期天，可是米兰达姨妈不许她留在这里。艾玛·简答应下个星期照顾婴儿，爱丽丝·罗宾逊则是下下个星期。辛普森太太之所以希望我第一个照顾婴儿，是因为我有丰富的照顾婴儿的经验。进来看看，简姨妈，她正坐在我的床上呢！她多可爱啊！她是那种胖嘟嘟、咯咯笑的婴儿，不像有些婴儿，长得瘦弱、又哭哭啼啼。我每天只要给她穿脱两次就行了。哦，天哪！我真希望能有一本印刷好的书，书里把一切我该做和能做的事情都写下来，这样我就不会总是这么让人失望了。"

"没有哪本印刷的书会适合你，丽贝卡。"简姨妈回答说，"因为没有人能够预先想象出你想要做的事情。你打算抱着那个胖胖的小孩回家吗？"

"不，我打算用运肥皂的小推车把她推回家。来吧，宝贝儿！把你的大拇指从嘴里拿出来，坐上你的婴儿车，和你的贝基姐姐一起回家去。"她伸出自己年轻而有力的双臂，抱起那个咯咯直笑的婴儿，和孩子一起坐到椅子上。然后，她顺手把婴儿颠倒过去，从她的腰带上快速地取下一枚弯曲的别针，然后把婴儿抱到（婴儿仍然颠倒着）梳妆台前，换了一枚比较安全的大别针，把她短小的红色法兰绒衬裙和衣服别在一起。无论是肚皮朝下，还是脑袋朝下，或者是双脚悬空，这个辛普森家的小婴儿好像知道照顾自己的人是个婴儿专家，所以一直欢快地笑着，而简姨妈却被这一套熟练的动作吓得目瞪口呆。

"我的天哪，丽贝卡。"她惊叫着，"没想到你照顾婴儿这么得心应手！"

"我当然得心应手了，因为我照看过三个半婴儿。"丽贝卡一边帮小婴儿穿上袜子，一边兴高采烈地说。

"我想你可能更喜欢玩具娃娃吧。"简说。

"我的确很喜欢玩具娃娃，但是它们一点儿也没有变化，永远都是一个样子，你自己得想象它生气了，或者有病了，或者它喜欢你，或者它忍受不了你。婴儿虽然麻烦点，但是更真实些。"

简姨妈向那孩子伸出一只瘦弱的手，手指上有一枚薄薄的、磨旧了的金戒指，那孩子伸出胖乎乎的小手紧紧地抓住了那枚戒指。

"你手指上戴的是一枚订婚戒指，对不对，简姨妈？你曾经想过要结婚吗？"

"是的，亲爱的，那是很久以前的事了。"

"那后来怎么啦，简姨妈？"

"他死了——就在我们结婚前。"

"哦！"丽贝卡的眼睛湿润了。

"他是一名军人，受了枪伤，死在南方的一个医院里。"

"哦！简姨妈！"丽贝卡柔声问道。"当时你不在他身边吗？"

"不，我在。"

“他很年轻吗？”

“是的。他年轻、勇敢而英俊，丽贝卡。他是卡特先生的弟弟，名叫汤姆。”

“哦！我太高兴了，当时你和他在一起！他也很高兴，对不对，简姨妈？”

简回想起了那一段快要遗忘的往事，汤姆欣喜的表情不禁浮现在她的眼前：他憔悴的脸上带着微笑，他疲惫的双眼满含着泪花，他伸出双臂，用微弱的声音说，“哦，珍妮！亲爱的珍妮！我多么需要你啊！”多么痛心的一幕啊！她从来没有在任何人面前提起过这段往事，因为没有人能够理解这其中的滋味。为了遮掩自己夺眶而出的泪水，简羞涩地把头靠在丽贝卡稚嫩的肩膀上，说，“这是一段心酸的往事，丽贝卡！”

辛普森家的婴儿这时候已经在丽贝卡的腿上睡着了，她头向后依偎着丽贝卡，心满意足地吸吮着大拇指。丽贝卡俯下脸，靠在姨妈灰白的头发上，一边轻轻地拍着姨妈，一边说，“我很替你难过，简姨妈！”

这个女孩子的双眼是那么温柔、那么体贴，她的内心似乎在延伸，在成长，她更深切地体会到了感情的甜美和执著。她的心体察着另一颗心，感觉着它的跳动，倾听着它的叹息——这是所有心灵成长的必由之路。

这样的片段为宁静的日常生活平添了许多生气。迪克·卡特、利文·帕金斯和赫达·米塞弗几个大孩子离开学校，去维尔汉姆神学院上学；年龄较小的孩子因为天气寒冷常常缺席，冬天的学校因此显得格外冷清。

　　然而，对于丽贝卡这种性格的孩子，生活永远不会枯燥无味、缺乏刺激的。她有极好的适应性、变通性和接受能力。她走到哪里，都能交到新朋友，每个角落都有她认识的熟人或朋友。

　　她常常跑到小棚屋给那些屠夫和渔夫送饭吃；她了解走街串巷的水果和干果贩子的家长里短；她常常被邻村的孩子叫去吃晚饭或者一起过夜——而她的姨妈根本就不认识这些孩子的父母。在肤浅的外人看来，丽贝卡已经拥有了太多的友谊。虽然它们的性质各不相同，丽贝卡却总是以满腔热情去追求这些友谊，换来的结果却总是失望和更加的渴望，因为丽贝卡渴望的友谊不是浅薄的人们常常盼望的那种亲密接触。她爱艾玛·简，可是这种友谊是环境的产物，算不上真正的喜爱。她喜欢这位邻居身上和蔼可亲、持之以恒和乐于奉献的品质，她也深知这些品质是弥足珍贵的，可是，她一直在寻觅一种超出这种品质之外的精神财富。她寻寻觅觅，却从未收获。因为，虽然艾玛·简年龄比丽贝卡大些，可是她仍然很不成熟。赫达·米塞弗天生爱玩，这一点对丽贝卡很有吸引力。她的两个姐姐分别嫁到了米尔顿和波特兰，她因此曾经拜访过这两个城市，所以她对外面的世界有更多的见解，丽贝卡因此很崇拜她。但是另一方面，赫达·米塞弗尖酸刻薄，缺乏同情心，这让丽贝卡非常反感。迪克·卡特理解力很强，丽贝卡和他可以讨论功课。他是一个雄心勃勃的男孩子，对未来有很多规划，他常常和丽贝卡自由地讨论自己的未来，但是，每当丽贝卡谈起自己对未来的打算时，他就立即没有兴趣了。艾玛·简、赫达·米塞弗和迪克·卡特似乎从来进入不了丽贝卡的理想世界里，而这种意识是他们和丽贝卡之间一道难以逾越的鸿沟。

杰里叔叔和萨拉阿姨是丽贝卡另一种类型的好朋友，这是一种令人满意、似乎还有一点危险的友谊。丽贝卡的每次拜访都会让他们欣喜得手忙脚乱，她欢快的谈话，她对生活离奇的见解，总是让两位老人惊喜不已，他们把她随便说出的话都当做是预言家的言论。而丽贝卡虽然以前从来没有享受过这种优待，但看到自己能让科博夫妇这样平凡的两位老人高兴，她感到很满足。每当看到丽贝卡瘦小的身影在小山顶上出现，萨拉阿姨便会飞快地跑到食品储藏室或者地下室里，端出早已准备好的水果馅饼和蛋糕。无论天气如何，看到单薄的杰里叔叔穿着干净的白衬衫，从厨房的窗户急切地向外张望时，丽贝卡的心里就涌过一股暖流。下雪前，他无数次坐在大门外的一堆木板上，看看丽贝卡是否正在爬着山坡向他家走来。秋天，丽贝卡总是陪在老人旁边，看他挖土豆，或者剥豆子，现在是冬季了，天气太冷，驿车就交给一个年轻人驾驶，杰里叔叔的空闲时间就多了些，有时候，丽贝卡就过来陪他挤牛奶。毫不夸张地说，在利维保罗，他是唯一一个让丽贝卡完全信任的人，她只向他一个人倾吐她的心声，她的希望，她的梦想，她模模糊糊的抱负。在砖房子里，她得循规蹈矩，可是在科博叔叔的小屋里，她可以像鸟儿一样歌唱，虽然是临时拼凑的一些歌词，两位听众却觉得是非凡的杰作。在这里，她是幸福的；在这里，她是备受疼爱的；在这里，她的天性暴露无余；在这里，她能得到夸奖和重视。但是，她希望有那么一个人，不但爱她，还理解她，能读懂她的语言，领会她的意愿，能和她神秘的渴望产生共鸣！也许在维尔汉姆那个更广阔的天地，会有人和她有同样的观念，同样的梦想和同样的疑惑。

实际上，简对丽贝卡的理解并不比米兰达多，两姐妹的区别在于，虽然简不明白丽贝卡，却总是被她的言行吸引，每当她无法解释外甥女的一些稀奇古怪的行为时，她总是赞同她，相信这背后肯定有什么原因，而且她总是往好处想。砖房子里变化最大的人就是简了，可是这种变化是秘密发生的，而且被谨慎地掩饰着，普通人根本无法觉察。现在，简的生活有了以前从来没有过的动力。早饭已经不再像从前那样在厨房里吃了，因为家里现在有三个人，所以到餐厅用餐似乎是合情合理的。早餐的内容也因为这个孩子的到来而更加丰富了。早晨因丽贝卡要动身上学而变得分外美好，简要为她准备在学校吃午饭的篮子，叮咛她带上雨伞、雨衣或者橡皮。和丽贝卡告别后，她又下意识地到窗前等她最后一次挥手。她为自己外甥女越来越美丽的外表感到骄傲：她的颈部和脸蛋变得更丰满了，皮肤也更细腻。每当帕金斯太太不厌其烦地称赞自己女儿艾玛·简的肤色时，简总是夸奖丽贝卡的长发有多么平滑，多么有光泽。当丽贝卡与米兰达姨妈为亚麻羊毛裙子的颜色而争执时，简总是全心全意地站在外甥女一边。为了给丽贝卡的黑毡帽子上买一枚小鸟徽章，她甚至破天荒地和姐姐进行了激烈的斗争。夜晚，当简凝视着丽贝卡低头学习的神态时，没有人知道她内心静谧的喜悦。有时，米兰达姨妈去参加祈祷聚会，简会为只有她们两个人的宁静夜晚而高兴。有些晚上，丽贝卡会大声给简朗诵激越铿锵的《海华沙之歌》，或者给她朗诵婉约的《巴巴拉·弗里彻》。她平凡而狭隘的生命在丽贝卡鲜活精神的滋润下发芽开花；她的愚钝的性格在丽贝卡年轻思想的碰撞下重新鲜活起来，丽贝卡身上似乎总是发散着"属天火焰的生之火花"（见亚历山大·蒲柏的《垂死的基督徒对他的灵魂悦》），而简从她身上获取了生命之火。

丽贝卡曾经想要像罗斯小姐那样做个画家，可是这个念头逐渐地被打消了，因为她根本得不到任何这方面的指导。米兰达姨妈认为没有必要培养这样的才能，她也不相信画画可以赚钱养家，"手工绘画"在利维保罗是得不到尊敬的，这里的人们看重的是漂亮的彩色石印和庄严的钢板印刷画。在学习音乐方面，丽贝卡还有一线希望，尽管这希望非常渺茫。丽贝卡可以跟着教堂演奏脚踏风琴的莫尔顿小姐学习音乐，可是这件事情完全取决于莫尔顿太太是否愿意用女儿一年的时间来换取一个干草饲料槽。莫尔顿太太左思右想，可是，在卖不卖打草场的问题上她又拿不定主意，所以她一直没有答复简姨妈的这个交换条件。在米兰达姨妈看来，音乐和其他的技能一样，都是浅薄的、无用的、愚蠢的娱乐活动，不过她允许丽贝卡每天练习一个小时的钢琴，再上点音乐课，前提是简要保证这些都不用花现钱。

从太阳溪传来的消息给了丽贝卡无限的希望。由于安表姐的丈夫去世了，约翰——丽贝卡最喜欢的弟弟——到寡居的表姐家帮忙做点力气活。他的任务是照看马、奶牛和谷仓，还要照看老医生留下的医药图书室，里面有几十本医药方面的书。作为回报，表姐答应给他提供良好的教育。约翰一心梦想着这样的生活：他自己做乡村医生，让丽贝卡帮他打点家务。现在，这种憧憬如此真切，似乎就在眼前，他几乎可以想象出自己的马车冲破大雪堆，一路疾驰着去拯救病人，或者，他脑子里浮现出另一幅景象，虽然没有那么刺激，但是依然让人陶醉：整洁的出诊车在乡村小路上缓缓移动，他，兰德尔医生的两脚之间放着药箱，丽贝卡·兰德尔小姐身穿黑色丝裙坐在他的身旁。

汉娜把头发盘了起来，由于个子长得太快，她刚穿不久的裙子，就显短了，脚踝也露了出来。马克摔断了锁骨，不过他现在恢复得挺好的。小米拉越长越漂亮了。甚至有人谣传说，汤普朗斯到普鲁威尔之间正在修建一条铁路，这条铁路可能会从兰德尔农场附近经过，这样的话，农场原来一文不值的土地至少可以卖出个好价钱。但是，兰德尔太太并不看中经济上的这点收入。她很满足自己现在的生活：日出而作、日落而息，为孩子们谋生计。作为母亲，虽然自己的命运艰难坎坷，可是她只为孩子们的前途考虑，并不在乎自己的现在。

17 悲欢离合的岁月

　　辛普森家那次难忘的感恩节派对已经过去一两年了，从那时到现在，日子一直风平浪静，丽贝卡的回忆里似乎只有几件重要的事情。

　　第一个重要事件发生在圣诞节。那是一个生气勃勃、晶莹剔透的早晨，树上挂着垂坠般耀眼的冰柱，雪堆表面闪着淡蓝色的光芒。辛普森家的红色谷仓在白色背景的烘托下，显得格外引人注目。在这之前的几个星期里，丽贝卡一直忙着准备七份礼物，送给太阳溪农场的家人。要用五十美分来购置七份礼物的确是件头疼的事情，而这五十美分，还是丽贝卡省吃俭用，费了很大功夫才攒下来的。当然，丽贝卡最终还是成功了，圣诞节前两天，她已经把那个弥足珍贵的包裹邮寄出去了。米兰达姨妈买给外甥女的礼物是一支精致的灰色松鼠皮防寒手筒和一件披肩，与丽贝卡以前的衣服相比，这件披肩似乎更难看、更不合身；简姨妈用绿色山羊绒为丽贝卡做了一件最漂亮的裙子，虽然裙子的做工非常简单，但是那柔和的绿色就像初春的树叶，让人眼前一亮，心旷神怡。此外，她还收到了妈妈送的一件梭织围脖，科博太太送的红色手套，还有艾玛·简送的一块手绢。

丽贝卡自己设计缝制了一个精致的茶壶保护套，外面绣了米兰达姨妈名字的首写字母"M"，还有一个褶边针插，外面绣了简姨妈名字的首写字母"J"，分别送给两位姨妈。就算没有别的事情，这样的一天也的确算得上是非同寻常了。然而，这一天，真的还发生了一件更不寻常的事情。

早餐时间，有人敲门，丽贝卡打开大门，一个男孩站在门口，询问丽贝卡·兰德尔是否住在这里。确认身份后，他把一个写有丽贝卡名字的包裹递给她，丽贝卡像做梦似的接了包裹，回到厨房。

"这是一份礼物，一定是的！"她一边说，一边茫然地打量着那个包裹，"可是，这礼物是谁送的，我实在想不出来。"

"直接打开包裹，不就全明白了吗？"米兰达姨妈建议说。

丽贝卡打开包裹，只见里面有两个更小的包裹，丽贝卡用颤抖的双手打开那个写着她名字的包裹。此时此刻，任何人的手指都会颤抖的。包裹里面是一个盒子，打开盒盖子，里面是一条精美的项链，由粉色珊瑚珠子串成——项链的接头处是一个十字架，它由珊瑚玫瑰花蕾做成。十字架下面放着一张卡片，上面写着"阿拉丁先生祝你圣诞快乐！"

"真不敢相信！"两位年长的姨妈惊叫着从座位上站了起来。"这是谁送的？"

"是拉德先生。"丽贝卡屏住呼吸回答道。

"亚当·拉德！真没想到！你还记得吗？上次爱伦·伯尔汉姆小姐说过，他打算给丽贝卡送一份圣诞礼物。不过我真没想到他还没忘记这件事。"简说，"另外一个小包裹是什么？"

那个包裹里包着一条银色的项链，上面挂着蓝色珐琅做的小坠盒，上面写了艾玛·简的名字。谜底终于揭开了，他还记得她们两个！包裹里还放了一封信，信里这样写着：

亲爱的丽贝卡·罗恩娜·兰德尔，给你送圣诞礼物这个想法似乎有些多此一举。不过，我发现这样的礼物总是人们所钟爱的，所以送给你们，希望我没有挑错。今天下午，请你务必要戴上这条项链，我想亲眼看到你戴上它的样子，我将会乘坐我的新雪橇来拜访你们，还要带上你们两个去兜风。顺便告诉你，我的姑妈非常喜欢那些肥皂。

你真诚的朋友，
亚当·拉德

"听听，听听！"简姨妈大声喊了起来，"他真是太好了。他最喜欢孩子了，莉迪亚·伯尔汉姆说的没错。丽贝卡，你赶紧吃早饭，等我们把碗筷洗完，你就去艾玛家，把她的项链送给她——你怎么啦，孩子？"

丽贝卡的情感似乎总是被深深地埋藏着，埋藏在一个纵横交错的地方，所以各种情感常常交织在一起。此时此刻，虽然她兴奋得无以言表，几乎要被面包和黄油噎住了，但是，她的脸颊时不时地会偷偷滑过一行泪水。

拉德先生如约来访，并结识了两位姨妈，虽然他们只谈了五分钟，他已经像是她们相识多年的老朋友了，与她们推心置腹，无所不谈。羞涩的丽贝卡默默地坐在火炉旁边的一个小凳上，她知道自己今天穿着漂亮的衣服，她也知道米兰达姨妈就在面前，所以她一句话也不敢说，怕姨妈骂自己轻薄。这真是一个"美丽的日子"。她幸福的神态、兴奋的表情、绿色裙子那柔和的色彩，以及触摸粉色珊瑚项链的感觉，所有这些，把这个深肤色的小女孩顿时变成了着装得体的大姑娘，亚当·拉德对她的打扮显然十分满意。随后，拉德先生告别两位姨妈，带着孩子们乘坐雪橇去兜风，这时候，丽贝卡终于憋不住了，她一路上唧唧喳喳说个不停，活像一只花喜鹊，美丽迷人的圣诞节就这样结束了。这之后的无数个夜晚，丽贝卡睡觉时总是把那条珍贵的珊瑚项链藏在枕头底下，还用一只手护在上面，以确保它的安全。

另外一件重要的事情就是辛普森一家搬离了利维保罗。在他们家所有的行李中，那盏宴会灯算是最显眼的家产了。再也不用见到"跷跷板"那可恶的身影了，这是一件值得庆幸的事情。可是，陡然间少了好几个玩伴儿，利维保罗的小孩子们觉得空荡荡的，丽贝卡也只好和罗宾逊家最小的那个孩子做了朋友，那个冬天，他是村子里唯一一个身穿幼稚长袍的孩子。忠实的"跷跷板"在离别前的那个晚上来到砖房子，敲开了侧门，他表情严肃地看着前来开门的丽贝卡，结结巴巴地问：
"等你长——长大以后，我可不可以和——和你做朋——朋友？""当然不可以！"丽贝卡一边回答，一边飞速地关上大门，把这个早熟的追求者关在了门外。

辛普森先生终于回到了家里，他要把妻子和孩子搬回他们出生的那个小镇，而那里的人们是绝对不会张开双臂欢迎他们的。辛普森一家的搬迁由村里的官员负责监督管理，而整个村子的人们也忧心忡忡地关注着搬迁的过程，尽管大家采取了一切预防措施，最后还是发现教堂里的一把讲道椅、几盏煤油灯，和一个小火炉都突然间不翼而飞了。而这些东西已经被辛普森先生在搬往新家的路上成功地交换给了别人。阿布尼·辛普森搬家经过的一个湖滨小村子住着一位雄心勃勃的牧师，他最近为村里的教堂大厅换来了一盏华丽高贵的宴会灯，得知这个消息，丽贝卡和艾玛·简伤心了很长一段时间。这笔交易没有涉及现金，因为那盏宴会灯是那位牧师用一辆旧自行车换来的。这件事情唯一有趣的片段就是，孩子们由于失去他们心爱的东西，不停地哭闹，辛普森先生完全没有办法安慰他们，只好骑上那辆交换来的自行车逃跑了，很长时间没有回来。

这一年之所以值得注意，还有一个原因，那就是，丽贝卡在这一年里像棵小树一样长高了很多。从十岁时候起，她似乎连一英寸都没有长高过，可是，一旦开始发育，她长高的速度就像她做别的事情一样势不可当——她长得那么快，以至于简姨妈几个月里一直忙着帮她把裙子、袖子和腰部加长加大，别的什么事情也顾不上。这位节俭的新英格兰女人使尽了一切办法，能放长就放长，能添补就添补，可是最终，衣服再也没有增补的余地了，只好把它们打包寄到太阳溪农场，让妈妈改一改给珍妮穿。

这期间，还有一件重要的事情，在太阳溪农场的一棵柳树下，有一座小小墓碑，记载着这件让丽贝卡伤心的事情。米拉——兰德尔农场最小的孩子，不幸去世了，丽贝卡因此回到农场住了两个星期。看着安静地躺在床上的那个小小的身躯，丽贝卡想起了那个曾经的米拉，那个从出生时候起，就由她专门看管的米拉，回忆唤醒了丽贝卡的很多思考和慨叹。有些时候，死亡的神秘莫测会让活着的人意识到命运是那么难以抗拒。

对于丽贝卡来说，这是一次伤心的返乡之行。米拉去世了，她最亲密的弟弟约翰也去了别人家，母亲的伤感难以抚平，小农场似乎更加与世隔绝了，家里的生活越来越拮据，所有这一切使一心向往美好和谐的丽贝卡万分沮丧。

丽贝卡不在家的这些日子，汉娜似乎已经是个成年女人了。一直以来，汉娜身上都有一种奇怪的、少年老成的东西，可是现在，她似乎更冷静、更固执了——从某种程度上讲，她似乎比简姨妈还要老几岁。她很漂亮，尽管这是一种缺乏品味的漂亮。她长相漂亮，做事干练。

丽贝卡独自穿行在孩提时代经常出没的游乐场所，穿行在那些她曾经熟悉的、秘密的欢乐天地。有些地方约翰也来过，有些地方只有她一个人知道。她穿过长着印第安草的那块田地，来到那片小小的泥沼地边，这里长着个头最大、颜色最蓝的龙胆根。她望着那个随风摇摆的枫树，想起自己曾经在那里发现过白头翁的鸟巢。她抚摩着那排树篱，这是田鼠们的家园。还有那只长满苔藓的树桩，上面常常会突然长出白色的羊肚菌。她来到那棵老松树下，望着树根底下的小洞，那是一位德高望重的癞蛤蟆的家……所有这些都是她孩提时代快乐生活的标记，可是，她看着它们，却好像这些都是遥远的、以前的事情了。此时此刻，没有约翰在身边，这条可爱的、洒满阳光的小溪就是丽贝卡最亲密的伙伴了。阳光下的小溪没有一点欢快跳跃的水花。夏天的时候，这条快乐的小溪在白色的鹅卵石上一路手舞足蹈，冲向前方的深潭，到那里，它们才变得安静，开始沉思。而现在，小溪像沉睡的米拉一样，那么冰冷，那么安详，躺在白雪做成的裹尸布里，一动不动。丽贝卡跪在小溪旁，把耳朵贴在光滑的冰面上，想象着，她似乎听到了小溪最深处发出的微弱的、叮叮咚咚的声音。是的，那就是小溪的声音！春天来临的时候，太阳溪一定会再次欢歌的。也许，米拉也会在某个时间、某个地方放声歌唱的——丽贝卡很想知道那是一个什么样的地方，妹妹躺在那儿又怎么唱得了歌呢。她一个人这样漫无目的地一边走，一边思考，思考着一个重要的问题。汉娜从来没有机会，她从来没有从日常家务和农场事务中抽出身来。而她，丽贝卡，却已经享受了所有的特殊待遇。虽然砖房子里的生活绝对算不上是甜蜜美好，但是，那里有舒适安逸的生活，可以和其他孩子一起玩耍，还有学习和读书的机会。利维保罗虽然算不上是个大世界，但是，通过它可以增长见识，了解外面的大天地。丽贝卡不忍心放弃自己在砖房子的生活，那是她渴望已久的，为此，她不止一次地偷偷落泪，但是最后，她终于说服自己，要把最心爱的东西贡献给姐姐。于是，在归期将至的一天早上，她勇敢地与汉娜谈起了这个话题。她说："汉娜，这学期结束后，我打算回家，让你去姨妈家。米兰达姨妈一直都希望你去，现在也该轮到你了，只有这样才公平些。"

汉娜这时正在织长袜，她仔细地把线从针眼穿过，剪断多余的线，然后说道："不用啦，谢谢你，贝基。妈妈离不开我，我也不喜欢上学。现在，我已经能读、会写也会算了，一点儿也不比别人差，我觉得这对我已经足够了。我宁愿去死也不愿意靠教书谋生。冬天的日子很好打发，因为威尔·米尔威尔答应把他妈妈的缝纫机借给我，我打算用简姨妈送来的棉布做条白裙子，再在裙边打些褶，这样裙子就更结实了。新年过后，汤普朗斯会开办一个唱歌学校，还要成立一个社交团队，现在我已经长大成人，可以好好的到那里玩一玩了。我不会寂寞的，贝基。"汉娜说到这里，脸突然红了，"我喜欢这个地方。"

丽贝卡看得出来汉娜说的是真心话，但是一两年以后，她才明白当时汉娜为什么会脸红。

18　丽贝卡做家庭代表

其实，这期间还有一件重要的事情，这不只是一件事情，简直就是一个"大事件"。它给许多人留下了很深的印象，而且也引发了一连串的小事件。这个大事件的主角是尊敬的阿莫斯·伯尔奇，这位传教士和他的妻子刚从叙利亚回来，打算到利维保罗来传教。

这一年，丽贝卡结束了利维保罗的学业，开始进入维尔汉姆神学院读书。三月里的一个星期三，援助社团召开了一次会议。那一天，天寒地冻、狂风大作，地上铺满积雪，天空依旧阴霾，似乎有下不完的雪。在这种恶劣的天气里，米兰达和简都感冒了，两个人都不能出门。米兰达姨妈为自己不能出席会议而惴惴不安，因为她是援助协会的官员。一大早，米兰达姨妈把早餐桌子弄得乱七八糟，还沮丧地恳求简不要总是在自己生病的时候也跟着生病。最后，她决定让丽贝卡代替她们参加会议。"你可不是个一般的人，丽贝卡。"她讨好丽贝卡说，"你的简姨妈会写个请假条，请求允许你下午不上学。你可以穿上胶鞋，开完会后从会议室那条路回来。这位伯尔奇先生，如果我没记错的话，过去还认识你的外祖父索亚先生，他在做候选人的时候来过这里。他很可能想见见我们，所以你一定得去，代表全家向他表示我们的敬意。你一定要注意自己的言行举止：祈祷的时候要把头低下来；所有的圣歌都要好好唱，不过声音不要太大太粗；记着向斯图尔特太太的儿子问好；告诉大家我们两个得了重感冒；会议开始之前，如果有机会的话，把你口袋里的手绢拿出来，擦擦风琴上的尘土；你再从起居室的火柴盒里拿出二十五美分，带在身上，说不定到时候要捐款呢。”

丽贝卡欣然同意了姨妈的安排。其实，任何事情都能激起丽贝卡极大的兴趣，即使是村庄里的传教士会议，也不例外，况且，这一次，她是代表全家去参加大会，这更是让她陶醉不已。

这次会议是在主日学校的教室里召开的，丽贝卡进去的时候，尊敬的伯尔奇先生已经站在讲台上了，尽管这时只来了十几个村民。这么小小年纪就参加这种大人聚会，丽贝卡觉得有点害羞，她想找一个熟悉的面孔替自己壮壮胆，正好看见罗宾逊太太坐在侧面靠前的座位上，于是，她沿着过道走过去，坐在罗宾逊太太旁边。

“我的两位姨妈都得了重感冒。”丽贝卡轻声说道，“所以，她们就让我代表全家来开会。”

“站在讲台上的就是伯尔奇太太和她的丈夫。”罗宾逊太太低声对丽贝卡说，“她晒得太黑了，是不是？看来，想要去拯救别人的灵魂，你就必须得牺牲自己的好皮肤。尤杜克西·莫顿怎么还没来？我真希望她能来，要不然米利肯执事的太太又会把风琴的音调调得高高的，我们爬上梯子也跟不上那么高的音调。你会调音吗？最好在她清嗓子准备唱歌之前你去调调音。"

伯尔奇太太是个身材苗条、体格瘦弱的娇小女人，她长着深色的头发，宽阔而低矮的前额，和一张温顺的嘴巴。她穿着一件很旧的黑色丝裙，看上去疲惫不堪，丽贝卡不由得同情起她来。

"他们穷得像约伯的火鸡，一无所有。"罗宾逊太太低声说道，"可是，如果你送给他们东西，不管什么东西，他们会立即转手送给那些异教徒。他在帕森斯菲尔德有一批教徒，现在他戴的那块金表就是他们筹款给他的。我猜想因为那些异教徒是看着太阳定时间的，他们根本就不需要表，否则，那块表也早就被他送给他们了。尤杜克西没来，丽贝卡，无论如何，一定要在米利肯太太来之前帮我们把音调调低些。"

会议第一项议程就是祈祷，祈祷完毕，尊敬的伯尔奇先生和着蒙顿调诵读：

> 我在上帝的教堂里降生成长
> 神圣的真理发出耀眼的光芒：
> 你的光辉必将延伸到遥远的地方，
> 包括异教徒生长的异国他乡。

你的光芒普照着芸芸众生，无论是君王还是异教徒

他们都对您齐声赞美和仰慕；

他们熙熙而来，像浮云掠过天空，

像鸽子，永远眷恋着主人的窗棂。

"在座的哪位能用乐器帮我们伴奏？"他突然出乎意料地问道。

大家面面相觑，没有一个人站起来。这时候，从远处的角落里传来一个细小的声音："丽贝卡，你为什么不去试试？"原来是科博太太在说话。丽贝卡暗中早就学会了蒙顿调，所以她走近风琴，不费吹灰之力就弹了起来，没有家里人在旁边，所以她一点儿也不觉得难为情。

接下来的谈话没有什么特别之处。伯尔奇先生充满激情地呼吁大家散布和推广《新约》福音书，他恳求说，虽然我们无法亲自探望生活在黑暗中的人民，可是我们应该自觉地支持那些能够亲自去帮助异教徒的人们。当然，他所做的远不止这些。他是一个态度友善、严肃认真的演讲家，他把异域生活的故事插入到自己的讲道中，他谈到了那里的风俗习惯，那里居民的日常礼仪，他们的语言，他们的观念；他甚至还介绍了自己一家人一天的生活片段，他们的主要任务，他忠实的帮手——伯尔奇太太的工作，还有他们那群孩子的日常活动，他们的孩子都是在叙利亚出生的。

丽贝卡痴迷地坐在那里听着，她仿佛得到了一把钥匙，打开了通往另外一个世界的大门。利维保罗逐渐消失了：主日学校的教室，罗宾逊太太的红格呢披肩，米丽肯执事戴歪的假发，还有那些光秃秃的长椅，破旧的赞美诗册子，墙上悬挂的课本和地图——所有这些通通在她的眼前消失了，她看到的是蔚蓝的天空、璀璨的星辰、洁白的穆斯林头巾和快乐的笑脸。虽然伯尔奇先生没有提到，但是丽贝卡猜想，也许那里还有清真寺、神殿、尖塔和枣椰子呢。那些在叙利亚蓝天下出生的孩子们，一定知道很多新奇的故事吧！丽贝卡正在遐想，忽然听到有人叫她伴奏一首赞美诗："耶稣普治歌"。

募捐箱在歌声中传递着，伯尔奇先生低头闭目祈祷。当他睁开眼睛，诵读完最后一首圣歌的时候，他看了看为数不多的会众，看了看募捐箱里散落的分币和角币，他想起了自己的使命不仅仅是为修建教堂筹集善款，更是要让爱在这些边远、荒凉的地区继续传递，这种博大的爱是未来岁月里唯一的希望。

"如果在座的哪位姐妹愿意接待我们。"他说，"伯尔奇太太和我愿意留在这里，与您共度今晚和明天。那样的话，我们就可以举行一个客厅聚会。到时候，伯尔奇太太和我的一个孩子会穿上叙利亚当地的服装，我们还会给您展示一些叙利亚的手工艺品，我们也会向您讲述我们教育孩子的方法。这种非正式的客厅聚会不同于常见的教会活动，它允许随便提问，允许自由谈话，这是一种非常有趣的活动，因此，我再问一次在座的各位，有没有哪位热心的会众愿意为我们提供方便，我们将很荣幸地留下来，给您讲述更多的传教工作。"

　　会场一片死寂。每一位"姐妹"都有充分的理由证明自己不能接待客人。有些人家里没有多余的房间，有些人家里存储的食物不多了，有些人家里有病人，还有些人像异教徒一样，不喜欢陌生的牧师到自己家里来。伯尔奇太太瘦弱的双手紧张地摆弄着自己的黑色丝裙。"难道没有人说话吗？"丽贝卡心想，她那颗怦怦直跳的心越发同情起伯尔奇夫妇了。这时候，罗宾逊太太斜过身子，语重心长地对丽贝卡低声说："这些传教士以前通常都是住在你们家的砖房子里，你外祖父活着的时候，他从来不会让他们到别的地方住的。"她的这番话显然是在讥讽米兰达小姐的吝啬小气，她家有四间空房子，一年到头都闲置着。可是，丽贝卡觉得这话听起来更像是一个建议。既然这是过去的一个惯例，也许姨妈希望她也能做出这种正确的决定，要不然她还能代表全家做什么呢？这么一个代表全家表示友好的职责摆在面前，丽贝卡不由得满心欢喜。她立刻从座位上站起来，用她与众不同的虔诚的方式，伴着她甜美的声音说道："我的姨妈，米兰达·索亚小姐和简·索亚小姐很荣幸地邀请你们到她们的砖房子做客，她们的父亲在世的时候，传教士们总是住在那里。希望你们也不例外。她们让我转达她们对你们的敬意！""敬意"这个词通常用来表示人们对一座城市的解放或者一座骑士的雕像的崇敬心情。姨妈们要是能预见丽贝卡在这种场合，以这么严肃的态度说出这样一个词语，她们一定会吓得浑身发抖。不过这话给在座的听众留下了很深的印象，他们断定米兰达·索亚一定是不久于人世了，要不然她的心怎么会突然有这么巨大的转变呢？

伯尔奇先生彬彬有礼地鞠了一躬，欣然接受了丽贝卡的邀请，他此时的心情和丽贝卡发出邀请时的心情一模一样，他请米利肯先生带领大家祈祷。

如果上帝的耳朵也会疲劳的话，它一定早已厌倦了倾听米利肯执事的祈祷，这位执事向神圣的基督诵读着同样的祈祷词，四十年如一日，几乎不加任何新鲜内容。接下来是帕金斯太太带领大家祈祷，她有很多虔诚的愿望要向上帝祷告，这些愿望都是她费尽心思把各种经文糅合在一起编成的，所以有些生硬枯燥。以前，丽贝卡总是感到困惑，在如今这样的和平年代，帕金斯太太为什么总是以这样的话结束自己的祈祷："战争之神啊，愿您与我们同在，当我们努力奋进，像基督的士兵走向战场一样。"而今天，丽贝卡觉得她所有的祈祷内容都是那么真实，她自己的内心也充满了虔诚，伯尔奇先生谈到的很多事情都莫名地震撼着她的心灵。当她抬起头的时候，伯尔奇先生正直视着她，说道："这位年轻的姐妹，可否带领大家一起祈祷，来结束今天的集会？"

听到这话，丽贝卡感到身体里的每一滴血都似乎被凝固了，她的心脏也几乎停止了跳动。寂静中，科博太太紧张的呼吸声显得格外突出。伯尔奇提出这样的请求丝毫没有不妥之处。在他参加的众多乡村聚会中，常常会遇见很多年纪很小的会众，他们是名副其实的"老教徒"，一般在九岁十岁左右就入会了。丽贝卡现在已经十三岁了，年龄不算太小，她已经能用风琴为大家伴奏了，也能领唱了，还能优雅得体地代替姨妈向客人发出邀请。基于这一切，伯尔奇先生认为，丽贝卡一定是教会中年轻的栋梁，所以就理所当然地叫她带领大家祈祷。

而这突如其来的使命让丽贝卡深陷绝境。她怎么能够拒绝？她怎么能够解释说自己其实不是教会会员？她怎么能够当着这么多年长姐妹们的面带领大家祈祷！这个可怜的孩子此刻所经历的磨难，与约翰·罗杰斯当年被绑在刑柱上所经历的痛苦相比，恐怕是有过之而无不及。她站起身来，忘记了女士祈祷的时候应该坐着，只有执事祈祷才能站起来。她满脑子都是乱糟糟的图画，画面上全是可敬的伯尔奇先生。她当然知道应该怎样措辞，像她这样一个惯于参加星期三晚上教会聚会的新英格兰孩子，怎么会不懂祷告的措辞呢？只是她自己私下的祷告词与众不同罢了。不管怎样，她慢腾腾地、颤抖着张开了口：

"主宰天国的主啊，您是叙利亚的上帝，也是缅因州的神！叙利亚的今天，天空蔚蓝，星辰闪烁，阳光普照，和暖的空气里，一排排大树随风起舞。而我们的缅因州，脚下依然是厚厚的积雪。可是，对于万能的上帝，距离没有远近，他在这里，与我们同在，他也在叙利亚，与他们同在。我们的灵魂永向着他，就像鸽子，永远眷恋着主人的窗棂。

"我们不可能都成为传教士，教大家弃恶扬善，我们中有些人自己还没有学会行善，但是，如果您的王国即将降临，您的意愿即将实现，就像在天国里一样，那么，人人都会竭尽全力，人人都会乐善好施，无论他们年老体衰，还是身强体壮。那些出生在叙利亚天空下的孩子们，正在为您从事着新奇而有趣的工作。而我们中的一些人，也愿意不远万里，到异国他乡为异教徒奉献自己神奇而勇敢的力量，帮助他们远离对木头和石头的崇拜，以您为他们新的偶像。但是，也许我们不得不待在家中，做上帝安排给我们的工作，有时候我们还得做自己不喜欢的事情，但，这正是我们所唱的圣歌传达的意思：醉人的芳香来自每天清晨的牺牲与奉献。这就是上帝教导我们的方式，他要我们学会谦卑和忍耐，相信这一切都是他的意愿，这个信念会除去我们心头的恐惧，帮助我们忍受艰难的岁月。阿门！"

可怜的无知而又充满幻想的孩子！她的祷告词不过是一连串不同圣歌的歌词，加上传教士步道的内容，但是她用自己独特的方法把它们进行重新组合，改变它们的用途，再用独特的逻辑把它们连接起来，因此，她的祷告词别具一格，就好像是她自己创造出来的一样。通常情况下，有些人说的话会给别人留下不好的印象，这些不好的印象会降低说话者在听者心目中的地位，但是丽贝卡的话却总是能在大家心中留下很好的印象。

一说完"阿门"，丽贝卡就恍恍惚惚地坐到了长凳上，接下来是祝福仪式。过了一会儿，丽贝卡感觉到眼前的屋子不再旋转了，她走到伯尔奇太太身边，伯尔奇太太深情地吻了吻她，说："亲爱的，我真的很高兴我们可以住在你们家里。我们五点半过去会不会太晚？现在已经三点了，我们还得去车站取行李，还要接孩子。我们把孩子和行李放在车站，因为当时我们不能确定能不能留在这里。"

丽贝卡告诉伯尔奇太太五点半是他们的晚餐时间，然后她就接受了科博太太的邀请，和她一起坐着马车回家了。丽贝卡兴奋得满脸通红，嘴唇发抖，萨拉阿姨了解她的心情，所以驾车回家的路上，她们几乎没有说一句话。凄厉的寒风和萨拉阿姨的沉默不语让丽贝卡渐渐回过神来。不过，她走进砖房子的时候，又开始兴高采烈起来。她有太多的见闻要讲，连到侧门脱下胶鞋的时间都没有，她小心翼翼地把一块小织毯拿进起居室，站在上面开始了她的汇报演讲。

"你的鞋子正在火上烤着呢。"简姨妈说，"你边讲边把鞋穿上吧。"

19 伊斯利尔执事的传人

"这是一个小规模聚会，米兰达姨妈。"丽贝卡说，"那个传教士和他的夫人都非常和蔼，他们今天晚上和明天将要到这里和你们一起住。我希望你们不要介意。"

"到这里！"米兰达惊叫道，她手里的针线活一下子掉到了腿上，她取下眼镜，这可是她极度紧张时的典型动作。"难道他们是不请自来吗？"

"不是的。"丽贝卡回答说，"是我替你们邀请他们的，我不得不这么做。不过，我还以为你会喜欢招待这么有趣的客人。事情是这样的——"

"别给我解释了，先告诉我他们什么时候到。马上吗？"

"现在不会来的，两小时以后，大约五点半的时候。"

"那么，你就解释吧，看你怎么说，谁给你这么大的权利，你竟敢邀请一群陌生人来家里过夜。你知道，这个家已经有二十年没有留宿过任何客人了，将来的二十年，我们也不打算留宿任何客人——至少，只要我还是这个家的家长，我就这么做。"

"先别责怪她，米兰达，听她把话说完吧。"简插话道，"其实我也一直在想，如果我们两个亲自去参加这个聚会，也许我们也会这么决定的，毕竟，伯尔奇先生认识我们的父亲呀。"

"这次聚会规模很小。"丽贝卡又开始解释了，"我告诉所有的人你们感冒了，没办法来，大家都为你们的缺席感到遗憾，因为教会主席没来，所以由马修斯太太主持会议，坐在那张主席椅上。这真是件令人遗憾的事情，因为那张椅子太小，而马修斯太太太胖，她戴着一顶海狸皮做的园丁帽，帽子总是歪到一边。伯尔奇先生讲了很多叙利亚异教徒有趣的事情，圣歌唱得很好，募捐箱传到我身边的时候，我看见里面只有四十美分。这连拯救一个异教徒的婴儿都不够，是不是？这时候，伯尔奇先生说，如果哪位姐妹愿意为他们提供住宿的话，他们打算在这里过一夜，然后明天在利维保罗召开一个客厅聚会，到时候，伯尔奇夫人会穿上叙利亚人的服饰，他们还会给大家展示一些可爱的异域工艺品。然后，他就站在那里等候大家的回答，他等啊等，没有一个人回应他。我感到特别尴尬，不知道自己该怎么做。看到这种情形，他又重复了自己的请求，还解释了他之所以想要留下来的原因，他觉得这是他的职责所在。就在这时，罗宾逊太太低声对我说，以前外祖父在世的时候，传教士们通常都是在我们的砖房子里寄宿的，她还说，外祖父绝对不会让他们去别的地方。我不知道你已经不再让他们留宿了，因为自从我来到利维保罗，除了一个星期天的早上见过一个传教士外，从来没有别的传教士来过这里。所以，我觉得我应该邀请他们，因为你当时不在现场，无法亲自邀请，而且，你们当时告诉我，我是代表全家人参加聚会的。"

"那你当时是怎么做的——是不是等别的人都出去了，然后再上前做自我介绍？"

"不是的，我在会场就站了起来。我不得不这样做，因为当时没有任何人应答伯尔奇先生的请求，我觉得他的感情会受到伤害。因此，我站起来说，'我的姨妈，米兰达·索亚小姐和简·索亚小姐很荣幸地邀请你们到她们的砖房子做客，她们的父亲在世的时候，传教士们总是住在那里。希望你们也不例外。她们让我转达她们对你们的敬意！'说完这些，我就坐下来了。接受了我的邀请后，伯尔奇先生还特意为外祖父祈祷，他称外祖父为牧师，还说感谢天国的圣父，外祖父的精神始终活在他的后代（就是你们）心中，他还说这幢古老而友善的房子曾经鼓励和援助过那么多的兄弟同胞，他们就是从这里获得了战斗的勇气，如今，它还是那么亲切地为陌生人和行人开放。"

有时候，当不同天体恰如其分地结合在一起时，大自然似乎就是一件最完美的艺术品。而发自心灵深处的言行，虽然没有考虑过后果，却常常给人启发和鼓舞。

多年以来，通往米兰达·索亚灵魂深处的一扇大门已经彻底关闭了。这种关闭不是一朝一夕间完成的，而是在循序渐进中结束的，甚至是在她全然不知的情况下进行的。假如丽贝卡是个世故、识相的人，假如她能够多谋划几天，也许她就不会贸然闯入这个禁地了。而现在，在丽贝卡和姨妈都不知情的状态下，这扇门僵硬生锈的铰链突然摆动起来，随着时间的流逝，门借着顺风越开越大了。所有的事件交织在一起，导致了这个必然的、令人惊讶的结果。米兰达对过去的美好记忆被唤起，她想起了自己虔诚而可敬的父亲，索亚这个姓曾经那么让大家景仰和赞美。而丽贝卡的所作所为体现了伊斯利尔·索亚执事的外孙女应有的本色，也充分证明了她不是她们想象中的"彻头彻尾的兰德尔家的人"。想到这些，米兰达的心情平静了下来，她为事情的发展感到欣喜，但是她不想把这种喜悦之情表现出来，也不想让任何人有这样的猜测：以为这一次接待传教士开了先河，以后什么事情她都会这么大方。

"好吧，我觉得你也是没办法才这么做的，丽贝卡。"她说，"而且你向他们发出邀请时的措辞也是最棒的。真希望简姨妈和我没有感冒，要不然我们能干很多事情。好在我们的房间很干净，所有的屋子无论是开着还是锁着，都收拾得整整齐齐，而且我们也有足够的熟食，所以，无论发生什么事情，你都不必惊讶，旁人也没理由轻视你。我们家有六间房子，只要伯尔奇夫妇不是过分挑剔或者过分懒惰的人，招待他们不算太难。那位传教士先生怎么没有和你一起来啊？"

"他们得到车站去取行李、接孩子。"

"还有孩子要来吗？"米兰达抱怨说。

"是的，米兰达姨妈，他们可都是在叙利亚的蓝天下出生的。"

"伯尔奇太太是叙利亚人！"米兰达惊叫着说（这当然不是

事实），"一共有几个孩子？"

"我当时没有问伯尔奇先生，不过我会为他们收拾好两个房间，如果两个房间不够，就让其他孩子和我睡一张床。"丽贝卡说道，她背地里偷偷想，真要是那样就好了，"既然你们两个都生病了，能不能信任我一次，让我来为客人收拾房间？等我把一切准备好了，我再叫你们起床。行不行？"

"我看就这样吧。"米兰达不情愿地叹了口气说，"我和简先到卧室里躺一躺，看看能不能攒些力气，过会儿起来做晚饭。现在是三点半，你一定要在五点钟之前叫我起床。我已经在厨房的炉子里生了火。我自己都弄不明白，为什么我今天竟然烤了一大锅豆子，看来还真是派上用场了。父亲过去常常说，归来的传教士最喜欢吃猪肉、豆子和黑面包了，招待他们这些东西正合适。丽贝卡，把南边的两个房间收拾出来吧。"

丽贝卡有生以来第一次得到姨妈允许，放手干自己想干的事情，她兴奋极了，像一阵旋风似的奔上楼去。砖房子里的每个房间都非常干净整洁，她要做的只不过是掀掉遮盖在家具上的罩子，用小笤帚把地板扫一扫，然后再把家具上的尘土掸一掸就可以了。两位姨妈听到她在房间里急匆匆地来回走动，一会儿用力拍打枕头和羽毛铺盖，一会儿又甩甩毛巾，还把陶器敲得叮当作响，她一边干活儿，一边扯着自己清脆的嗓子唱起了歌：

　　过分慷慨的仁慈是一种亵渎
　　上帝的恩泽四处广布；

异教徒生活在蒙昧状态
对着木头和石块鞠躬膜拜。

丽贝卡已经是一个心灵手巧的小姑娘了，只要是她能干的差事，她都能够闪电般完成任务，因此，当她五点钟把姨妈们叫醒，让她们验收自己的工作时，她们看到的是一片奇迹：床头柜和洗脸架上挂着干净的新毛巾，几张床都铺得平平整整，大水罐里灌满了开水，肥皂和火柴摆得井井有条，点火用的报纸、引火柴和木头都放进了箱子里，每一个封闭的火炉里，都有一块大木条在缓缓燃烧。"我觉得最好先把房间里的寒气去一去。"丽贝卡解释说，"因为他们刚刚从叙利亚回来。哦，这倒提醒了我，我要在他们到来之前先看看地理书，了解一些叙利亚的情况。"

既然一切都无可挑剔，两个姨妈也就放心了。于是她们走下楼去，准备换换衣服，迎接客人。当她们经过客厅门的时候，米兰达隐约听到里面一阵噼里啪啦的声音，她于是向客厅里面看了看：只见所有遮盖家具的罩子都已经揭掉了，前厅里打开的火炉里，欢快的火苗在跳动，内室的壁炉边也生起了火。丽贝卡自己的煤油灯——那是阿拉丁先生送给她的第二件圣诞礼物，正放在墙角的大理石桌面上，柔和的光从玫瑰色的灯罩里透了出来，把这个古板阴暗的房间顿时变成一个温馨的地方，邻居们可以在这里坐着倾心交谈。

"天哪，丽贝卡。"米兰达小姐在楼上喊道，"你觉得我们连客厅也要开放给他们用吗?"

丽贝卡一边梳着辫子,一边跑出房间。

"我们在感恩节和圣诞节的时候,不是都开放了客厅吗,我觉得这次也是一个隆重的庆典。"她说,"再说,我已经把壁炉架上蜡烛做的花儿拿下来了,这样它们就不会烤化了,我还把那些贝壳、珊瑚和那只绿色的毛绒小鸟都放到了书架的上面了,这样,小孩们就不会发现,也就不会吵着要玩这些东西了。米利肯执事要来看望伯尔奇先生,和他谈谈教会的事务,我不用猜,科博先生和科博太太也一定会来的。你们先别去地下室,我马上要去那里整理整理。"

米兰达和简彼此对望了一眼,没有说话。

"她可真是世界上最有活力的小东西了!"米兰达大声说道,"不过,只要她用心,她还是可以把事情办好的。"

五点一刻的时候,一切都准备就绪了,邻居们,至少是那些可以看见砖房子的邻居们,(砖房子处在一个凸起的地方,冬天,树上的叶子落光的时候,这房子就更显眼了。)极其好奇地关注着房子里的变化。两个客厅里的遮盖物全部揭掉了!两间朝南的卧室也是一样!到处都生了火——如果眼睛没有看错的话——每个房间里都生了火。幸亏一位刚刚参加完聚会的妇女,不辞劳苦地到几个邻居家,向大家解释了事情的前因后果,否则,很多邻居那天晚上一定会因为好奇而失眠的。

传教士一家准时到达了,为了减少旅费,他们只带了两个孩子来,还有七八个孩子留在波特兰的同胞家里。简负责把客人们带上楼，米兰达则在厨房里准备晚饭。丽贝卡赶忙把两个小女孩从她们母亲身边带走，帮她们脱去了外套，理了理她们凌乱的头发，然后，又把她们带下楼，让她们到厨房里去闻闻火炉上的豆香味。

晚餐非常丰盛，有小孩子们调节气氛，虽然大家彼此陌生，却一点也不觉得尴尬。吃完晚饭，简姨妈负责清理桌子，收走剩饭，而米兰达姨妈则在客厅里招待客人。丽贝卡和那两个小伯尔奇女孩负责洗碗，她们在厨房里开起了盛大的"狂欢会"，当然，破坏不是很大——只打碎了一只茶杯，还打碎了一只本来就有裂缝的盘子，甚至还跑到后门外面去泼银勺子里的洗碗水（这种行为在砖房子里是绝对禁止的），她们还把咖啡渣滓倒进了水槽里。不过，丽贝卡把所有的犯罪证据都及时销毁了，还对所有的破坏进行了最大可能的修补，一切处理妥当后，三个人走进了客厅，这时候，科博夫妇，米利肯执事和太太都已经来了。

这是一个多么愉快的夜晚啊！他们偶尔会消停片刻，暂且让那些蒙昧状态下的异教徒去膜拜木头和石块吧，因为伯尔奇先生和大家都得喘口气啊，休息结束，伯尔奇夫妇又讲了很多离奇、美丽、不可思议的事情。伯尔奇家的两个孩子合唱了一首歌，而丽贝卡，在伯尔奇夫人的盛情邀请下，坐在那架老掉牙的钢琴前，弹了一曲《漂泊流浪的印第安女孩，聪明伶俐阿尔法拉塔》，她精神饱满、动作优雅。

八点钟的时候，丽贝卡穿过客厅，把一把棕榈叶扇子递给米兰达姨妈，表面上看，她似乎想要帮姨妈遮住灯光。其实，她是想在扇子的遮盖下和姨妈说句悄悄话："要不要给客人拿饼干吃？"

"你觉得有必要吗？"米兰达低声反问道。

"帕金斯家一直都是这样做的。"

"那好吧。你知道饼干在哪里，你去拿吧。"

丽贝卡轻轻地朝门口走去，伯尔奇家的两个孩子也飞速跟了出去，好像她们一刻也离不开丽贝卡似的。五分钟后，她们回来了，两个小孩捧着盘子，盘子里装满芷茴香做的薄脆饼——有心形的，菱形的，还有圆形的，上面都放了糖，还点缀着从屋后的花园里采来的芷茴香籽。加工这些脆饼是简小姐的拿手好戏，丽贝卡跟在两个小女孩身后，手捧着一个托盘，托盘上摆了六只小小的水晶玻璃杯，杯里倒满了蒲公英酒，酿制这种酒是米兰达姨妈的看家本领，她还因此出名了好几年呢。这门手艺还是老伊斯利尔执事传下来的，他还亲自到波士顿买了那些精美的水晶酒杯。米兰达对这些酒杯赞不绝口，因为它们不仅漂亮，而且容量很小。在没有买这些小酒杯之前，家里一直都是用装葡萄酒的大杯子盛蒲公英酒的。

大家刚刚优雅地用完饭后茶点，在利维保罗，这通常被称作"过滤"，丽贝卡看了看座钟，然后从孩子堆里站起来，兴高采烈地对两个小女孩说："来吧！小传教士们该睡觉啦！"

大家被她调皮幽默的话逗笑了，两个大传教士更是笑得合不拢嘴，孩子们与大人们握手告别，然后和丽贝卡一起到自己的房间休息去了。

20 心境的转变

"您的外甥女是我这么多年来见过的最不寻常的女孩。"伯尔奇先生望着丽贝卡的背影说道。

"她好像最近才变得这么聪明伶俐，不过她还是很粗心大意。"米兰达回答道，"而且，她太活泼了，有些过头了。"

"我们应该牢记，人世间最大的麻烦，都是缺少活力引起的，绝不是活力过头带来的。"伯尔奇先生回应道。

"她一定会成为一个了不起的传教士的。"伯尔奇夫人说道，"她有甜美的声音，迷人的个人魅力，还有不可多得的语言天赋。"

"要我说，如果在传教士和异教徒之间选择的话，我看她更适合做个异教徒。"米兰达毫不客气地发表了自己的看法。

"我姐姐不主张过分夸奖孩子。"简连忙插话，她一边说，一边望着伯尔奇夫人，伯尔奇夫人似乎非常惊愕，她正要张开嘴巴问问，丽贝卡是不是还没有入教呢。

其实，科博太太整个晚上也一直在等待这个问题，她特别担心传教士会提到丽贝卡的祈祷天赋。下午，当伯尔奇先生叫丽贝卡"带领"大家祷告时，她甚至对这位尊敬的传教士先生产生了一种转瞬即逝、无缘无故的厌恶感。因为她看见了丽贝卡煞白的脸蛋，看见了她颤抖的睫毛，她体会到了丽贝卡内心所经历的痛苦煎熬。幸亏伯尔奇先生谈吐文雅，行为友善，这才抵消了科博太太对他的偏见。而此时，她感到伯尔奇夫人又要踏进这个危险地带了，于是，她赶快转换话题，询问从利维保罗到叙利亚是不是要转很多次车。她自己也感到这个问题很不合时宜，但是只要管用就行。

这时候，米利肯执事对索亚小姐说："米兰达，你知道丽贝卡让我想起了谁？"

"我明白你说的是谁。"她回答说。

"这么说，你也注意到了！开始的时候，我看她外表长得像她父亲，以为她和她父亲是一类人。但是她不是那样的，她像你的父亲，伊斯利尔·索亚。"

"我不明白你是怎么得出这个结论的。"米兰达说，她惊得目瞪口呆。

"今天下午，她在会场上站起来替你邀请传教士的情形，给我留下了很深的印象。说起来也真是神奇，她今天坐的位子就是你父亲过去常常坐的那个座位，那时，你父亲是主日学校的校长。你是知道他说话时的神态的，他总是把下巴抬得高高的，头往后面仰着，是不是？你知道吗，丽贝卡和他的神态一模一样，而且不止我一个人这么说。"

来访的村民们九点之前就陆续离开了，这个时候（这可是砖房子不可多得的闲散时间）全家人也上床就寝了。当丽贝卡手捧蜡烛，来到伯尔奇夫人楼上的房间时，她发现此刻只有她们两个人，于是，她羞涩地说："你能不能告诉伯尔奇先生，我其实不是教会会员？下午他让我带领大家祷告的时候，我实在不知道该说些什么。我更没有勇气告诉他，说我从来没有大声祷告过，也不知道应该怎么祷告。当时，我脑子里一片空白，心里也特别害怕，真想找个地缝钻进去算了。当着这么多老教会会员的面带头祷告，还假装自己似乎很在行，这些都似乎太鲁莽、太冒失、太邪恶了。可是，我转念一想，如果一个牧师让我祈祷，而我又不愿意去做，那么上帝是不是也会认为我是个邪恶的人呢？"

蜡烛的光映在丽贝卡那张面红耳赤、细腻敏感的脸上。伯尔奇夫人弯下腰，向丽贝卡吻别。"不必烦恼了。"她说，"我会给伯尔奇先生解释的，而且，我想上帝一定会理解你的。"

第二天早上，丽贝卡不到六点就起床了，一想到有这么多家务活，她怎么睡得着呢。她走到窗前，向外张望，此刻，天色依然很暗，外面狂风大作，又是一个寒风肆虐的日子。

"简姨妈告诉我说，她要六点半起床，这样大家七点半就可以吃早饭了。"她心想，可是，我敢说，她们两个都生病了，家里又来了这么多人，所以米兰达姨妈一定会烦躁的。我想我应该轻手轻脚地下楼，着手准备早饭，到时候，给她们一个惊喜。

于是，她披上一件有内胆的睡袍，穿上拖鞋，轻轻地沿着前楼梯——往日的禁忌地带——下了楼，她蹑手蹑脚地走进厨房，又小心翼翼地关上门，这样，厨房的声音就不会吵醒其他人了。丽贝卡对早餐的制作程序早就了如指掌了，所以只忙了半个小时，她就把一切打理停当了，然后回到自己的卧室更衣，准备叫那两个小女孩起床。

出乎意料的是，简小姐前一天晚上感觉自己的身体比米兰达好转了些，可是一夜之间，她的病情突然加重，早上连爬起来的力气都没有了。米兰达一边匆匆忙忙地洗漱，一边不停地发牢骚，抱怨全世界的人，让她承担这么多的痛苦和折磨。她甚至痛斥传教士委员会，埋怨他们为什么要把伯尔奇夫妇派遣到叙利亚，还表达了自己"毫无偏见"的观点：那些派遣到外国去拯救异教徒的传教士，就应该恪守职责，而不应该带着一大帮孩子满世界游荡，更不应该来拜访从来就不需要、也不想邀请他们的人家里。

简浑身发热，头痛难忍，她惴惴不安地躺在床上，不知道没有她帮忙姐姐一个人怎么应付得了。

米兰达往头上扎了条围巾，以免冷风吹得头疼，然后拖着病体，艰难地走进餐厅，准备先把火生好，然后再叫丽贝卡下来帮忙干活。同时，她要告诉丽贝卡一些朴素的真理，告诉她代表全家参加传教士聚会时应该怎么做才是正确的。

她打开厨房门，疑惑地环视着四周，甚至怀疑自己是否走错了房间。

厨房的窗帘已经拉开了，盖在炊具上的罩布也都揭开了，火炉里的火呼呼地往上蹿。水壶在火上咝咝作响，冒着气泡，壶嘴里吐出一股股蒸汽，推开茶壶宽大的鼻子，半张纸条露了出来，上面写着潦草的几个字"丽贝卡向你问好"。咖啡壶也是滚烫的，咖啡粉已经盛好了，放在碗里。鸡蛋也已经打好，碎蛋壳就放在旁边。木质的托盘里摆好了冷土豆和咸牛肉，切菜刀上放着一张纸条，上面写着"丽贝卡问候你"。黑面包端出来了，白面包也端出来了，烤面包的架子也摆好了，炸面包圈也摆出来了，牛奶的乳皮已经撇去了，连黄油也已经从牛奶场取回来了。

米兰达一把把头巾从头上取下来，一屁股坐进了厨房的摇椅上，她终于松了口气，嘴里低声念叨："她可真是个最争强好胜的孩子！我敢断定，她是一个地地道道的索亚家族的人！"

一天一夜，就这样在大家彼此的尊敬和赞扬声中过去了，这种氛围也感染着简，她的病情不但没有再加重，反而很快恢复了，所以丝毫没有影响大家的愉悦心情。伯尔奇一家依依不舍地离开了砖房子，那两个小传教士更是痛哭流涕，不愿离开，她们发誓永远也不会忘记丽贝卡的友谊，而丽贝卡在离别时，把一首自己在早餐前创作的诗赠送给了两个小传教士。

致玛丽和玛莎·伯尔奇

出生在叙利亚的蓝天下，

那里的阳光更充足、更火辣；

孩子们在这里茁壮成长，
像热带地区含苞待放的花。

当她们睁开双眼，看到人生的第一缕光线
那是在异教徒的国土家园。
不是格陵兰岛皑皑白雪的群山，
更不是印度国的珊瑚海岸。

在这个神秘莫测的国度，
人人拥有黝黑的皮肤。
他们缺失真正的信仰，
生活于是极度的痛苦。

让我们迅速投入，全力以赴，
为传教士委员会提供帮助。
去寻找那些深色皮肤的异教徒，
教他们信仰他们永恒的主。

丽贝卡·罗恩娜·兰德尔

　　显而易见，返乡传教士的利维保罗之行还是有些深远影响的。每当伯尔奇夫妇自己回忆往事时，这段行程都是他们回国的半年时光里最珍贵的一段趣事。邻居们茶余饭后也总是以这件事情为线索，不断地引出激烈的讨论；他们的谈论中有争吵，也有辩论；有猜疑，也有确信；有回顾，也有展望。为了支持传教士们在叙利亚救赎异教徒皈依公理会，米利肯执事慷慨解囊，当时就捐了十美元的善款，而米利肯太太则被丈夫轻率的慷慨行为气得大病了一场。

如果说，米兰达·索亚从此以后就完全变样了，这倒是件求之不得的好事，不过，这毕竟不是事实。一棵长了二十年的歪脖子树，不可能在一眨眼工夫就能长得笔直。但是，可以肯定的是，虽然从外人的眼光看，现在的米兰达与以前的她区别不大，而事实上，这种变化的确存在，她对丽贝卡的态度没有以前那么吹毛求疵了，对她的评判也没有以前那么尖酸刻薄了，对她的未来也充满希望了。这个变化主要源自米兰达观念的一个转变：她突然发现丽贝卡的很多特征，无论是思想上，身体里，还是灵魂深处，都继承自索亚家族，而不是来自让她鄙视的兰德尔家族。丽贝卡身上的一切有趣之处，她身上体现出来的一切天赋、能力和才华，在米兰达看来，都来自砖房子对她的训练，而这种想法让米兰达产生了一种由衷的自豪感，她感到自己就像一个优秀的工匠，用最差的材料做成了最好的工艺品。但是，即使是衰退的体力让她放松了自己的铁腕，她也从来没有削弱她对别人的束缚力，她从来没有把这种骄傲表现出来，也没有流露过一丝对丽贝卡的喜爱之情。

可怜的洛伦佐·德·麦迪西·兰德尔，似乎天生就生错了地方，而且一直被人瞧不起，周围的人觉得他荒唐可笑、一无是处，因为他与他们没有任何相似之处！如果利维保罗能够突然融入一个大点的社区，可以容纳各种不同的观点的话，也许，他——利维保罗唯一的名人——就不会那么引人注目了。幸运的是，他的女儿继承了母亲家族的一些实用能力，但是，如果说，洛伦佐在这个世界上没做过任何别的事情的话，有一件事情他的确做了：他没有让丽贝卡变成一个彻头彻尾的索亚家人，这一点，他应该引以为荣。虽然他的人生彻底失败了，但他慷慨地把自己的优点全部遗传给了丽贝卡，还谨慎地保留了那些缺点没有给她。世界上恐怕没有几个父亲能够做出这样细致的划分。

砖房子并没有快速地转变成路边小旅馆，也没有变成年轻人的狂欢场所和快乐驿站。但是传教士一家的拜访的确开了一个先河，从那以后，米兰达允许整理出一张空闲的床，"以备不时之需"。而那套水晶玻璃杯也不再像以前那样，放在陶瓷橱柜架子的顶层，现在，它们是放在第二层架子上的。以前，丽贝卡要站到椅子上才能取到酒杯，而现在，她只要一伸手，就可以轻易地够到了。这一切都是一个标志，象征着她不知不觉中冲破了米兰达小姐武断和偏见的藩篱。

米兰达的改变实在是太大了，她甚至说，自己不会介意伯尔奇一家定期偶然来访，不过她又担心伯尔奇先生会到处宣扬自己的砖房子之旅，以后就会不断地有传教士来家里碍事了。为此，她还温文尔雅地举了一个形象的例子：如果一家人在后门外赏给一个流浪汉一顿美餐，这个流浪汉就会在这个地方留一个记号，看到这个记号，其他的流浪汉就知道，自己也可能在这里得到同样的招待了。

令人担心的是，这种看似庸俗的比喻里的确包含着一些真理，米兰达小姐对于她未来责任的恐惧也是有理有据的，只不过一切并没有她设想的那么精确罢了。一个人要养成坏习惯很容易，同样，你要养成良好的习惯也并不难，良好的习惯一旦养成，你的生活里就会充满美好的语言，高尚的举止，你会为自己确立新的行为规范，周围的人也热切地期待你展示更多积极向上的勇气、怜悯弱小的同情心、敏捷的才智、兄弟般的友谊和鼓舞人心的灵感，因为你已经向他们证明了自己拥有这些能力。这正如一个园丁，当你在自己的果园里种了一两季无花果以后，你周围的世界就不愿意看到你的果园里长满杂草了。

伯尔奇一家的来访对丽贝卡的影响是难以用语言来描述的。不过，经过多年以后，当她回顾这段往事时，她觉得伯尔奇先生叫她"带领大家祈祷"的那一刻，开创了她人生的新纪元。

如果仔细观察，你会发现，当你披上一件漂亮的新衣服，你会觉得自己变得彬彬有礼、温文尔雅；如果稍加留意，你会发现，当你闭上双眼、十指紧扣、弯腰鞠躬时，一种崇敬的感觉会不知不觉地袭上你的心头；如果仔细体会，你会发现，当你每天微笑着面对周围时，你曾经对某个人的厌恶感会逐渐融化、消失。这一切会让你明白：外在的、看得见的东西，对于塑造内在的、看不见的精神状态，也就是我们所说的表情，有一些神奇的影响力。

　　只有当一个人年事已高、头脑呆滞的时候，他的灵魂才会变得迟钝，不愿意上进。而年轻的灵魂永远都插着两只翅膀，轻轻的一口气就能够拨动它向上飞翔。当伯尔奇先生叫起丽贝卡时，她被迫要表明自己的心境和心灵深处最模糊的感觉。她听从了召唤，而她祈祷时所说的那些话，在她说出来的一刹那，就已经变成了现实。她所表达的强烈的愿望，也都付诸了实际。

　　"像鸽子，永远眷恋着主人的窗棂"，她的灵魂也朝着一束伟大的光芒翱翔而去，开始这种光芒依稀可见，但是，她飞得越高，离光芒就越近，而光芒也就越耀眼。她感到自己的心灵与神的心灵已经合二为一了，她再也感觉不到孤独了，这想必就是一个孩子感知上帝的最美好的途径吧。

21　天地更宽广

盼望已久的日子终于到来了，丽贝卡如愿以偿地成为维尔汉姆神学院的一名学生了。有些人经历过不同层次的社交活动，见识过不同国度的风土人情，结交过名牌大学的知识分子，对于这些见多识广的人来说，到维尔汉姆上学实在算不上是什么非同寻常的经历。但是，对于利维保罗人来说，到那里上学已经是个很大的进步了，就像当年从太阳溪农场来到利维保罗一样。丽贝卡打算用三年时间学完四年的课程，因为不管是姨妈们，还是妈妈，包括丽贝卡自己，大家都觉得等到丽贝卡十七岁的时候，她已经达到成熟年龄了，所以应该挣钱养活自己，也应该帮助家里供养更小的弟弟妹妹们上学。当丽贝卡考虑自己能否在这么短的时间里成功完成学业的时候，还有一些女孩却正在盘算着如何轻松悠闲地打发这四年时光，等她们走出校门时，她们头脑里的知识一点也不比进校的时候多。相比之下，丽贝卡的任务似乎特别艰巨，甚至难以完成，其实，这是一个可以完成的任务，而且，在相对简陋的维尔汉姆之外的其他学校，已经有这样的先例了。

从九月到圣诞节这段时间，丽贝卡打算每天早晚乘火车往返于学校和砖房子之间，过完圣诞节，她打算在维尔汉姆寄宿，度过最冷的三个月。艾玛·简的父母一直认为，女儿到艾治伍德高中（距利维保罗有三英里远）上一两年学就足够了，他们觉得一两年高中教育完全可以把女儿塑造成为一个有修养、有知识，可以立足于社会的人。艾玛·简也一直坚定地赞成这个观点，因为，如果说世界上有一样东西让她深恶痛绝的话，那一定是读书学习。在她看来，书一本更比一本差，没有哪本书比别的书好到哪里去，她恨不得看到全世界的图书馆都沉到大海深处去，那时，她一定能够开开心心地吃饭了。然而，当她上了艾治伍德高中，而丽贝卡去了维尔汉姆神学院以后，一个意想不到的局面出现了。她勉强地挨过了开学的第一个星期——这可是度日如年的七个日日夜夜，没有亲爱的朋友在身边，每晚两人只能碰个面，而各自还要做自己的功课。终于等到了星期天，她趁此机会向父亲讲述了自己的烦恼，而父亲却显得非常顽固。他认为受教育根本就没有什么益处，他还觉得女儿受的教育已经足够了。当年他把农场租给别人来到利维保罗的时候，根本就没有打算一辈子干打铁这一行，他原计划等到艾玛·简结束学业，长大成人，能够帮助母亲料理牛奶场事务的时候，就带着全家回到自己的农场。

又一个星期过去了。眼见着艾玛·简消瘦了下去。她的脸色苍白了许多，胃口也越来越差，一点东西也吃不下去。

她的母亲悲哀地暗示说，帕金斯家族的人都有日渐消瘦的习惯，她还说自己总是担心艾玛·简身体不好、红颜薄命。她又说，其实很多人都为自己有一个雄心勃勃的女儿而骄傲，他们总是乐于为女儿创造最好的条件供她上学。她又担心自己的身体不好，不能每天驾车去艾治伍德接送女儿，所以她要帕金斯先生雇佣一个小伙子，让他驾车接送艾玛·简。最后，她还说，当一个女孩像艾玛·简这样狂热地想要学习的时候，就好像恶魔控制了她的意志一样可怕。

几天以来，帕金斯先生一直忍受着妻子和女儿的抱怨，最后，连他自己的脾气、消化功能和胃口也明显地受到了影响。于是，他只好向命运低头服输，而艾玛·简像一个获释的战俘一样，飞跑到自己心爱的朋友的卧房报告她这个好消息。要进入维尔汉姆神学院读书，艾玛·简必须得参加几场测试，虽然这些测试极其恐怖，但却丝毫没有挫败她的勇气。尽管她只通过了两门课程的考试，还有五门课要在预科班补修完成，但是，她欢天喜地地进了预科班，打算让教育的小溪水缓缓地流过她的大脑表层，她可不想把自己弄得湿淋淋的，难以控制。不过，一个无法回避的事实是，艾玛·简头脑迟钝、并不聪明，但是她有顽强的意志和始终不渝的忠心，还有乐于奉献的天赋，以及无私的爱心，无论如何，所有这些也算是一种才能，而且作为一种算术能力和语言能力，这种才能还是难能可贵的。

维尔汉姆是一个漂亮可爱的小村庄，这里有一条宽阔的主街道，街道两旁是郁郁葱葱的大枫树和榆树。村子里有一个小药店，一个铁匠铺子，一个管道维修店，还有几家从事其他服务的店铺，村子里有两座教堂，还有很多寄宿公寓。但是，这个村子最吸引人的地方就是它的神学院和研究院了。这些高等学府与其他同类院校相比，规模不相上下，但是学习效率却是别的学校望尘莫及的，因为有幸登上校长宝座的这位领导是个充满灵感、极富影响力的人。学生们从本州各县的各个地方拥入这里，他们的情况各不相同：他们出身不同、地位不同、家庭贫富更是不同。这里宽松、自由的环境也为愚蠢和鲁莽的行为提供了有利条件，但是总的来说，基本上没有学生趁此机会放纵自己。在三年级和四年级的学生中，有一些人上下火车的时候出双入对，还有些男生会帮助女同学把沉重的书籍背上山。偶尔，也会有个别早熟、不检点的女生突然犯浑，赫达·米塞弗就是其中一个。这个昔日的小学同学，一开始和丽贝卡、艾玛·简还能友好相处，但是，随着时间的推移，她越来越疏远这两位老朋友了。赫达·米塞弗长得的确非常漂亮，有一头浓密的、赤褐色的长发，脸上有几个微不足道的小雀斑，要不是她自己总是提起，一般人如果不仔细观察她陶瓷般光滑的皮肤，凝视她卷曲的睫毛，根本就不会留意到这些雀斑。她有一双迷人的大眼睛，相对于她的年龄，她的身材显得过于丰满了些，也许正因为如此，大家都认为她是一个吸引力十足的人。利维保罗这个地方太小，缺少优秀的追求者，所以她打算，只要条件允许，她一定要好好利用在维尔汉姆的四年时间。在她的头脑里，人生的乐趣就是身边围着一圈爱慕者，她可以招之即来，挥之即去，爱慕者的成员要不断变换，而且越公开，越好。人生的乐趣还在于持续的打情骂俏、轻松活泼的对话、调皮的眼神、深情的一瞥。她还惯于做这样的事情：故意把追求自己的男生介绍给那些相貌性格都很平庸，没有多少人欣赏的女生，结果可想而知，然后她又为自己伤害了女同学而悲伤慨叹，她宣称自己的目的绝对是纯洁的，她像一个新生的羔羊一样无辜。

这样的事情发生过那么一两次，一般人就不愿意再和她做朋友了，所以，开学没多久，丽贝卡、艾玛·简就和赫达·米塞弗分道扬镳了。在往返利维保罗的火车上，两个女孩坐在火车的一端，而赫达则和她的追求者们坐在另一端。有时候，这些追求者们会做出一些不可思议的事情，比如，有一个名叫蒙特·克里斯多的年轻人，每个星期五都要花上三十美分买一张维尔汉姆到利维保罗的往返车票，唯一的目的就是想要和赫达套近乎。当然，也有些时候，追求者队伍突然锐减，只剩下火车上那个卖爆米花和花生的男孩子，在缺少猎物的情况下，这个男孩子似乎也可以满足赫达那颗虚荣的心。

而此时的丽贝卡，对于男女之间的这些事情还是没有知觉的，在她这样的年龄段，这是正常现象。男孩子对她来说是很好的伙伴，仅此而已。她喜欢和他们在同一间教室里背诵课文，和他们在一起的时候，一切都似乎进展得更快些。但是，她的理想保护着她，让她远离那些庸俗的、早熟的挑逗和调情。迄今为止，在她所认识的那些男孩子中，没有哪个有能力把她从空想中唤醒，因为，要唤醒丽贝卡，通常需要更非凡的才能。像赫达那样的女学生的那些风流韵事，丽贝卡早就听说了，她也了解其中的不少细节，但那绝不是她所梦想的情形，如果她的精神世界里真的曾经萌动过爱情的梦想，那一定是一个别样的爱情故事。

在维尔汉姆神学院的老师中，有一位老师对丽贝卡影响很大。这位教丽贝卡英语文学和写作的老师，名叫艾米丽·麦克斯维尔，是缅因州一位前任州长的侄女，也是赫赫有名的波登学院的一名教授的女儿，在维尔汉姆神学院，她是最引人注目的一个人物，在她为数不多的几年教书生涯里，正好碰上丽贝卡来上学，这对丽贝卡来说，真的算是幸运中的幸运了。没有迟疑，也没有犹豫，两个人很快建立了友谊。丽贝卡的心像离弦的箭一样飞向前方，她的思想也因为遇到了比自己优秀的人而立即平静下来，转而对这个自己敬佩的人表示永久的、由衷的敬意。

有人传言，说麦克斯维尔小姐能"写"，"写"这个字如果用特殊的语调说出来，就可以这样理解：这不是说一个人有书法能力，会写斯宾塞字体或者别的什么字体，而是说她的作品已经被印刷出版了。

"你会喜欢她的，她会写。"第一天早上祈祷时，赫达就低声对丽贝卡说。这时候，全体教师都坐在前排的座位上，场面蔚为壮观。"她很会写，所以我给她取个名字叫'自命不凡'。"

关于这件事情，似乎没有人知道确切的信息，大家的好奇心也就无法得到满足，但是大家确信，至少有一个人曾经亲眼看到过麦克斯维尔小姐在杂志上发表过文章。老师这么高的成就让丽贝卡自惭形秽，不过她的外表很像自己的偶像老师。这是班上大部分同学永远也不会有的素质，因为自然之神没有赋予他们那双洞察一切的眼睛。每当麦克斯维尔小姐环视教室的时候，她总是能遇到那双乌黑的、充满渴望的大眼睛。每当讲到特别精彩的地方，她都要望一眼第二排长椅的拐角处，想在那里得到认同，因为在那里，有一张年轻的、敏感的脸，她想要唤起的任何一种感情，都可以在这张脸上得到回应。

一天，班上正在讨论本学期的第一篇随笔作文，麦克斯维尔小姐让每一位新生把自己上一年写的一篇作文带来给她看看，这样她就可以评判他们的作文水平，也可以准确地确定自己的教学内容。丽贝卡在大家的后面徘徊了很久，终于胆怯地走近讲台。

"我手头现在没有一篇作文，麦克斯维尔小姐，但是，我星期五回家时可以找一篇带来。我把以前的作文都收到一个小箱子里，放到阁楼上了。"

"一定是小心翼翼地用粉色和蓝色丝带捆扎起来的吧?"麦克斯维尔小姐一边微笑，一边半开玩笑地问道。

"不是的。"丽贝卡坚决地摇了摇头，回答说，"我应该用丝带把它们绑好，因为别的女孩子都是这么做的，而且这样看起来也很漂亮，但是我以前总是故意用麻绳捆扎自己的作文。其中有一篇作文的题目是《论孤独》，我是用旧鞋带把它绑起来的，我这样做就是想表明自己对这篇作文的看法。"

"孤独！"麦克斯维尔大笑起来，然后她皱起眉毛，好奇地问，"这是你自己选的题目吗？"

"不是的。迪尔包恩小姐觉得我们年龄太小，自己不会选什么好题目。"

"你们还写过什么其他题目的作文？"

"《火炉旁的遐想》《士兵格兰特》《由巴纳姆的一生所想到的》《被埋葬的城市》，我现在想不起来其他的题目了。这些作文都写得很差，我真的不忍心拿给你看。不过，我的诗歌写得又快又好，麦克斯维尔小姐。"

"诗歌！"她惊叫着说，"这也是迪尔包恩小姐要求你写的？"

"哦，那倒不是。我一直喜欢写诗，多年以前在农场的时候就开始写了。要不要我把它们全部带来？其实一共也没多少。"

丽贝卡有一个黑色封面的空白书本，里面夹着她的所有诗作，她把这本小书放在麦克斯维尔小姐门前，希望麦克斯维尔小姐能叫自己进去，这样她们就可以单独谈话了。但是，来开门的是一个仆人，她只好失望地走开了。

几天以后，当她看见那个黑色封面的书摆在麦克斯维尔小姐的讲桌上时，她意识到可怕的评判时间终于到了，所以下课以后，当麦克斯维尔小姐要求她留下来时，她一点儿也不觉得意外。

教室里很安静，窗外的红叶在微风中沙沙作响，有的还随风飘进了打开的窗户，带来了秋季的第一声问候。麦克斯维尔小姐走过来，坐在丽贝卡身旁的凳子上。

"你是不是觉得这些诗都写得很好？"她一边问丽贝卡，一边把她的诗本还给她。

"也不是非常好。"丽贝卡承认说，"但是要我自己判断实在是太难了。帕金斯一家和科博一家总是表扬说我写的诗妙不可言。但是，当科博太太告诉我说，我写的诗比朗费罗的诗还要好时，我就开始担心起来，因为我知道，那不可能是真的。"

丽贝卡朴实、坦率的话语更加坚定了麦克斯维尔小姐对她的看法：这是一个能明辨真假的女孩，她可以从别人的话语中汲取养分。

"的确，我的孩子。"她微笑着说，"你的朋友们说错了，你自己的判断是对的。根据正常的评判标准，你的这些诗很不合格。"

"这么说，我必须得放弃当作家的希望了！"丽贝卡叹了口气说，她已经开始品尝毒药那苦涩的味道了，她不知道自己能不能忍住伤心的眼泪，等到谈话结束后再让它们流出来。

"不能这么快就下结论。"麦克斯维尔小姐打断她说道，"虽然这些作品不是很好的诗歌，但是，它们表明了你在某些方面是大有前途的。比如，你的诗在韵脚和格律方面没有犯一个错误，这说明你对正确事物有一种天生的领悟力。诗人们把这种能力叫做'形式的领悟力'。等你再长大一些，经历再丰富一些，实际上，当你觉得自己心里有话想要说出来的时候，我想你一定可以写出令人满意的诗歌的。写诗的人要有渊博的知识，开阔的视野，丰富的阅历和无穷的想象力，丽贝卡。现在，你虽然还不具备前面的三个条件，但是，我相信你还是有一点想象力的。"

"那我以后就再也不能写诗了吗，连自娱自乐也不行吗？"

"你当然可以写，这样有助于提高你的散文写作。现在我们谈谈第一次作文该写什么。我打算让所有的新同学写一封信，描述一下我们生活的这个小镇，再写写自己的学校生活。"

"我必须得用自己的真实名字吗？"丽贝卡问道。

"你这话什么意思？"

"丽贝卡·兰德尔寄给太阳溪农场的姐姐汉娜的一封信，或者，寄给利维保罗砖房子里的简姨妈的一封信，如果按照真实名字写一封真正的信，那显得又傻又笨又无聊。但是如果我能假装自己是一个完全不同的另外一个女孩，我要写封信给一个能够理解我的每一句话的朋友，那样，我就能写得很好了。"

"太好了，我觉得这是一个很有意思的设想。"麦克斯维尔小姐说道，"那么，你想把自己设想成一个什么样的人呢？"

"我特别喜欢有钱人家的女继承人。"丽贝卡沉思着说，"当然，我从来没有亲眼见过她们，但是我发现她们身上总是发生一些有趣的事情，尤其是那些金发碧眼的小姐们。我想象中的这个女继承人绝对不像灰姑娘的姐姐们那么骄傲自负、爱慕虚荣、心肠狠毒。她应该是一个品德高尚、为人慷慨的人。她放弃了在波士顿一所声名显赫的学校求学的机会，来到这里，因为这是她父亲童年生活过的地方，那时候，她的父亲还没有发财。如今，她的父亲已经去世了，她身边只有一个监护人，这个监护人是世界上最仁慈、最伟大的人。当然，他应该是一个上了年纪的人，所以，有时候他神色肃穆、不苟言笑，可是一旦心情愉快，他就会变成一个非常有趣的人，这时候，伊芙琳也就不再害怕他了。对的，这个女孩应该名叫伊芙琳·阿伯克劳比，那个监护人的名字应该叫亚当·拉德先生。"

"你认识拉德先生吗？"麦克斯维尔小姐诧异地问道。

"是的，他是我最要好的朋友。"丽贝卡兴高采烈地大声说，"你也认识他吗？"

"哦，当然了。他是这所学院的一位董事，你应该知道的，他经常来这里。但是，如果我再让你这么'假设'下去，你就会把那封信的全部内容讲出来了，那么，等我读你作文的时候，我就没有一点好奇心了，所以，留点惊喜给我吧！"

麦克斯维尔小姐在丽贝卡的心里有着怎样的位置，我们已经一清二楚了，那么这位老师又是怎样看待自己的这个学生呢？我们可以从她两三个月以后写的这封信里了推断出她的欣喜之情。

维尔汉姆，十二月一日

亲爱的父亲，您是非常了解的，我对于教书这个职业并不是饱含热情的。往这些自负而又无能的男女学生头脑里勉强地硬填知识，这就是我的工作，这种工作有时候会让我感到沮丧。越是愚蠢笨拙的学生，就越意识不到自己的愚蠢。如果我在地理系或者数学系，我相信我还是会有成就感的，因为在这些学科里，只要学生勤奋用功，学会实际应用就可以创造奇迹。但是，英语文学和作文课却截然不同，它要求学生不仅要有智慧的头脑，还要有鉴赏力和想象力！我日复一日，年复一年地辛苦工作，我满怀希望地把自己手里的牡蛎一个又一个慢慢打开，却从来没有发现一颗珍珠。然而，事情在这学期出现了转机。当我不费吹灰之力打开一个牡蛎壳时，我意外地发现了一颗罕见的珍珠——这是一颗黑色的珍珠，它有绸缎一样光滑的外表，通身闪着悦目的光泽！想象一下我那时的兴奋之情吧！她的名字叫做丽贝卡，外表和我们家《圣经》里记载的井边的利百加一样美丽①；她的头发和眼睛的颜色都非常深，好像她有意大利或者西班牙血统似的。她现在还是一个无名小卒，从来没有人雕琢过她。她没有可以炫耀的家庭，没有雄厚的资产，更没有受过什么高等教育，可以说，她没有任何有利的条件。但是大自然母亲弥补了这个缺憾，她说：

"这个孩子属于我，我要把她带走，让她成为我的最爱，让她成为大自然中最美的女士。"

---

① 利百加和丽贝卡的英文读音是一样的，利百加是创世纪里记载的一位美丽善良的女子，以撒的妻子——译者注

感谢天国里的?! 是他让我们理解了自然的力量! 只可惜，这颗珍珠迄今为止还不知道他是何方神圣! 想想看，你带着全班同学阅读《露西》，当你读完故事的时候，看见一个十四岁的女孩兴奋得双唇颤抖，两眼满含着理解和感动的泪光!

亲爱的! 和我一样，你也知道，当你把心爱的种子播撒到布满岩石的土壤里，播撒到沙地里，播撒到河水里，有时候甚至播撒到烂泥里，每当这个时候，你的心里是多么沮丧。因为你知道，即使你的种子能够发芽，将来也只会因为缺少营养而饿死。想象一下，当我发现一个真正有思想的学生时，心情是多么的快乐! 就好像我把种子播撒到一块温暖肥沃的土壤里，我提前就知道自己的种子在这里一定会生根、发芽、开花、结果! 我真希望自己不要如此迫不及待，不要如此急于求成! 也许我不适合做老师，没有哪个老师像我这样，对学生的愚钝满腹怨言……这颗珍珠经常写一些古里古怪、土里土气的小诗，应该算是打油诗吧。但是不知怎么回事，她总是在不知不觉中，设法在一行诗句里，一个念头里，一幅图画里，向你表明她拥有秘密……就此搁笔吧! 也许某个星期五回家，我会把丽贝卡带来，让你和妈妈亲眼见识见识她。

你亲爱的女儿
艾米丽

22　三叶草与向日葵

"你们好吗，姑娘们？"赫达·米塞弗站在门外，偷偷往里看了一眼，说道，"你们能不能放一放手里的书，先别学了，带我参观一下你们的房间，好吗？你们看，我刚刚去了趟商店，买了这双新手套，因为这个冬天，我肯定自己再也不想戴那种两个指头的手套了，那种手套实在是太土气了。你们两个今年才来这里，而且你们年龄也比我小，所以我想你们不会介意戴那种过时的手套，但是，如果我不能赶上流行的款式，我会浑身不自在的。哇，你们的房间真是太可爱了，简直无法用语言来形容！我相信其他新同学的房间肯定没法和你们的相比！我不知道是什么东西让这个房间看上去这么漂亮，是这些长长的窗帘，还是那个优雅的屏风，或者是丽贝卡的煤油灯。不过，你们的确有整理房间的才能。我也喜欢干净整洁的房间，但是我从来没有时间收拾我的屋子，我每天都忙着穿衣打扮，所以大多数情况下，我的床铺都是中午时分才整理好的。不过毕竟，除了女孩子，没有什么人来拜访我的房间，所以，收不收拾床铺也没有什么区别。等我毕业以后，我打算把我们家的客厅重新装饰一番，我要让它显得富丽堂皇。因为我已经学了移画印花法课程，我还要继续学一门亮光喷漆法课程，这样我就可以在客厅里挂上漂亮的窗帘，到处都铺些罩布，再放些整理箱，墙上挂些装饰板，再给沙发上摆些靠垫，我要让客厅显得极其高贵。当然，我还要让妈妈同意我在客厅里放个火炉，这样，每天晚上我都可以在客厅里接待朋友了。我能不能在你们房间的调风器上把脚烘干啊？除非路上的烂泥都积到膝盖这么高了，我才会穿橡胶鞋，因为胶鞋太难看了，穿上去显得脚特别大。我好不容易才买到这双法式鞋跟的靴子，所以我尽量多穿靴子，不穿胶鞋，免得它们煞风景。我觉得男孩子们最先注意的就是女孩子的脚。昨天，我不小心把脚伸到过道上，结果被艾尔莫·韦伯斯特踩了一脚，下课以后，他来向我道歉说，这件事实在不能怪他，因为我的脚太小了，他根本就没看见！他是不是太夸张了？当然，那只是他说话的方式而已，因为，毕竟我只能穿二号尺码的鞋，但是这种鞋，把法国鞋跟和尖头搭配起来，的确能使人的脚显得更秀气，而且，人家都说，脚背高也会显得脚小。我过去总是以为自己的脚背太高，简直就是畸形，但是他们告诉我，我的脚特别美。姑娘们，把你们的脚放到我的脚边来比一比，看看有什么不同之处，其实我也不在乎这些，只是觉得好玩而已。"

"我的脚放在原处很舒服。"丽贝卡冷冷地回答说，"现在是学习代数的时间，我可没有工夫停下来测量脚背有多高。再说，我早就注意到了，自从买了那双新鞋以后，你就总是把脚伸到过道里，所以别人才会踩到你的脚，我一点儿也不觉得意外。"

"也许是我对新鞋子有那么一点在乎吧，因为刚开始穿的时候，我的脚感觉很不舒服，后来慢慢把里面撑大了，才感觉好点。说点别的吧，你们有什么新鲜玩意儿我看看？"

"你指的是我们的圣诞礼物吗？"艾玛·简说，"这些枕头套子是科博太太送给我们的，这张小地毯是北利维保罗的玛丽表姐送来的，这个废纸篓是利文和迪克送来的。我们两个互相送的是床头柜和垫子的套子，那个屏风是拉德先生送给我的。"

"唉，你们两个能遇上他，真是幸运！仁慈的上帝！我希望自己也能遇到像他这样的人。他一直这么关注你们！这个屏风正好能遮住你们的床，是不是？我一直觉得，不管什么样的房间，只要里面摆上一张床，那就大煞风景了——尤其是一张没有整理的、凌乱的床。不过，你们的房间里有一个壁橱，这可是整栋楼里唯一的壁橱哦。不过，我实在不明白，你们两个新生怎么有本事弄到这么好的房间。"她愤愤不平地结束了自己的评判。

"我们本来也弄不到这样的房间，只是露斯·贝利的父亲突然去世了，她被迫离开了学校。所以这间房子才空了下来，麦克斯维尔小姐就介绍我们住了进来。"艾玛·简解释说。

"这位伟大而又独一无二的麦克斯，她今年比往年更冷漠无情了。"赫达说道，"我已经彻底放弃了讨好她的念头了，因为她做事太不公道，她对自己喜欢的学生，满脸微笑，和蔼可亲，但是，对别的学生，她连看都懒得看一眼，她还总是对一些与她毫无关系的事情大加讽刺挖苦。昨天上课，我真的想告诉她，她的职业是教我拉丁语，而不是教我行为规范。"

"我希望你不要在我的面前说麦克斯维尔小姐的坏话。"丽贝卡怒气冲冲地说，"你知道我不喜欢听这些。"

"我知道。不过我实在弄不明白，你怎么能够容忍她这样的人呢？"

"我不但能容忍她，我还喜欢她，爱她！"丽贝卡大声说道，"我不会让太阳把她晒得太热，也不会让风把她吹得太冷。我愿意在她的教室里放上一块大理石讲台，让她坐在天鹅绒椅子上，还要在她面前摆上一张金色的桌子！"

"行啦行啦，别发那么大的火嘛！对我来说，她喜欢坐哪里就坐哪里吧。我再想想，看看有什么高兴点的事情。"赫达摇头晃脑地说。

"现在不是你的学习时间吗？"艾玛·简问道，她想趁机制止这种没完没了的讨论。

"是学习时间，可是昨天我把我的拉丁语法书弄丢了。当时，我把书在门厅里放了半小时，跑去和赫伯特·邓恩大吵了一架。后来我一个星期都没有和他讲话，还把教室的钥匙还给了他。他当时也特别生气。吵完架，我再回到门厅时，我的书已经不翼而飞了。没有书看，我只好去镇上买了这副手套，然后我又去了校长办公室，看看有没有人捡到了我的语法书。到现在还没有人还我的书，这就是我如此轻松的原因。"

赫达穿着一件羊毛裙子，这裙子原来是灰色的，后来又被染成了明亮的蓝色。为了让她的衣着更加"考究"，她在灰色的上衣上面编了三排白色的小辫子，还加了一颗大大的白色珍珠纽扣。她灰色的毛毡帽子上插了一根白色的羽毛，帽子上还有一层薄薄的白色面纱，面纱上点缀着许多黑色大圆点，她娇嫩的皮肤在黑点的衬托下显得格外漂亮。丽贝卡暗暗心想，从背后看，帽子下面露出的红色发髻多么好看啊，可惜，前面的头发被卷发器不断地卷烫，已经没有光泽了，显得那么没有生气。她敞开的上衣是一片纪念品的海洋，背景是一面小小的美国国旗，上面有维尔汉姆划船俱乐部的徽标，还有一两个其他社团的别针。这些五花八门的装饰品足以证明她是个广受欢迎的人物，就像那些沙龙舞的爱好者，喜欢把时尚美女的照片贴满自己卧室的墙壁一样。从她进了丽贝卡的房间开始，她就不停地把那些徽标别上去，又摘下来，或者把自己的面纱整理好，又弄乱再整理，她这么做就是想让两个女孩子问她，这个星期她手上戴的是谁送的戒指。可惜，虽然两个女孩子早就注意到了她的这枚新戒指，但是她们两个故意三缄其口。她想要让她们询问的意图太明显了。她灰色的外衣，加上她的点头，她的招手，她的勉强的微笑，还有她兴高采烈的喋喋不休，赫达的形象与华兹华斯诗歌里刻画的鹦鹉如出一辙：

　　　　欢闹的小鸟，你调皮，驿动，
　　　　社交的欢歌给你无限灵感

雄心勃勃的你渴望关注的目光

满心欢喜地等待人们的钦佩与赞赏！

"莫里森先生认为，一定会有人把我的语法书还回来的，所以他就先借给了我一本。"赫达继续说道。

"他有点盛气凌人，责备我不应该把书放到门厅里。不过，当时办公室里还有一个非常文雅的绅士，我从来没有见过他。我真希望他是新来的老师，但是，我哪有那么好的运气。他很年轻、不可能是哪个女生的爸爸，如果说他是谁的哥哥，年龄似乎又大了些，不过他长的可真英俊，简直就像一幅画，而且，他身上穿了一套非常雅致的衣服，显得格外风度翩翩。我站在办公室里，他的眼睛一刻不停地看着我。我当时觉得特别尴尬，甚至连莫里森先生的问话都听不进去，更不知道怎么回答他了。"

"如果你想要过得安心的话，赫达，我看过不了多久，你就必须得戴个面具了。"丽贝卡说，"他有没有主动要求把教室的钥匙借给你？或者，他毕业时间太久了，已经不用教室的钥匙了？现在你得告诉我们，校长有没有请你留一绺头发给他，好让他放到自己的怀表里作纪念？"

丽贝卡说这些话的时候，面带笑容，心情愉快，但是，赫达一时半会儿搞不清楚丽贝卡是在说俏皮话呢，还是在嫉妒她。不过，最后她还是觉得，丽贝卡是在嫉妒自己，因为对于一般女孩子来说，如果没有人来给她献殷勤，她就会嫉妒别人，这是最自然不过的了。

"那个绅士没有戴珠宝，只是戴了一条镶着宝石的围巾，还戴着一枚非常漂亮的戒指——那种戒指真是少见，好像在他的手指上旋转不停似的。哦，天哪，我必须得跑回去了，现在都几点了？学习的铃声已经敲响了！"

赫达讲起戒指的时候，丽贝卡立即竖起耳朵仔细听她的描述。她想起了一个很特别的戒指，它属于世界上唯一（除了麦克斯维尔小姐以外）能唤起她的想象力的人——阿拉丁先生。她对他的感觉，和艾玛·简对他的感觉一样，那是一种复杂的感觉，既有一种对他本人浪漫而虔诚的钦佩，又有对他赠送的美丽礼物强烈的感激之情。自从第一次与他邂逅，两个女孩子的每一个圣诞节都少不了他带来的美好记忆。艾玛·简只见过他两次，不过他已经来砖房子拜访过好多次了，丽贝卡对他已经很了解了。她经常写一些致谢感激的便条给阿拉丁先生，她为此煞费苦心、绞尽脑汁，尽量避免和艾玛·简写的一样。有时，阿拉丁先生会从波士顿写信回来，询问她利维保罗的奇闻趣事，每当这时，她总是洋洋洒洒地写上好几张纸，用稀奇古怪、孩子气十足的口气与他闲聊，有两次，她还在信里点缀了几首诗，阿拉丁先生把这些诗读了一遍又一遍，仍然觉得不能穷尽其味。如果赫达说的那个陌生人就是阿拉丁先生，那么，他会不会来看望她？她和艾玛·简可不可以带他来参观她们这间漂亮的房间？他赠送的美丽的礼物在这个房间里是那么显眼！

两个女孩子在维尔汉姆神学院安顿下来，成了真正的寄宿生，这时，她们感到自己的生活充满了无穷无尽的欢乐。实际上，对于丽贝卡，学校生活的第一个冬天是最宁静的幸福时光了——这是一个值得她永久回忆的美妙的冬天。她和好朋友艾玛·简成了室友，两个人把各自所有的宝贝都拿出来，一起把她们的房间装饰得漂亮、可爱又温馨。首先，房间里有一块漂亮的红色提花地毯，还有一套枫树木的家具。至于其他装饰，丽贝卡提供构思创意，艾玛·简提供材料和劳动力，这种责任分工似乎恰如其分。帕金斯太太的父亲曾经开过一个商店，他去世的时候，把店里所有的货物都留给了他已婚的女儿——帕金斯太太。糖浆、醋和煤油这些东西让帕金斯家足足用了五年，而且直到现在，帕金斯家的阁楼仍然是个聚宝盆，里面有印花棉布、棉花，还有很多"美国式用具和设备"。于是，在丽贝卡的鼓动下，帕金斯太太用原色的棉布给她们做了长长的窗帘和遮挡家具的幕帘，她还用土耳其红棉布把窗帘和幕帘的边角整整齐齐地缝好，还在上面做了环状的花边。两张桌子也配上了不同的桌布，这样，两个女孩就都有了各自的学习空间。丽贝卡好话说了一箩筐，才终于获准可以把那盏珍贵的煤油灯带到宿舍来，这盏漂亮的灯放到哪里，哪里就会立即大放异彩，那是阿拉丁先生最近一次送给她们的礼物。艾玛·简的日本屏风和丽贝卡的"英国诗人牌"书架也都被她们带到了这个可爱的宿舍。装饰的过程实在是太有趣了，两个女孩子甚至断言结婚和家务管理也不过如此而已。

赫达来拜访的那天是星期五，而每个星期五的下午，从三点到四点半，是丽贝卡的自由活动时间，这可是她盼望一周的宝贵时刻，她可以趁此机会享受生活。通常，她会沿着那条铺满白雪的小路跑过去，一直穿过神学院后面的松树林，然后从一条宁静的小街道跑出来，直接走进麦克斯维尔小姐住的那幢白色的大房子。通常，那个全职女佣人会过来给她开门。进门以后，她摘下帽子和披肩，把它们挂到门厅里，小心翼翼地把自己的胶鞋和雨伞摆放到墙角，然后，她就可以打开通往自己理想境界的大门了。麦克斯维尔小姐起居室的两边都摆着书架，丽贝卡可以坐在火炉旁，在自己最喜欢的书海里徜徉一个多小时。之后，麦克斯维尔小姐会下课回家，和丽贝卡闲聊半个小时，这短暂的闲聊对丽贝卡显得格外珍贵，因为半小时后，她就不得不到火车站与艾玛·简会合，然后两个人一起坐车回到利维保罗，在那里度过星期六和星期天。整个周末她得洗澡洗衣服，再把衣服熨一熨，补一补，然后就接受姨妈的检查，有时候得到表扬，有时候受到指责，有时候受到警告，有时候得到劝诫，这些没完没了的数落足够她化解一个星期了。这个星期五，丽贝卡来到起居室，麦克斯维尔小姐花架子上盛开的天竺葵映着她沉思的脸，她从书架上取下一本《罗莫拉》，坐到窗前的椅子上，无限满足地叹了口气。她不时地抬头看看墙上的钟表，想起了上一次，她在这里读《大卫·科波菲尔》，由于读得太专心，竟然把利维保罗的火车忘得一干二净。心烦意乱的艾玛·简不想单独坐车回家，于是她从火车站跑到麦克斯维尔小姐的住处来找丽贝卡。等两个女孩子到车站的时候，只剩下了最后一趟晚班车了，而且这趟车只在离利维保罗三英里处的一个车站停靠，两个人在雪地里走得筋疲力尽，天黑以后很久才赶到家中。

大约半个小时以后，丽贝卡稍事休息，她的眼睛从书本移向了窗外，正好看见两个人影从树林中的小路上走了过来。那个红色的发髻和那顶妖艳的帽子非某个人莫属，当他们越走越近时，丽贝卡看清了赫达身边的那个人，他不是别人，正是阿拉丁先生。赫达正优雅地提起她的长裙，慢慢地为她的高跟鞋选择安全的落脚点，她的脸上洋溢着热情，她的双眼在黑白相间的面纱下面闪着晶莹的光芒。

丽贝卡悄悄地从窗前的位置挪到火炉前的小地毯上，她把头斜靠在那张宽大的安乐椅上。她感到害怕和恐惧，害怕自己内心深处爆发狂风暴雨，害怕随后突发什么意外，她甚至害怕自己内心的那种莫名其妙的感受，那是她从来没有体会过的新感觉。这一刻，她似乎感到自己不能容忍和赫达一起分享阿拉丁先生的友谊。赫达是那么聪明伶俐，那么放荡不羁，那么温柔可爱，那么活泼开朗，那么积极主动，她是个多么完美的伙伴啊！一直以来，她总是很高兴地接受艾玛·简和她一起分享阿拉丁先生弥足珍贵的友谊，也许在潜意识里，她知道艾玛·简在阿拉丁先生的心目中永远都不会占重要地位，永远都只能排第二。然而，她自己又算是什么？是她自己期望中的第一吗？

突然间，房门轻轻地打开了，有人往里看了看，然后说：

"麦克斯维尔小姐告诉我说，我可以在这里找到丽贝卡·兰德尔小姐。"

听到这个熟悉的声音，丽贝卡诧异地抬起头，立刻从椅子上跳起来，高兴地喊道："阿拉丁先生！哦！我早就知道你在维尔汉姆，只是我担心你没有时间来看望我们。"

"'我们'是谁啊？你的姨妈们不会住在这里，对不对？哦，我明白了，你是指那个富有的铁匠的女儿吧，我从来都记不住她的名字。她也在这里吗？"

"是的，她现在是我的室友。"丽贝卡回答说。她心里暗暗地想，自己宁肯去死，也不会相信他真的连艾玛·简的名字都忘了。

屋里的光线变得柔和了许多，炉火欢快地燃烧着，发出噼噼啪啪的声音，他们谈了很多事情，往日那种熟悉的、亲密的美好感觉又悄悄回到了丽贝卡的心头。亚当有好几个月没有见过丽贝卡了，现在，他想听听她本人对很多学校事务的看法，因为他已经从莫里森先生那里了解到了她的进展状况了。

"好吧，丽贝卡小姐。"他一边说，一边从椅子上站了起来，"我得准备一下，马上要驱车去趟波特兰。明天那里要举行一个铁路董事会议，我总是趁这种机会去参观参观校园，给教育和财政等相关事务提一些有价值的建议。"

"让你当学校的董事似乎有点不妥当。"丽贝卡沉思片刻，说道，"我总觉得这个差事不大适合你。"

"你真是个聪明绝顶的年轻人，我非常赞同你的观点。"他回答说，"事情是这样的。"他很严肃地补充说，"我之所以接受这个职责，完全是为了纪念我可怜早逝的母亲，因为她一生中最后的一段幸福时光是在这里度过的。"

"那应该是很早以前的事情了！"

"让我想想看，我现在是三十二岁，虽然我头上已经有了几根白发，可我毕竟只有三十二岁。我的母亲刚毕业一个月就结婚了，我十岁的时候，她就去世了。我母亲在这里生活的年代距离现在的确已经很久了，她上学的时候，学校只有十五到二十年的历史。你想见见我的母亲吗，丽贝卡小姐？"

丽贝卡轻轻地接过那个皮盒子，慢慢地打开，她看到一张纯真无邪、白里透红的雏菊般的脸，这张脸是那么率真，那么敏感，她一下子就占据了丽贝卡的心。丽贝卡陡然间觉得自己长大了，有了丰富的人生经验，体会到了伟大的母爱。她多么渴望能够立即去安慰和呵护这张脆弱而年轻的脸啊！

"哦，多么甜美，多么温柔的脸，像鲜花一样！"她轻声低语道。

"可惜，这朵鲜花不得不忍受各种各样的暴风雨。"亚当严肃地说，"人世间寒冷的天气折弯了她瘦弱的身躯，压低了她高昂的头，最终把她拖进了泥土。我那时还只是个孩子，没有任何能力去保护她、鼓励她，在她深陷困境的时候，没有一个人出来为她排忧解难。现在，我有了成就，有了金钱和权利，这些都可以挽救她的生命，让她过上幸福的生活，但是，一切都太晚了。她是因为没有得到关爱，缺乏照料和呵护而死的，这一点我永远也忘不了。我常常想，自己现在拥有的一切都是毫无价值的，因为我无法与她分享这美好的生活！

面前坐着的是一个全新的阿拉丁先生，丽贝卡不由得对他产生了无限的同情和理解。她终于明白了他的双眼为什么总是带着一丝疲惫，在他谈笑风生的时候，在他开怀大笑的时候，这种疲惫的眼神会时不时地流露出来。

"我很高兴你让我认识了你的母亲。"她说，"我也很高兴能够透过玻璃框看到她，就好像她现在还在那儿，我看见她把白色的棉布帽子系在下巴上，看见她黄色的鬈发和她天空一样湛蓝的眼睛。她一定有过幸福的时光，对不对？我真希望她能够一直这么幸福，希望她能够活着，看到你茁壮、快乐地长大成人。我的妈妈总是忙忙碌碌，心情不好，但是有一次，她注视着我的弟弟约翰，我听到她这样说：'有了他，我的一切痛苦都烟消云散了。'我想，如果你的母亲在世的话，她也会这么想的，对了，她一定就是这么想的。"

"你真是个善解人意的小大人，丽贝卡。"亚当一边说，一边从椅子上站了起来。

丽贝卡站起来的时候，睫毛上仍然闪烁着晶莹的泪水，亚当心里突然一颤，开始重新审视眼前这位小姑娘了。

"再见！"他一边说，一边把她修长的、深色的双手握在自己手里，好像自己从来没有见过她似的，"看来，我们的小'红玫瑰与白雪'已经长成大姑娘了！要想在三年时间里修完四年的课程，就得点灯熬夜，这会让人两眼无神、脸色发青的，不过我们丽贝卡的眼睛还是那么明亮，两颊还是那么红润！她长长的两条辫子的辫梢编在一起，在背后形成了一个黑色的大写字母 U，头顶上还有几个大大的蝴蝶结！她长得这么高，差不多要够到我的肩膀了。我可不希望她长得这么快！如果没有这个善解人意的小伙伴，阿拉丁先生可怎么办啊！他从不喜欢那些拖着长裙、穿着华丽、成熟世故的年轻女士，他害怕她们，厌恶她们！"

"哦，阿拉丁先生！"丽贝卡把阿拉丁先生的玩笑当真了，她急切地喊道，"我现在还不到十五岁，还有三年的时间，才能长成年轻的女士，如果不是迫不得已，请不要对我泄气！"

"我不会对你泄气的，我向你保证。"亚当说道，"丽贝卡。"他停顿了一下，接着又说，"你认不认识一个年轻的女孩，她长了一头漂亮的红头发，举止行为都很城市化？刚才就是她护送我下山的，你认识我说的这个人吗？"

"那一定是赫达·米塞弗，她也是从利维保罗来的。"

亚当把一根手指放到丽贝卡的下巴上，直视着她的双眼，那双眼睛依然那么柔弱、那么清澈，充满了不谙世事的童真，和她十岁时的眼睛一模一样。他想起了另外一双极富挑逗性的蓝眼睛，那双妩媚半睁的眼皮底下不时射出卖弄风情的一瞥，弯曲扬起的眉毛下面不断送出撩人的秋波。他严肃地对丽贝卡说："不要把自己变成她那个样子，丽贝卡。太阳溪河边田野里长大的三叶草花不应该和那些华丽庸俗的向日葵绑在同一束花里，三叶草的花实在是太甜美、太芳香、太健康了。"

23　困难重重

在维尔汉姆生活的第一年里，丽贝卡觉得自己是幸福的，她的天地变得更加宽广，视野变得更加远大，机会也比以前来得更多，欢乐时光转瞬即逝。整个暑假她也坚持学习，因此，在秋季返校的时候，她通过了相关的考试，如果下学期她还可以加班学习并且通过这种考试的话，她就可以顺利地用三年时间完成四年的学业了。当然，她还谈不上大获全胜——因为时间有限，她没有得到充分的训练，所以要想门门功课都取得优秀也不太可能。但是，她有几门必修课成绩非常好，其他课程成绩也都不差，所以她的平均分数还是名列前茅的。也许，她永远也不可能成为一个非凡杰出的学者，因为在数学和自然科学领域，班上有很多女生都比她成绩好，但是，令人难以置信的是，几个月以后，她竟然成了学校最著名的人物。

每当她完全忘记了相关论据，不知道怎么完整、充分地回答问题时，她总是能够找到一些独创的理论，支撑自己把问题解释得清清楚楚。虽然她的理论偶尔也会出错，但却总是独一无二、妙趣横生。她的拉丁语和法语语法只是中等水平，但是，每当上翻译课的时候，她总是能够自由发挥、遣词造句，而且能够深入透彻地理解文本的精神，老师们对此倍感欣喜，而对手们也只能望尘莫及。

"她可能对某个话题一无所知。"麦克斯维尔小姐对亚当·拉德说，"但是，只要有一丝线索，她就会立即顺藤摸瓜，完全理解整个话题。而其他女孩子呢，就算脑子里装满了信息，却还是笨头笨脑，不开窍。"

在维尔汉姆的第一年里，除了少数几个老师以外，大部分老师还没有发现丽贝卡的天赋，而此时的她，正在暗暗适应新的环境。显然，她是家境比较贫寒的女孩之一。她没有华丽的衣服吸引别人的注意，没有人来探望她，她也没有城里的朋友。因为她要用更多的时间学习，所以就没有时间结交其他的女孩子，当然，如果她选择了享受校园生活的另外一种乐趣的话，她也乐意和她们交朋友。不过，流水总能设法找到自己的归宿，第二年春天的时候，她已经轻而易举地成了同学们的领袖，就像当年在利维保罗当孩子王一样。大家一致同意，推选她为维尔汉姆学院《舵手报》报纸的副编辑，成了这份校报的第一任副女主编，这是一个令人羡慕，但却异常艰苦的工作，而且常常费力不讨好。当她把自己的处女期刊送给科博夫妇时，令杰里叔叔和萨拉阿姨骄傲得茶不思、饭不想，甚至夜不能寐了。

"她一定能赢得选票的。"讨论那次选举的时候，赫达·米塞弗说，"因为无论对什么事情，不管她懂不懂，她给人的感觉是她完全懂，无论她有没有能力担任这个职务，她给人的感觉是她完全有能力。我现在唯一的希望就是自己也长得又高又黑，让别人觉得我也是个了不起的人物，就像丽贝卡·兰德尔那样。有一件事情挺有趣的：虽然男生们都说她很端庄清秀，但是你仔细观察就会发现，他们的关注并没有扰乱她的学习。"

应该承认的是，尽管丽贝卡现在已经十五岁半了，但是，她对异性的态度仍然是冷漠木讷的！见过她的人都承认，她有一种潜在的吸引力，这种吸引力藏在她身上的某个地方，愉快地等待着时机的到来。通常，在特定的时间段里，一个人只能完成一定数量的活动，因此，毫无疑问，人们会首先满足自己最紧迫的需求、最强烈的愿望和最主要的抱负。丽贝卡的心里最近总是充满了小小的焦虑、不安和恐惧，因为砖房子里的情况并不乐观，而农场家里的事态也让人沮丧。她太忙碌太劳累了，她的思想自然而然地全部投入到日常生活中的那些困难和问题上了。

那一年的秋天和冬天，除了刚开始的那一段时间以外，她感到米兰达姨妈变得那么吹毛求疵、那么严厉苛刻，这是以前从来没有过的。一个星期六的早上，丽贝卡跑到楼上，突然大哭起来，她对简姨妈大声说道："简姨妈，我再也受不了她无休止的批评和指责了。无论我做什么，米兰达姨妈都不满意。她刚才甚至还说，我这辈子都别想摆脱兰德尔家族的遗传，我自己本来就没有想要摆脱这些遗传啊，所以我们就吵起来了！"

很少表露感情的简姨妈一边安慰丽贝卡，一边也忍不住哭了起来。

"你必须要有耐心。"她一边说，一边先擦干了自己的眼泪，然后又去帮丽贝卡擦眼泪，"我没有告诉你实情，因为我觉得你学习那么辛苦，让你为这件事分心是不公平的。其实，米兰达姨妈的身体状况很不好。大约一个月前，在一个星期一的早上，她突然晕倒了。当时情况并不严重，但是医生说，他担心这是休克，他还说，如果真的是休克，那就是个不好的前兆。我感到她的身体现在是一天不如一天，这也正是她越来越烦躁、越来越易怒的原因。当然，她还有其他的难处和烦心事，这些你还完全不了解，如果你现在对米兰达姨妈不友好的话，孩子，将来你会后悔一辈子的。"

丽贝卡脸上的不满和委屈逐渐消失了，她停止了哭泣，后悔地说道："哦！可怜的人！我现在一点儿也不介意她说的话了。她刚才还让我给她拿点牛奶吐司，可是我害怕她，所以还没有给她送过去，不过，现在一切都不同了，我也知道自己该怎么做了。你不用担心了，简姨妈，因为事情也许没有你想象的那么糟糕呢。"

于是，当丽贝卡后来给姨妈送吐司的时候，她把吐司放到家里最好的那个镶着金边的瓷碗里，还在托盘里铺了一张带花边的纸巾，在盐瓶上横放了一枝天竺葵。

"起来吧，米兰达姨妈。"她面带笑容，兴高采烈地说，"我想让你咂咂嘴，说'味道真好'！这可不是兰德尔家的，这是地地道道的索亚家的牛奶吐司。"

"你总是想方设法哄我高兴，一会弄个这，一会弄个那。"米兰达回答说，"这吐司吃起来还真不错，但是我希望你不要浪费那枝美丽的天竺葵。"

"这可不见得是浪费！"丽贝卡镇定自若地说道，"也许这枝天竺葵已经等了很久了，它一直希望自己能够妆点一下某个人的晚餐，所以，如果你假装不喜欢它，它也许会很失望的。我曾经亲自看见过天竺葵在哭泣——在一个大清早！"

简姨妈提到的那件神秘的烦心事的确是砖房子的一个大灾难，只不过姐妹俩一直没有公开这个秘密，所以不为人知罢了。索亚家族虽然财产不多，但是她们把其中的两千五百美元投进了她们父亲的一位朋友的公司里，这家公司每年会返还她们一百美元的利息。大约五年前，父亲的这位朋友去世了，但是他的儿子继承了他的产业，所以一切还是按老规矩办，姐妹俩仍然可以定期得到那笔利息。最近，她们突然收到一封信，信上说那家公司已经彻底破产倒闭了，这样，索亚家的财产也跟着灰飞烟灭了。

每年损失一百美元虽然微不足道，但是这对两位未婚老女人来说，却是个巨大的转变，她们必须得做出自我牺牲，放弃以前养尊处优的生活。她们的生活一向都是谨小慎微、一成不变的，所以，要让她们再节衣缩食是很困难的，况且，这场打击来的实在不是时候，因为丽贝卡正好需要学费和住宿费，这笔费用虽然数目不大，但是却得立即用现金支付。

"我们还能继续供她上学吗？我们要不要给她解释清楚，

然后让她辍学回家?"简泪流满面地问姐姐。

"开弓没有回头箭。"米兰达用严厉的口气回答说,"我们当初把她从她妈妈身边接过来,主动答应要让她接受教育,我们得说话算数。照我看来,她是奥蕾莉亚未来唯一的希望。汉娜的时间和心思全用在寻找如意郎君上了,等她一结婚,她的心里哪里还有她妈妈,恐怕连看都懒得看妈妈一眼呢。约翰呢,一点而不愿意经营农场,一心想要当医生,好像现在病人还不够多似的,我可没看出来,哪个年轻医生能够让病人起死回生。我们不能放弃,简。我们在生活上能克扣就克扣,能将就就将就,我们要想尽办法,把我们的日常开支好好规划规划,但是,无论发生什么事情,我们绝不能动用本金。"

在多数新英格兰妇女的心目中,"动用本金"是个罪过,这个罪过仅次于纵火、盗窃和谋杀。在常人看来,这个规矩有时候似乎太过苛刻了,就像索亚家这件事情,年近六旬的姐妹俩完全可以从她们以往的积蓄中拿出一点本金来,以备不时之需——毫无疑问,这个规矩给大家带来的是善行而不是邪恶。

丽贝卡对姨妈家的财政事务一无所知,她只是看到姨妈们越来越节俭了,处处无情地截流,处处残酷地删减,日子越来越拮据了。餐桌上的肉和鱼越来越少了;那个每周来家里两次,帮忙洗衣服、熨衣服和打扫卫生的女佣人也被解雇了;去年戴过的旧帽子,今年再洗洗刷刷、整理一番,继续接着戴;驱车去默德里逊和波特兰的旅行也被取消了。生活处处都节俭到了极点。虽然米兰达的行为举止和言谈变得那么悲观沮丧、那么坚定固执，但是她却丝毫没有把外甥女当做负担。所以，索亚家的不幸遭遇对于丽贝卡，除了继续穿旧裙子、戴旧帽子、披旧外套以外，几乎没有任何明显的影响。

　　然而，在太阳溪农场，任何事情都是隐瞒不住的，这一年真是祸不单行，一连串的灾难像连载小说一样接踵而至。地里的土豆歉收了；树上的苹果也没结几个；干草的收成也是少得可怜；奥蕾莉亚总是一阵阵的犯头昏；马克又把脚踝骨摔伤了，这已经是他第四次摔断骨头了，米兰达忍不住想知道，一个人身体里究竟有多少根骨头，"这样大家心里就有数了，知道他什么时候才能结束这一次次的骨折"。更可怕的是，支付抵押贷款利息的日子又到了，它像噩梦一样吞噬着兰德尔一家的全部欢乐，一年一度，它来了又去，去了又来。而这一次——十四年来头一次——他们似乎没有能力偿还那四十八元的利息。这一年，兰德尔家里唯一一件开心的事情就是汉娜和威尔·米尔威尔订婚了，威尔·米尔威尔是个年轻农民，他家的农场和太阳溪农场相邻，农场上有一幢很大的房子，家里一个亲人也没有了，所有的事情都是他一个人说了算。汉娜对自己意想不到的美好未来满意极了，她根本体会不到母亲的苦衷。的确，有这样一种人，身处逆境的时候，他们可以忍辱负重，但是，遇到突如其来的好运时，他们会立即腐化堕落。她最近曾经来砖房子住了一个星期，米兰达姨妈私下向简表达了她对汉娜的印象，她说汉娜小气得像张树皮，而且极端自私。当她爬到一定高度的时候，她会立即毫不留情地把脚下的梯子踢掉。姨妈们试探地问她，既然她境况这么好，将来打算怎么帮助年幼的弟弟妹妹们，她竟然说自己已经做得够多了，还说自己不想让这些穷亲戚给威尔增添负担了。"她简直就是她奶奶苏珊·兰德尔的翻版！"米兰达愤怒地说，"当初没有让她来这里真是幸运。如果说有谁能够帮助农场还清那笔抵押贷款的话，那个人绝对不会是汉娜，那个人一定是丽贝卡或者我！"

24 阿拉丁先生如愿以偿

"你的大作《维尔汉姆的野花》已经被维尔汉姆学院的《舵手报》录用了，帕金斯小姐。"丽贝卡一进门就朝着正在织长袜的艾玛·简嚷嚷道，"我本来要留下来和麦克斯维尔小姐一起喝茶的，但是我还是决定提前回来，把这个好消息带给你。"

"你不会是拿我开玩笑吧，贝基!"艾玛·简停下手里的活儿，抬眼望着丽贝卡，声音颤抖着说。

"我绝对没骗你! 我们的高级编辑读了你的文章，觉得特别有教育意义，所以就决定录用了，下一期报纸上就会刊登你的文章。"

"你不是要在下一期上发表一首诗吗? 题目叫做《当我们离开学校，金色的大门在我们身后关闭》。我的文章不会和你的那首诗在同一期上发表吧?"艾玛·简屏住呼吸，等待着答复。

"你完全猜对了，帕金斯小姐。"

"丽贝卡!"艾玛·简叫道，似乎马上就要遭到灭顶之灾了，"我不知道自己能不能承受得住这么好的消息，不过，要是我有个三长两短，我郑重地请求你，求你把我和那一期的《舵手报》埋葬在一起吧。"

丽贝卡丝毫不觉得艾玛·简的话有什么夸张之处，她很认真地回答说："我了解你的感受，这和我当初的感受一模一样，即使是现在，每当我独自一人的时候，我就会把刊有自己作品的旧《舵手报》拿出来重读，我还常常会暗自笑起来，这倒不是因为我觉得自己写得好，其实，我每一次读这些作品，都感觉它们比上一次读起来更差了。"

"如果我们两个老了还能住在一起，我们就找一个小屋子。"艾玛·简把织袜子的针举到空中，凝视着面前的墙壁，开始筹划起梦想中的未来了，"我不但要负责家务劳动和一日三餐，还要帮你把所有的诗作和故事抄下来，然后再把它们送到邮局寄出去，你就负责写，别的什么事情都不用做。这样的日子一定美妙极了！"

"这也是我求之不得的美好愿望，可惜，我已经答应约翰要帮他管理家务。"丽贝卡回答说。

"他要成家，恐怕还得过很多年，不是吗？"

"是啊。"丽贝卡沮丧地叹了口气，一屁股坐到桌子旁边，一只手托着下巴，"除非我们能够设法还清那笔可恶的抵押贷款。可惜，那一天不是越来越近了，而是越来越远了，因为今年我们连利息都可能还不上。"

她顺手扯下一张纸，胡乱地在上面写了几句，然后大声地读了起来：

> 贷款对着农场说："这个地方我早已厌倦，
> 你可否快些把债务偿还？"
> "我们彼此都已厌倦了对方！"丽贝卡·兰德尔哭着大喊，
> "我再也不愿见到你那副嘴脸！"

"纸币上通常会有'嘴脸'。"艾玛·简疑惑地评论道，她在算术方面还是颇有天赋的，"我怎么不知道抵押贷款也有'嘴脸'啊？"

"我们家的抵押贷款就有。"丽贝卡的报复心熊熊的燃烧起来，"即使在黑夜中遇见，我也认得出他的嘴脸。等一下，我把他的嘴脸画出来给你看。你一定要认识认识他，这对你有好处，等你有了丈夫和七个孩子的时候，你一定要记住，千万不能让他靠近你们家农场方圆一英里。"

草图很快就画好了，胆小的人睡觉前是不能看的。在这幅草图的右边，是一座很小很小的房子，房子前面的一家人正在抱头痛哭。抵押贷款被刻画得既像魔鬼又像怪兽，他沾满鲜血的右手正高举着一把斧子。一个留着瀑布般黑发的人正在忍受魔怪的折磨……丽贝卡沾沾自喜地解释说，这个人就是按照她自己的形象刻画出来的，虽然她现在还不知道用什么方法才能把这个魔怪赶走。

"他真是太讨厌了。"艾玛·简说道，"不过他看上去又瘦又小。"

"因为这笔贷款只有一千两百元而已。"丽贝卡解释说，"这通常被称作小额贷款。约翰还见过一个人，头上有一万两千元的债务呢。"

"你将来打算当作家还是做编辑？"艾玛·简忽然换了个话题问丽贝卡，似乎这两个职业都已经安排好了，只等丽贝卡选择其中一个就可以了。

"我恐怕得先解决眼前的事情。"

"你可以去叙利亚当传教士呀，伯尔奇夫妇不是一直在鼓动你去那里吗？传教士委员会会替你支付开销的。"

"我现在还不能下决心做传教士。"丽贝卡回答说，"首先，我觉得自己还不够格，因为我还不能'感觉到召唤'，伯尔奇先生说，真正的传教士必须能够感觉到这个召唤。我愿意为别人做些事情，让生活往好的方向发展，但是我不想跑到千万里以外的地方去教人们怎么生活，因为我自己还没有理解生活呢。那些异教徒似乎也的确不需要我，我敢肯定他们最终会过上好日子的。"

"我可看不出来这一点。如果所有应该出去拯救他们的人都像我们这样，整天待在家里，那他们怎么能够得到帮助呢？"艾玛·简反驳道。

"要知道，不管上帝是什么样子，也无论他在哪里，他一定在某个地方耐心地等待着。他不可能到处乱跑，也不会让人们错过他。只不过对于那些异教徒来说，要找到上帝得多花些时间而已，当然，上帝会体谅他们的。因为上帝知道，他们生活在炎热的气候里，所以生性懒惰迟钝。那些鹦鹉、老虎、毒蛇，还有面包树等等分散了他们的注意力，再加上他们没有书本，所以也就没有办法思考。但是，总有一天，他们会通过某种方法找到上帝的。"

"如果他们还没有找到上帝就先死了，那可怎么办？"艾玛·简问道。

"哦，如果是这样的话，那也不能怪他们，因为他们又不是故意要死的。"丽贝卡回答得头头是道，好像自己有丰富的神学知识似的。

这些日子，亚当·拉德偶尔会因公去趟汤普朗斯，与一家名叫"约克和扬基"的铁路分公司洽谈业务，在那里，他了解了一些与太阳溪农场相关的情况。修建新铁路的事情还没有确定下来，对于哪里是从汤普朗斯到普鲁威尔之间的最佳路线，董事会内部的看法一直存在分歧。一种观点认为，最佳路线应该是铁路径直穿过太阳溪农场，这样的话，兰德尔太太就可以得到一定的补偿；而另外一种观点认为，兰德尔太太的利益不会受到影响的，因为铁路周边地区的土地价格都会升值的。

一天，亚当从汤普朗斯来到维尔汉姆，与丽贝卡一起散步，两个人进行了一次长谈。他觉得丽贝卡看上去脸色苍白，形容憔悴，尽管她自己勇敢地说没关系，依然坚持要每天多学习几个小时。那天，她身穿一件黑色的山羊绒裙子，那件裙子在简姨妈所有的心爱之物中排行第二。我们都很熟悉那个浪漫的爱情故事，故事中女主人公的脚如此精美小巧，即使最破旧的鞋也掩饰不了它的美丽。有些人总是对这种说法持怀疑态度，但是，这种说法用在丽贝卡身上却是千真万确的，她独有的气质和与众不同的魅力似乎完全不受外部条件的影响。她的身材那么优美，她的皮肤、头发和眼睛的颜色那么独一无二，即使是破旧的衣服也掩饰不住这种非同寻常的气质。如果她有机会穿上时尚高雅的服装，在维尔汉姆这个小小的天地里，人们恐怕会立即把美女的称号送给她。她用自己的方式把一头长长的黑发梳理得别具特色。两条黑辫子先在背后交叉，然后辫到头顶，在额头前面又交叉一次，细小的发梢被编到下面，隐藏在脖子旁边厚实的头发丛中。然后，她又用一个非常女性化的小卡子把前面凌乱的头发别起来——发卡把那些辫子编不住的小头发拢了起来，在阳光下，这些小鬈发的颜色显得格外与众不同。

　　亚当·拉德目不转睛地注视着丽贝卡，丽贝卡有点不好意思了，她双手捂着脸，羞怯地笑着说："我知道你在想什么，阿拉丁先生。我的裙子比去年长了一英寸，我的发型也变了。但是我还远远算不上一个女士，实际上我根本就不是女士。我还有一个月才满十六岁，而且你答应过，说你不会放弃对我的希望。如果你不愿意让我变老，你为什么自己不变得年轻些呢？各让半步，我们就可以年龄相仿，也可以共度美好时光了。我之所以这么说，"她继续说道，"是因为你自始至终也是这么做的。当年你买我的肥皂时，我觉得你和我的外祖父索亚年纪差不多；后来在升旗仪式上，你和我跳舞的时候，我感觉你就像是我的父亲；但是，当你把你母亲的照片拿给我看时，我感觉你就是我的弟弟约翰，因为我那时觉得你真的好可怜。"

"这样的感觉不是很好吗？"亚当笑着说，"除非你长得太快，在我还没有做好准备的时候就成了我的祖母。你学习太辛苦了，丽贝卡·罗恩娜小姐！"

"有点儿辛苦而已。"丽贝卡承认说，"不过，假期马上就到了，你知道的。"

"你打算好好休息休息，恢复自己以前的灿烂笑容吗？你脸上的小酒窝很美，你真的应该保留它们。"

丽贝卡的脸上慢慢掠过一片阴影，她的眼眶湿润了。"不要对我这么好，阿拉丁先生，我会承受不起的——现在——现在可不是我应该露出酒窝的时候！"说完，她向阿拉丁先生挥了挥手，快步跑进了神学院的大门。

亚当·拉德不由得陷入了沉思，他独自一人回到了校长办公室。这次来维尔汉姆，他打算实施一个计划，这个计划已经酝酿了好几天了。今年是维尔汉姆神学院建校五十周年，他打算告诉校长莫里森先生，他除了要给学校的图书馆捐赠一百本书外，还计划举办一次英语作文比赛来庆祝这个纪念日，他对这种活动特别感兴趣，还打算为获奖者提供奖品。他希望两个高年级的男生和女生能够一起竞争，然后选出最好的两篇进行嘉奖。至于到底颁发什么样的奖品，他还一直拿不定主意，不过，这个奖品一定是非常昂贵的，要么是书本，要么是金钱。

和校长谈完自己的计划以后，亚当·拉德又去拜访麦克斯维尔小姐。他一边穿过林间的小路，一边想："'红玫瑰和白雪'需要这笔钱，可是我又没有办法直接给她，因为这样会招来不必要的闲话，她必须得通过自己的努力挣到这笔钱，可怜的小家伙！如果我的钱在我最想花钱的地方都花不出去，那我挣钱还有什么意义！"

他刚一见到女主人就开门见山地问道："麦克斯维尔小姐，你有没有发现我们的丽贝卡小朋友脸色苍白、形容憔悴？"

"她的气色的确很差，我也正在考虑能不能带她一起出去散散心。我每年春假都要去趟南方，坐船去老波因特康弗特角①，在海岬附近找个安静的地方住些日子。能和丽贝卡一起结伴出游是我最喜欢的事情了。"

"多好的安排啊！"亚当由衷地赞叹道，"但是，为什么你要一个人承担这个责任呢？为什么不让我来帮帮忙？我非常喜欢这个孩子，而且，我们已经是多年的老朋友啦。"

"你可别告诉我是你先发现她的，"麦克斯维尔小姐半开玩笑地打断他的话，"她的天赋是我发现的。"

"在你来维尔汉姆教书之前，她已经是我的知心朋友了。"亚当大声笑着说，还把自己第一次和丽贝卡相遇的事情讲给麦克斯维尔小姐听，"从一开始见到她，我就下定决心，要想办法在她成长的道路上助她一臂之力，但是，我似乎总是找不到

① 地名，弗吉尼亚东南部著名海岬

合理的好办法。"

"幸运的是，她自己发展得很好，"麦克斯维尔小姐回答说，"从某种意义上说，她不受任何事情和任何人的影响。她毫无意识地向着自己心中最神圣的地方前进着。不过，她还需要很多精神之外的东西，这些东西是金钱可以买得到的，可惜呀！我不是个有钱人。"

"那就用我的钱吧，我求你了，让我通过你来帮助她！"亚当恳求说，"我不忍心看到一棵幼小的树苗竭尽全力地想要长大，可周围却没有足够的阳光和空气——这可是个不可多得的天才少年！一年前，我曾经拜访过她的姨妈们，我向她们表达了自己的一个想法，希望她们能够允许我出资，让丽贝卡接受一些音乐教育。我一再向她们保证，这是一件很平常的事情，还说如果她们坚持的话，我也可以让丽贝卡以后把钱还给我，但是她们拒绝了我的好意。那位年长一点的索亚小姐说，她们的家族里从来没有人靠救济过日子，她自己不想晚节不保，为丽贝卡开这个头儿。"

"我非常欣赏这种不向命运妥协的新英格兰精神，"麦克斯维尔小姐大声说道，"丽贝卡的确承受了许多痛苦，也经历了一些磨难，但是到目前为止，我一点儿也不为她叫屈。因为家境的卑微只能让她变得更加坚强，生活的困顿只会让她变得勇敢而自立。至于目前，我觉得，有些事情是一个女人应该为一个女孩做的，而且我不希望让你来帮丽贝卡做这些事情。我觉得那样只会伤害她高傲的自尊心，尽管她自己对此一无所知。当然，如果有必要的话，合情合理的帮助我是不会拒绝的，比如你可以为她支付差旅费。这笔费用我会毫不尴尬地替她收下的，但是，我也赞同你的观点，这件事情最好只有我们两个知道。"

"你真是个心地善良的仙女教母！"亚当一边大声说，一边热情地握了握她的手。"如果不是太麻烦的话，你也可以邀请她的室友一起去——她们两个总是形影不离的。"

"谢谢你的建议，我看不必了，我只想让丽贝卡一个人陪我去。"麦克斯维尔小姐说。

"我明白你的意思，"亚当心不在焉地回答说，"我的意思是说，当然了，一个孩子比两个孩子好带多了。你看，她来了。"

丽贝卡的身影出现在他们的视线里，她正和一个十六岁的男孩子漫步在宁静的街道上。两个人似乎正在热烈讨论着什么，显然还大声地向彼此朗读着什么，她的黑脑袋和一个留着鬈发的棕色脑袋正凑在一张信纸上看着什么。丽贝卡还不住地抬头看看她的同伴，双眼闪动着欣赏的光芒。

"麦克斯维尔小姐，"亚当说道，"虽然我是这所学校的董事，但是我的的确确认为，男女同校没有什么好处！"

"我自己有时候也会质疑这件事情，"她回答说，"不过对于孩子们来说，男女同校的不利因素已经被限制到最低程度了！你眼前的这个景象可是难得一见的，拉德先生。要知道，在剑桥，男女学生们经常手挽着手一起欣赏朗费罗和洛威尔的诗歌呢。而在维尔汉姆这个小天地里，如果大家看到《舵手报》的高级编辑和初级编辑走在一起的话，校园里一定会炸开锅的！"

25 欢乐的玫瑰

在丽贝卡和麦克斯维尔小姐动身去南方旅游的前一天，她和艾玛·简、赫达三个人一起去查阅字典和百科全书。等她们查阅完毕，离开图书馆的时候，她们从一排上了锁的书柜旁边经过，这些书柜里装满了小说，但是只对老师和镇上的成人开放，不对学生开放。

三个人透过玻璃，无限渴望地看着里面的书，即使是看一眼那些小说的名字，她们的心里也得到了些许的安慰，这情形恰似一群饥饿的孩子，眼巴巴地站在糖果店的橱窗外，望着里面的馅饼和甜点，希望能得到精神上的满足。这时候，丽贝卡的眼睛落到了书柜角落的一本新书上，她高兴极了，大声读出了书的名字："《欢乐的玫瑰》，听一听，姑娘们，你们不觉得这名字很可爱吗？《欢乐的玫瑰》，这本书看上去就很漂亮，这名字听上去也很美。可是，这名字有什么含义呢？我好想知道哦。"

"我想每个人心中都有一朵与众不同的玫瑰，"机灵的赫达说道，"我知道自己的玫瑰是什么，而且拥有它，我一点也不觉得惭愧。我希望能够在城里住上一年，想花多少钱就有多少钱，每时每刻都有漂亮的衣服穿，有豪华的马车坐，享受各种各样的娱乐活动。而且，我最喜欢的莫过于和那些穿低胸衣服的人住在一起了。"（可怜的赫达，每次脱掉衣服的时候，她都要慨叹自己命运不好，生在利维保罗这个地方，她从来没有机会把自己漂亮雪白的肩膀展示给别人看。）

"你的理解很有趣，只是时间太短了点，"艾玛·简评论道，"我觉得你说的更像是享乐，而不是欢乐，对不对？哦，我想出了一个好主意！"

"别这么大惊小怪的嘛！"赫达惊讶地说道，"我还以为那里有只老鼠呢！"

"因为我平常很少有什么主意嘛，"艾玛·简解释说，"我的意思是：好主意，这个主意像闪电一样震撼着我。丽贝卡，你觉得这种欢乐会不会是指成功的欢乐？"

"这个观点很好，"丽贝卡沉思着说，"我能理解，成功的确是一种欢乐，可是我总觉得成功不太像玫瑰。我在想，它是不是指爱情？"

"真希望我们能偷偷看一看这本书！书里的内容一定特别精彩！"艾玛·简说道，"刚才你说应该是爱情，我觉得这是最好的答案了。"

整整一天，丽贝卡的脑子里一直回荡着这五个字，她一刻不停地默念着这五个字。连最缺乏灵感和想象力的艾玛·简也被这几个字迷住了，那天晚上，她对丽贝卡说："我想你可能不会相信，但是我真的又有一个新的观点——一天里有两个截然不同的观点。刚才我往你的头上喷古龙水的时候，忽然有了这个想法。欢乐的玫瑰也许指的是相互帮助。"

"如果是那样的话，这朵玫瑰一直就绽放在你美丽的心灵里，我最亲爱的、善良的艾玛，你总是这么体贴周到地呵护你这个麻烦不断的贝基！"

"你可不能把自己说成是麻烦不断！你是——你是——你是我的欢乐的玫瑰，对，这就是你！"说完，两个女孩子亲切地拥抱在一起。

半夜的时候，丽贝卡轻轻地碰了碰艾玛·简的肩膀。"艾玛，你睡熟了吗？"她轻声问道。

"还没有呢。"艾玛·简迷迷糊糊地回答说。

"我又有了一些新的想法。如果一个人会唱歌，或者会画画，或者会写作——当然，不能只会一点点，要非常熟练，特别擅长——那么，当他如愿以偿地从事这些活动的时候，这些活动是不是也就给他带来了'欢乐的玫瑰'呢？"

"如果这个人真的有这方面的天赋的话，那也算他是'欢乐的玫瑰'吧，"艾玛·简回答说，"但是，我觉得这个答案没有爱情那么美好。如果你还有什么别的新想法，贝基，明天早上再告诉我。"

"我后来的确又有了一个新想法，"第二天一大早，两个人起床穿衣服的时候，丽贝卡对艾玛·简说，"不过当时我没有叫醒你。我在想，'欢乐的玫瑰'是不是指奉献牺牲呢？但是，奉献牺牲应该用百合花来表示，而不应该用玫瑰呀，你说是不是？"

这次南方之行，丽贝卡有生以来第一次看到了大海，还看到了很多奇异的景象，舒适安逸的旅途、难能可贵的自由，还有与麦克斯维尔小姐亲密的接触，这一切都让丽贝卡激动不已。仅仅过了三天，她已经不再是自己了，就像完全换了一个人似的，惊喜、期盼和如愿以偿让她兴奋不已。一直以来，她总是如饥似渴地追求着知识，期待着爱情，充满激情地渴望着音乐、诗歌和一切美好的东西！一直以来，她总是想方设法想让外在的世界和自己心中的梦想融为一体，而现在，生活突然间变得这么丰富多彩、甜美可爱，她觉得眼前的世界宽广了许多，自己的内心也充实了许多。她调动着浑身所有的器官来感知这个美好的世界，每天，她似乎都有无穷无尽的精力，她用这些精力来尽情宣泄和收集自己独到的思想和感受，麦克斯维尔小姐对她旺盛的生命力惊讶不已。她天生就是个给人带来活力的人，只要她在一幅画上稍加改动，整个画面就会焕然一新。正像一个涂满了蓝色和绿色的房间，如果加上一缕金色的阳光，原来单调的屋子立即就会熠熠生辉！在麦克斯维尔小姐心目中，丽贝卡就是那一缕阳光，照耀着她们偶然遇到的人群。当然，大部分时间里，只有她们两个在一起，她们要么互相读书给对方听，要么静静地倾心交谈。丽贝卡的心头也一直惦记着那篇参赛的作文。她心中暗暗地想，如果得不到这个奖励的话，她这辈子也快乐不起来了。她并不在乎奖品的价值，也不看重那份荣誉，她只想让阿拉丁先生满意，让他明白，他没有看错丽贝卡。

"如果我能选择一个很好的题目的话，我一定得问问你，让你看看我能不能把这个题目写好。然后我打算一个人静静地、秘密地动手写作，我决不提前把文章读给你听，也不谈论任何关于文章的事情。"

这是一个阳光明媚的春日，麦克斯维尔小姐和丽贝卡坐在一条小溪边。早餐过后，她们曾经在海边的小树林里走了很久，还时不时地到温暖的白色沙滩上晒晒太阳，等到晒够了太阳，她们就跑回自己树荫下的那间小屋。

"题目确实非常重要，"麦克斯维尔小姐说道，"所以，我可不敢帮你选择。你已经决定好了要写的内容了吗?"

"还没有，"丽贝卡回答说，"我每天晚上都会设计一个新题目。我已经开始写了一篇《失败是什么》，还写了一篇《他与她》。这是一个男孩和一个女孩在即将离开学校时的一段对话，主要讲述了他们心目中理想的生活方式。你还记得吗? 有一天你对我说，'跟着你心中的圣人走'。我特别想写这种感受。在维尔汉姆的时候，我心里空荡荡的，一个题目也想不出来，可是到了这里，我每一分钟都会有一个新想法，所以我必须努力，在这里写写文章。我现在特别开心、特别自由而且特别放松，因此，无论如何，我要利用这个机会把文章构思出来。快看水底的那些鹅卵石，艾米丽小姐，圆滚滚、滑溜溜的，还一闪一闪的呢!"

"是啊，但是，你知道吗，丽贝卡? 它们从哪里得来那美丽的亮光，绸缎般的外表和可爱的形状? 这可不是躺在宁静的水池底下就可以形成的。在宁静的水池里，它们的棱角永远不可能被磨平，她们粗糙的表面也永远不可能变得光滑，只有在湍急流动的河水里，才能形成这些美丽的鹅卵石。它们在水中互相拥挤碰撞，还经常被水流甩到坚硬的岩石上，经历了这么多的磨难以后，它们才能有现在美丽的外表。"

"如果命运没有安排某个人做一名老师，哦！那她一定是位杰出的传教士！"

丽贝卡说了一句很有哲理、很押韵的话，"哦！如果我能像你那样思考问题，像你那样表达观点该多好啊！"她叹了口气说道，"我好担心自己受的教育太少，也许我永远也成不了一名优秀的作家。"

"你应该把自己的担心放在别的很多有用的事情上，"麦克斯维尔小姐责备她说，"比如，你应该担心自己理解不了人性的本质；担心自己认识不到外在世界的美；担心自己是不是因为缺乏同情心，所以才无法理解别人的喜怒哀乐；担心自己的表达能力跟不上自己的想象力——有成千上万的事情值得你去担心，而且对于一个作家来说，这其中的每一件都比书本知识更重要。伊索虽然是古希腊的奴隶，他甚至都不会写字，可是他依然创作了那么多精彩的寓言故事，而全世界的人到现在还在读他的作品。"

"可是，我以前根本就不知道这些事情，"丽贝卡说道，她痛苦得都快哭出来了，"在我遇到你之前，我真的什么也不懂啊！"

"将来，你的成就不过就是完成了所有的高中课程而已，其实，即使是那些最有名的大学，也不一定能够塑造出成功人士。当我梦想出国留学的时候，我总是想，雅典有三所著名的高校，耶路撒冷也有两所名校，而实际情况是，所有名师中的名师却来自以色列的拿撒勒，一个远离喧嚣繁忙世界的小村庄。"

"拉德先生总是说，让你在维尔汉姆教书实在是大材小用了。"丽贝卡沉思着说。

"他说错了，我的天资并不聪明，再说了，除非有人刻意隐藏自己的天赋，通常情况下，一个人的天赋都会得到正常发挥的，所以谈不上什么大材小用。你要记住，丽贝卡，你也有自己的天赋，这些天赋也许还没有得到别人的赏识，但是，在你最不经意的时候，在你最不经意的地方，它们会为你欢呼，给你灵感，安慰你的心灵。当玻璃杯里装满了水的时候，边沿流出的水会湿润它旁边的土地的。"

"你听没听说《欢乐的玫瑰》？"沉默很久，丽贝卡忽然抬头问道。

"当然听说过！你在哪里看到《欢乐的玫瑰》啦？"

"在图书馆的一本书的封面上。"

"我是在图书馆的一本书的里面看到这几个字的，"麦克斯维尔小姐半开玩笑地说道，"这本书是爱默生写的，不过我觉得你还小，不适合看这样的书，丽贝卡。而且，我觉得这本书的内容是无法用语言来解释的。"

"哦，试着给我讲讲吧，麦克斯维尔小姐！"丽贝卡恳求道，"也许经过努力思考，我会猜出一点其中的含义呢。"

"'在现实中——这个由时间和机会组成的痛苦的王国——存在着关心、苦恼和悲伤。有了思想，有了理想，就有了永恒的欢乐——欢乐的玫瑰。九位女神围着它欢快地歌唱。'"麦克斯维尔小姐引用了其中的一段话。

丽贝卡一遍又一遍地重复着这段话，直到最后，她自己也能够背诵了。这时候，她说："不是我喜欢卖弄，不过我觉得自己差不多已经理解这其中的意思了，麦克斯维尔小姐。当然，也许我的理解还很不全面，因为它实在太晦涩难懂了。但是，只要懂了一点点，就可以继续读下去了。就好像有一个最美丽的身影，骑在马背上从你的身边疾驰而过，你诧异极了，可是你的眼睛反应太慢了，根本就来不及看个究竟。但是，当它扬鞭而过的时候，你毕竟瞥了它一眼，所以你知道它是美丽的。我现在全明白了。我的作文题目就叫做《欢乐的玫瑰》吧。这是我刚刚决定的。我还没有开始写呢，更不用谈什么中间部分，但是它的结尾一定要充满震撼力，让我想想看，也许得找些押韵的词语：

> 无论是幸福还是伤悲
> 但请放马过来让我面对，
> 你将永远在我心中绽放，
> 我的欢乐的玫瑰！

我现在给你拿条披巾，再给你把杉木枕头放好，等你睡着了，我打算到下面的海岸边写一个神话故事送给你。就是我们想象中的那种故事，它发生在很远很远的未来，它可以让我们看到现实生活中从来没有的美好事物。当然，也有些事情可能会在我们的现实生活中出现——你会明白的！即使有一天，这个神话故事不再摆放在你的办公桌上了，你也能够记住它的作者丽贝卡。"

　　丽贝卡走后，麦克斯维尔小姐准备睡觉，她心中暗想："我真不明白，为什么这些年轻人总要去选择一些抽象的题目，即使是名家，也要耗尽精力和才华才能写好这样的题目。难道说，她们是眼花缭乱了，鬼迷心窍了，被华美的题目迷惑了？她们真的自以为可以写好这样的文章吗？可怜的、涉世不深的小家伙们，竟然想坐着玩具车飞到星星上去！而眼前这位坐在新遮阳伞下的天真的小家伙是多么可爱啊！"

　　一个春寒料峭的日子，亚当·拉德驾车驶过波士顿街头，尽管天气那么寒冷，时装贩子们却已经在店铺里摆上了夏季的用品。突然，他的眼前一亮，他看见一把玫瑰色的遮阳伞撑开摆放在商店橱窗里，这把伞深深地吸引了他，他不由得想起了夏季炎炎的烈日。这把伞还让他想起了新英格兰正在开花的苹果树，粉红色的伞面映着里面薄薄的白色衬里，红白相间的伞边上缀着毛茸茸的流苏，从绿色的手柄旁垂了下来。突然，他想起了丽贝卡很早以前给他讲过的一个小秘密——她说，童年的那把粉色遮阳伞是她了解外面时尚世界的唯一物件，而这个美丽的装饰品最终还是被她无奈地牺牲奉献了。想到这些，亚当走进商店，买下了那把奢侈的遮阳伞，并且立即通过快递寄到维尔汉姆，这个大男人丝毫也没有考虑自己这么做究竟合不合适。他唯一能够想到的就是丽贝卡兴奋的双眼，还有她在开满鲜花的苹果树下那悠然的神态。让他尴尬不安的是，一个小时后，他又返回那家商店，为艾玛·简买了一把蓝色的遮阳伞，不过，随着几年时间的流逝，他发现自己越来越难想起艾玛·简的存在了。

丽贝卡把自己写的神话故事认真地抄了一遍，在麦克斯维尔小姐准备回自己房间睡觉时，丽贝卡把自己的作品送给了她。麦克斯维尔小姐满含热泪读完了故事，还把这个感人的故事寄给了亚当·拉德先生，她希望他也能分享这个神话，了解丽贝卡萌芽中的想象力，了解她年轻的感恩的心灵。

一个神话故事

从前，有一个穷困潦倒的公主，她住在一个小农舍里，小农舍坐落在两座城市之间的大道旁。她可不像别的公主那么不开心，相反，她的生命中有很多值得感激的事情，但是对于她这样单薄而瘦弱的身体来说，生活和工作实在是太辛苦了。

公主的小木屋坐落在一片碧绿的森林边上，微风在树梢上唱着欢歌，阳光透过树叶照射下来。

一天，公主在田间劳动。当她忙累了坐在路边休息的时候，她看见一辆金色的双轮马车从帝王大道驶了过来，车里坐的不是别人，正是给孩子充当教母的仙女，她现在正打算回王宫。双轮马车在公主的门前停住了，虽然公主以前也曾经读过这些善良仙女的一些故事，但是，她做梦也没有想到会有仙女来拜访她的小农舍。

　　"如果你累了，可怜的公主，为什么不到凉爽的绿色森林里休息片刻？"仙女教母问道。

　　"因为我没有时间休息，"公主回答说，"我马上还得回到田间耕地。"

　　"那个靠在树上的犁铧是你的吗，它是不是太重了？"

　　"它的确很重，"公主回答说，"但是我喜欢把坚硬的土地变成松软的犁沟，这样我就可以在这松软的土地里播撒种子，我的种子也会茁壮成长。每当我感到疲劳的时候，我就尽力去想我未来的收获。"

　　金色的双轮马车继续开走了，公主和那位仙女也没有再谈什么。然而，国王的信使们却忙得不可开交，因为他们一边得把这句话传到仙女耳朵里，一边又得把那句话传到公主耳朵里，他们一门心思地忙着传递消息，几乎忘了其实这些话都是国王让他们传递的。

　　第二天早上，一个五大三粗的男人敲响了小农舍的门，他向公主脱帽行礼后，说："昨天，有辆金色的双轮马车从我身边经过，车里的人扔给我一个钱包，说：'从这里出去，走上帝王大道，沿路仔细观察，直到你找到一个小农舍，农舍旁边的树上靠着一个沉重的犁铧。走进农舍，你就会发现里面有一个小公主，'你要对公主说：'我来负责犁地，你去休息吧，或者到凉爽的绿色森林里去散步吧。因为这是仙女教母的命令。'"

　　同样的事情就这样每天发生着，每天，疲惫的公主都会到绿色的森林里去散步。有很多次，她看见闪闪发光的双轮马车从远处驶过，她快步跑进帝王大道，想要追上去向仙女教母表达自己的感激之情，但是，每一次她都跑得不够快，错过了疾驰的马车。她只好眼巴巴地站在那里，期待着下一次能有机会见到仙女教母。但是，她经常可以看见仙女的微笑，有时候还可能听到她的一两句话，话的大概意思是："你不用谢我。我们都是同一个国王的孩子，而我只是他的一个信使而已。"

　　现在，公主每天都可以在绿色的森林里散步，倾听微风在树枝上歌唱，欣赏阳光从窗格子般的树叶里透过来的美丽景象，她的思想曾经被窒息的小木屋和沉重的犁铧所束缚，而如今，她的脑子里不断地涌动出新的想法。每当这时，她就立即从腰带上取出一根针，把自己的想法刺在树叶上，然后把叶子抛到空中，任它们四散而去。过了不久，人们发现了这些散落的树叶，就把它们捡起来，对着太阳仔细阅读起来，原来，树叶上这些小小的字竟然都是国王的口信，好像是仙女教母不停地从她金色的双轮马车上撒下来的似的。

但是，故事的神奇之处还远远不止这些。

每当公主在树叶上刺字的时候，她都会把仙女教母的思想也加上去，然后仔细地把树叶折好，顺着微风把它们抛撒出去，树叶随风四散而去，飘到王国的各个角落。很多别的公主也有了同样的冲动，她们也效仿她的方法四处传播着国王的信息。因为在国王的领土上，任何事物都不会消亡，所以这些思想、愿望和期待也永远地保留了下来，它们饱含着爱和感激，以别的方式继续流传着，永不消亡。我们的视力太微弱，根本看不到这些信息；我们的听觉太迟钝，也根本听不到这些信息；但是，有些时候，当我们的心被一种莫名的力量所驱使，朝着更高尚的目标前进的时候，我们可以感觉到这些信息的存在。

故事到这儿还没有结束，但它的结尾可能会是这样的：终于有一天，当仙女教母亲自到国王那里传递信息的时候，国王对她说："我熟悉你的面孔，也熟悉你的声音、你的思想和你的心肠。我曾经听到你的双轮马车在帝王大道上辘辘驶过的声音，我知道你正在为国王效力。我的手头有一捆来自王国各地的信息。这都是那些筋疲力尽、双脚发麻的旅行者带来的，他们告诉我说，没有你的帮助和鼓励，他们永远不会安全到家。读读这些，你就会明白，自己该在什么时候、什么地方、用什么样的方式为你的国王效力了。"

当仙女教母阅读这些信息的时候，那一片片的叶子似乎都发出了甜美的香味，几乎快要忘却的记忆又开始在空中飘荡。但是，此时此刻，最美丽、最动人却是国王的声音：读读这些，你就会明白，自己该用什么样的方式为你的国王效力了。"

丽贝卡·罗恩娜·兰德尔

26　茶余饭后

维尔汉姆的夏季学年结束了，赫达·米塞弗、迪克·卡特和利文·帕金斯都已经修完课程，顺利毕业了，未来的一年，从利维保罗来的学生就只剩下丽贝卡和艾玛·简两个代表了。在利维斯顿帮表哥看家的迪莉娅·威克斯回到利维保罗小住了几天，为了庆祝这个难得的聚会，罗宾逊太太精心准备了一个小型的派对，派对的日子就选在草莓成熟的那一天，正好有一只大公鸡也到了非宰不可的时候。罗宾逊太太把事情的前因后果给丈夫讲了一遍，还要求丈夫到仓库里木匠用的桌椅上吃晚饭，因为这是一个女士们讨论女人事务的派对，男人必须回避回避。

"好吧，这对我来说也没有什么损失。"罗宾逊先生说道，"给我盛些豆子就行了，别的我都不要。那只公鸡已经老到非宰不可了，我可不想吃它的肉，让别人去吃吧！"

一年之中，罗宾逊太太只招待一两次客人，而每次待客之后，她都会心神不宁，骄傲和吝啬在她的内心进行着激烈的斗争，好几天后，她的心情才能平静下来。为了保持自己在社区里的地位，她必须得把派对开得体体面面，然而不可避免的奢侈浪费又让她痛苦不堪，这种痛苦从开始做那块印着大理石花纹的蛋糕时就伴随着她，一直到丰盛的饭菜摆上桌子也不肯离去。

一大早，那只大公鸡就被放进锅里用慢火煮着，可是它的抵抗能力非常强，到了晚饭时刻，它的外形仍然和刚刚放进水里的时候一样又硬又结实。

"看来它是决不认输了！"爱丽丝一边紧张地揭开锅盖，一边说，"它看上去活像个稻草人。"

"等会儿我用锋利的刀切开它的时候，看它还认不认输。"罗宾逊太太回答说，"至于它的外表嘛，等一会我用满满一盘子肉汁浇到它身上，这样就看不出来它是只老公鸡了，我再在边上摆些水果布丁，虽然水果布丁不适合放在煮熟的鸡肉上，不过很管用的。"

这只被水果布丁包围的大公鸡一亮相就给大家留下了很深的印象，当爱丽丝把这盘菜端上来时，大家简直赞不绝口。可惜，当女士们开始啃咬这只家禽的时候，此起彼伏的赞叹声立即戛然而止了。

"我真高兴，你能回来参加赫达的毕业典礼，迪莉娅，"米塞弗太太一边说，一边坐在桌脚边帮忙处理那只鸡，而此时，罗宾逊太太正坐在桌子的另一边帮大家倒咖啡。米塞弗太太和赫达真是天生的母女俩，她是利维保罗最时尚的人了，她一生中最喜欢的两件事情就是虚弱的身体和漂亮的衣服。据大家谣传，她前额上精心制作的卷曲刘海儿整整花了五美元，而且她每年还要跑两趟波特兰，重新卷曲并修整刘海儿。当然，对于这样的谣传，人们是很难辨别背后的真相的，认真负责的历史学家总是喜欢告诫那些轻信的读者，不要相信看似真理的东西，有时候，它是对真理最过分的歪曲。至于说米塞弗太太的现状，早些年的时候，你有没有慕名到最舒适的烹调协会去看她的手艺，当她熟练地做出精美可口的姜饼的时候，你有没有恋恋不舍，不忍离开厨房那摆满美味的桌子？也许那时候，她比现在和蔼可亲得多，她会用生面团为你做一个女士，用她那把切糕点的刀子熟练地刻画出女人的轮廓，然后，在轮廓上贴点人的一些特征，比如在头上面按进去两只黑醋栗做眼睛——就大功告成了。只要一想起那个甜姜饼女士，你的脑海就会立即浮现出赫达母亲的形象来——彼得·米塞弗太太，大家都这么叫她，当然，她还有几个别的称号。

"你喜欢赫达的裙子吗，迪莉娅？"她一边说，一边把黑玉手镯上的皮筋拽得啪啪响，一副令人生厌的样子。

"我觉得那裙子是我见到的最漂亮的了，"迪莉娅回答说，"而且，我觉得她写的作文也是一流的。那篇作文是所有作文中最有趣的，她读自己作文的时候，声音洪亮，吐字清晰，我们听得一字不落，大部分女孩子吐字都不清楚，好像嘴里含了一块布丁似的。"

"那篇作文是她为参加亚当·拉德的大奖赛而写的，"米塞弗太太解释说，"大家都说，如果换个题目的话，她就应该得第一，而不应该只是第四。大奖赛的评选委员会由三个牧师和三个执事组成，他们当然会选择严肃的作文得第一，赫达的作文那么生动有趣，当然不和他们的胃口了！"

　　一直以来，赫达最感兴趣的话题就是男孩子了，她当然拥有足够的知识和经验，而这些知识和经验使她写起作文来得心应手。她的作文在那些喜欢低俗笑话和隐喻的读者中广受欢迎。但是，从纯文学的角度看，她的作文的确不敢恭维。

　　"丽贝卡的作文没有当着大家的面读出来，但是同样得了大奖的那个男生却读了自己的作文，这是怎么回事啊？"罗宾逊太太问道。

　　"那是因为丽贝卡不是毕业生，"科博太太解释说，"所以不能参加朗读。不过她的作文会在校报上登出来的，和那个得大奖的男生赫伯特·邓恩的作文放在一起。"

　　"这倒是个不错的消息，我一定要亲眼看看她的作文，因为我不相信她会比赫达写得好，我总觉得这个大奖应该发给高年级的学生。"

　　"哦，你弄错了，米塞弗太太，拉德先生的这个奖励是针对两个年级所有参赛同学的，大奖怎么能够只给高年级的学生呢？"罗宾逊太太争辩说，"他们说，当时他们邀请拉德先生上台颁奖，请了三番五次，他就是不同意。你们不觉得奇怪吗，他那么富有，全国各地他都跑遍了，怎么上台颁个奖还那么不好意思。"

　　"我的赫达干这个没问题，她要是上台，从容得连眼睛也不会眨的。"米塞弗太太沾沾自喜地说道，在座的客人似乎没有一个人愿意就这个话题与她争论。

"不过，事情还算比较圆满，州长正好要去参加他侄女的毕业典礼，所以请他颁奖最好不过了。"迪莉娅·威克斯说道，"我的天哪！他看上去真是优雅极了！很多人都说他只有六英尺高，可是我觉得他有十六英尺那么高大，当然，他的讲话也非常成功。"

"你们有没有注意看丽贝卡呀？当时她和赫伯特·邓恩站在一起，州长表扬他们的时候，她的脸色是煞白的，她的浑身在颤抖。州长一定也读了丽贝卡的作文，因为他给索亚姐妹写了封信，信上还提到了文章的内容。"科博太太一向都是支持和同情丽贝卡的。

"我觉得州长这么做有点愚蠢，丽贝卡又不是毕业生，他却对她这么重视，"米塞弗太太反驳说，"他把手放在丽贝卡头上，还做了一些别的动作，好像他是罗马教皇正在宣布祝福似的。不过还好！无论如何，我还是很高兴，因为大奖被我们利维保罗的学生拿到了，这可是维尔汉姆有史以来的最高奖项了。我猜想，亚当·拉德一定是钱多得没法数。五十美元可不是个小数目，可他偏偏要把这么多钱送给几个小孩子。"

"可惜，我坐得太远了，看不清楚台上的情况。"迪莉娅抱怨地说，"现在，丽贝卡肯定已经把她的那笔钱带回家给她妈妈了吧。"

"丽贝卡的钱是放在一个金色的网袋里，上面还有一条链子，"帕金斯太太向大家描述着，"网袋里装了五个十元面值的金币。赫伯特·邓恩的奖金放在一个精美的皮钱包里。"

"丽贝卡这次打算回农场住多久？"迪莉娅问道。

"可能要等到汉娜办完婚礼，然后再等家里恢复正常秩序以后吧。"帕金斯太太回答说。

"好像汉娜很久以前就着急要出嫁了。奥蕾莉亚坚决反对汉娜在丽贝卡上学期间离开，但是，汉娜倔得像头驴，她不顾她妈妈的感受，依旧我行我素。一年前她就开始准备嫁妆了，整天裁裁剪剪的，尽管她用的粗棉布是那么难看，她却视而不见，仍然每天忙着做不同的针脚，打不同的褶皱，缝不同的花边。你们听没听说过她缝的一条棉被？那是一条白色的棉被，她在被子中间用顶针背部缝了一大串葡萄。在葡萄周围，又缝了一大圈圆花边，那些花边足足有线轴那么粗大。再外面的一层花边缝得有雪利酒杯那么大，最后一圈花边有葡萄酒杯那么大，所有花边的外围用结实的针脚缝成一排一排笔直的线。她还打算把这条被子拿到县里的集市上去展览呢。"

"她最好把缝纫手艺练练好，为家里赚点钱，总比这么愚蠢地缝床罩把眼睛弄瞎了好吧。"科博太太说道，"还有一件事情，你们知道吗，那笔抵押贷款要被提前收回了，也就是说，太阳溪农场要被收走了，这样的话兰德尔太太和她的孩子们就要无家可归了。"

"他们不是说新修的铁路很有可能会穿过兰德尔家的农场吗？"罗宾逊太太问道，"如果这样的话，她就会得到比农场收入多得多的补偿金。亚当·拉德是董事会的成员，只要他出马，没有办不成的事情。八月份的时候，他们就开始为这件事情争吵，但是，我才不管呢，只要拉德先生认为他是正确的，我就要支持他。"

"这回丽贝卡可以穿上几件好衣服了，"迪莉娅说道，"大家都觉得她没有什么好衣服。我感觉索亚姐妹越来越小气了！"

"丽贝卡绝对不会用大奖赛的钱买衣服穿的，"帕金斯太太说，"因为得奖的第二天，她就把那笔钱寄回家让妈妈还贷款的利息了。"

"可怜的小女孩儿！"迪莉娅·威克斯大声慨叹道。

"她既可以用这笔钱帮助家里人，也可以把它胡乱花掉，"罗宾逊太太说道，"我觉得她能够把这笔钱寄给家里还债已经很不简单了，其实，她也可以像其他兰德尔家族的人那样，对于他们那个家族的人来说，钱来得容易，去得也快。"

"兰德尔家族的人的确不好，可索亚家族的人也让人一言难尽，"帕金斯太太针锋相对地说，"好像这世界上除了省钱，就没有她们喜欢干的事情，自从上次米兰达休克以后，她们好像更吝啬了。"

"我不相信那是休克，因为休克以后她不可能再站起来，也不可能还像现在那样头脑清楚。我们家族里有三个人休克过，那恐怕是方圆一带最严重的休克了，所以我对休克的症状了解得一清二楚，甚至比医生还懂得多呢。"彼得·米塞弗太太很在行地摇着头说道。

"米兰达的头脑的确很清楚，"科博太太说道，"但是，你也注意到了，她现在整天待在家里，比以前更不喜欢说话了。而且，我也看出来了，丽贝卡获得这么高的奖励，她也没有流露出一点骄傲的神情，倒是杰里米亚差点被这天大的好事给乐疯了。州长和丽贝卡握手的时候，他竟然挥舞着自己的破草帽，大声喊着'万岁'，我当时差点没有被他羞死。所幸的是，他不能走进教堂，只能远远地站在门口，要不然的话，他一定要出什么怪洋相的。我怀疑——"她说到这里的时候，所有的女士都放下了手里的刀叉，挺直腰板等着下文，"我怀疑索亚姐妹赔了一大笔钱。她们两个根本就不懂做生意，而米兰达又总是固执己见、守口如瓶，从来不听别人的劝告。"

"我常常听别人说，她们家最大的收入是政府的债券，这种债券是不会让她们赔本的。况且，简有她父亲留下来的一片树林，米兰达有祖传的砖房子，她们的日子应该过得挺好的。也许，她是不甘心丽贝卡的五十美元被抵押贷款活活吞掉吧，她肯定希望用那笔钱给丽贝卡交学费呢。我越想，就越觉得这件事情不对劲儿，我觉得亚当·拉德设立这个奖项，明摆着就是要让丽贝卡得的。"赫达的母亲心头不禁一冷，她觉得自己女儿的权利遭到了践踏。

"天哪，米塞弗太太，你在说什么傻话！"帕金斯太太大声嚷着说，"难道拉德先生提前就知道评选委员会会选谁的文章吗？如果照你说的，他根本就不是为了帮助学校和学生的话，他为什么还要给那个男生发五十美元的奖金呢？五年来，每当他给丽贝卡买圣诞礼物的时候，他都会给艾玛·简也买上同样的一份，他就是这么做事情的。"

"总有一天，他会忘记她们中的一个而只给另一个送礼物，或者干脆就把她们两个都忘了，去给别的女孩子送礼物！"迪莉娅·威克斯说道，她有五十年的单身经验，对男人的见解当然也很多。

"十有八九会这样，"彼得·米塞弗太太很赞同她的观点，"虽然显而易见，他不是那种打算要结婚的人。有一种男人，如果他们的妻子死得足够快的话，他们可以一年结一次婚，还有一种男人，他们好像打算一辈子独身。"

"我的亲戚们说，如果拉德先生是个一夫多妻主义者，他可以娶北利维保罗所有的适龄女孩做太太。"帕金斯太太引用自己表妹们的话说道。

"北利维保罗的女孩子对他可能没有多少吸引力，"罗宾逊太太评论说，"因为波士顿也有女孩可以供他选择。不过，我觉得米塞弗太太说得有道理，他好像不是那种打算要结婚的男人。"

"我不会相信有人打算独身一辈子，不过是他们还没有找到自己的意中人罢了！"科博太太大笑着说，"你永远也说不准到底是谁用什么可以讨得他们的欢心。你们还记得杰里米亚养的那匹性情暴烈的小马吗？它不允许任何人给它的嘴里放马嚼子，每次它都拼命反抗。它和杰里斗争过，也和我斗争过，每次都要等到筋疲力尽它才让步。丽贝卡一点儿也不了解这匹马的脾气，有一天，她去马棚套马车。我知道那匹小马一定会反抗的，所以就紧紧地跟在她后面。我的天哪，我简直不敢相信眼前的一切。她拍了拍那匹马的鼻子，和它说了几句话，然后就把自己的小手伸进马嘴里，那匹马张开大嘴，我当时吓坏了，以为它要把那只小手吞下去呢！谁知道它竟然对着马嚼子咂了咂嘴，好像那是一块蜜糖似的。'天哪，丽贝卡，'我问她，'你是怎么说服它戴上马嚼子的?''我没有说服它呀，'她回答说，'它好像自己想戴上马嚼子，因为它觉得马厩里太无聊了，它想到外面呼吸呼吸新鲜空气。'"

27　美好的前景

　　转眼，利维保罗的女士们茶余饭后的那次谈论已经过去一年了。亚当·拉德先生设立的大奖赛也已经成为了历史。日子来了又去，去了又来，丽贝卡梦寐以求的那一天终于要降临了——这是她期待了五年的日子，也是她短暂的人生旅途中第一个要实现的目标。学校生活即将结束，被学生们称作"毕业典礼"的神秘仪式也即将举行，缓缓从东方升起的太阳也似乎预示着这个不同寻常的日子的到来。丽贝卡悄悄地从床上爬起来，蹑手蹑脚地走到窗前，打开百叶窗，迎接窗外玫瑰色的光芒，这是一个万里无云的大晴天。不知怎么的，丽贝卡觉得今天的太阳看上去都不同寻常了，它显得那么大，那么红，那么重要。就算太阳真的与平时有什么不同的话，沉浸在激动和喜悦中的毕业班同学，恐怕也没有人会觉得奇怪或者不对劲儿。艾玛·简的头在枕头上动了动，也醒了。她看见丽贝卡站在窗前，于是也走过来，跪坐在她身边的地板上。"今天一定是个快乐的日子！"她感慨地叹了口气，"我真的要感谢上帝，我的精神终于可以解脱了！昨晚你睡着了吗？"

"没怎么睡得好，我脑子里一直萦绕着课堂上写过的那首诗，还有歌曲的伴奏。最糟糕的是，苏格兰玛丽女皇的祈祷文是用拉丁语写的，读起来好像是这样的：

　　爱情，渴望，
　　请来释放我！

这些话一直深印在我的脑子里。"

不熟悉宁静的乡村生活的人，一定想象不出毕业典礼在人们生活中的那份庄严、肃穆和重要性。就事先的筹备、投入的金钱和大家的兴奋程度而言，毕业典礼远远超过了一场婚礼。因为婚礼不过是乡下一件极其简单的平常事，有的时候，一场婚礼就是去牧师那里接受祈祷而已。对于毕业生自己、他们的家人和那些低年级的学生而言，除了州长在州议会大厦前宣誓就职以外，没有哪件事情能够和毕业典礼相提并论。一年一度的这一天，整个维尔汉姆都沸腾了。无论是学生的父母亲，还是所有的远房亲戚，大家一大早就纷纷乘坐火车或者亲自驾车赶往维尔汉姆这个小镇。已经毕业的老校友们，无论结过婚的，还是没成家的，也都从四面八方拥入这个古老的村庄。镇上的车马出租所里挤满了各种各样的交通工具，一排排的轻便马车和小推车停放在林荫路边，车前的马儿百无聊赖地摇晃着尾巴。街头的人们都穿着自己最漂亮的衣服，衣服的风格各具特色，不仅有"最新流行"的衣服，也有往日最有纪念意义的旧衣服。参加毕业典礼的人可谓是三教九流，因为学生的家长有的是杂货店老板，也有的是律师，还有的是屠夫，更有的是医生、鞋匠、教授、牧师和农民。他们的子女有的是寄宿生，也有的是走读生，他们都要在今天结束自己在维尔汉姆的学习生涯。在神学院的主楼里，极度的兴奋化作了一种不同寻常的寂静和肃穆，生命似乎在这一刻停止了运转，大家期待已久的关键时刻即将到来了。即将毕业的女同学正坐在自己的宿舍里，她们穿得整整齐齐，一丝不苟，好像她们过去的人生才刚刚拉开了序幕而已。她们身体上的装扮的确是非常整洁的，但是她们的头部却是另外一种景象，由于那天天气非常酷热，每个人的脸上都被石墨、彩纸和各种各样的小编织物装饰着，各人梳理着的不同的发型，种类几乎囊括了那个时期女孩子们见过的所有鬈发。把头发用石墨和彩纸卷起来可以做出自己理想的发型，这也是女孩子们非常喜欢的一种装饰方法，虽然这样做她们一个晚上也没法好好休息，但是，仍然有很多女孩子愿意为此付出代价。其他女孩子，由于血管里没有流淌这种"殉道者"的血液，所以只好用碎布条来代替石墨扎头发，这样的发型看上去虽然比较自然，但是却远远没有那么卷曲。然而，即使是最骄傲的脑袋也承受不住炎热天气的炙烤，很多人开始取下头上的线绳和卷头发用的别针，心急如焚的母亲们陪伴在女儿们身边，扇动着棕榈叶扇子，为女儿们降温。学校已经决定，一旦十点的钟声在镇上敲响，那个庄严的时刻就马上开始，而这些作茧自缚的女孩子们也就可以解脱束缚结束苦难了。

　　大部分学生都穿着印有花点、朴素简单的瑞士细薄布衣服，当然也有人浑身冒着热汗地穿着白色山羊绒衣服，因为她们认为在一些正式场合，穿这样的长袍更得体些。扎了蓝色和粉色腰带的女孩子忍不住把这些带子取下来搭在椅子背上，而那个佩戴了罗马肩带的女孩子则正在祈祷，后悔自己不该这么虚荣、这么骄傲。

　　毕业典礼前的一个月，丽贝卡才了解到原来毕业礼服是很讲究的。于是，在艾玛·简的陪同下，她来到帕金斯家的阁楼上，在一块块白色的奶油包布和粗棉布中找来找去，最后决定，就用那块粗棉布做衣服。这位"富有的铁匠的女儿"原来选的是印有圆点的瑞士薄布，此刻，她把自己的选择抛到了脑后，决定和丽贝卡一样选择粗布，在重大问题上，她总是站在丽贝卡的一边。她们立即设计出了衣服的样式，上面有绳结的图案、抽丝的花边、还有很多细褶皱，因为做这些需要很细的针脚和梭织花边，所以短时间里很难完成，于是，为了按时完工，她把衣服的各个部位分派给不同的人：腰带由汉娜完成，腰部和袖子由科博太太负责，裙子则由简姨妈来缝制。在这么粗糙的材料上缝制美丽的针脚虽然价格低廉，做成的衣服却非常漂亮，虽然衣服上有一些折痕和线条，但是这种美中不足已经被缎子和织锦给遮盖住了。

　　两个女孩子在她们自己的宿舍里等待着，艾玛·简的心里难过极了。她一直在想，这是她们两个亲密无间地度过的最后一个日子了。预示着结局的先兆已经开始了，因为一天前，莫里森先生为丽贝卡提供了两个工作职位：一个职位是，在一所寄宿学校里为音乐课和体操课伴奏，并且监督那些年轻的女孩子练习钢琴；另外一个职位是，到艾治伍德高中做助教，虽然两份职位的薪水都很低，但是，第一个职位在教育方面有优势，所以麦克斯维尔小姐觉得这个职位对丽贝卡更有价值些。

而丽贝卡的心情已经从开始时的兴奋不已，变成了现在的得意扬扬了，当走廊的第一声钟声敲响，宣布五分钟以后全体同学要一起去表演的时候，她把一只手放在心口上，默默无语、一动不动地站在窗前。

"这一刻就要到来了，艾玛，"稍停了片刻，她说，"你还记得吗？在《弗罗斯河上的磨坊》那本书里，当玛吉把童年的金色大门关在自己身后的时候，你想到了什么？我觉得自己几乎可以看见那晃动的门扇，听见叮叮当当的关门声，我真的不知道自己是该高兴还是该难过。"

"只要我能够和你站在一起，"艾玛·简说道，"我就不在乎门是晃动的，还是叮当作响的。但是，我们不可能在一起，我知道我们不可能在一起！"

"艾玛，不要再哭了，因为我已经快控制不住自己了！如果你也能和我一起毕业就好了，这是我唯一的遗憾！来了！我已经听到辘辘的车轮声了！大家马上要看到我们两个别出心裁的服装了！亲爱的艾玛，拥抱我，祝我好运吧！不过要小心点拥抱，因为我们的粗布衣服很不结实！"

十分钟以后，亚当·拉德来到主干道街上，他刚刚从波特兰赶到维尔汉姆，准备去教堂参加毕业典礼，突然，他在路边的树下停了下来，眼前的景象牢牢地吸引住了他，那是一幅他从来没有见过的画面，它生动、美丽而又可爱。由丽贝卡担任班长的那个班级是不大可能循规蹈矩的。其他班级都是两个人一排两个人一排地从学院走向教堂，而他们班却选择乘坐一辆大型的双轮马车去教堂。这辆马车被装饰得别具一格，马车上缠绕着绿色的常春藤和一束束长茎野雏菊，那可都是新英格兰草地上最可爱的特产了。车身的每一部分，包括辐条在内，都被黄色、绿色和白色的植物点缀着。双轮车由两匹白马驾驶，马的缰绳上也缠着整齐的鲜花，在鲜花做成的凉亭下，放着两根粗大的枫树枝，班上的十二个女同学就坐在那两根树枝上，而十个男同学则分成两组，行进在马车的两边，每个男同学的纽扣孔都插着一束雏菊，他们班的班花。

　　丽贝卡在前面赶车，她坐的长凳被绿色覆盖着，看上去就像国王的宝座。没有一个女孩子像她那样穿着白色的粗布衣服，也没有一个快乐的十七岁少女像她那么朴素。车上的十二个乡村女孩都坐在最显眼的位子上，她们个个都显得那么漂亮，六月的阳光透过树叶照在她们毫无遮拦的头顶上，人们看到的是她们明亮的眼睛，绯红的双颊，甜蜜的微笑和一个个醉人的酒窝。

　　亚当不由自主地摘下帽子，向这支美丽壮观的游行队伍致敬。丽贝卡高挑苗条的身材，若有所思的眉宇，朝气蓬勃、充满热情的笑脸，所有的这一切配上那两条乌黑的长辫，她简直就是亚当心目中年轻的女神或女预言家。而那辆点缀着鲜花的马车，配上车上那些花季的少女，正好构成了一幅颇有寓意的《生命的早晨》的画面。亚当站在乡村街道的榆树树荫下沉思着，这是他的母亲半个世纪前曾经走过的古老的街道啊。等马车消失在视线里，他也随着人流向教堂走去，这时候，他突然听到有人在低声抽泣。寻声望去，只见路边一个花园的栅栏门背后站着一个女孩，她标致的鼻子、棕色的头发和天蓝色的眼睛似曾相识。亚当走进栅栏门，对她说："你怎么啦，艾玛小姐？"

"哦，是你吗，拉德先生？丽贝卡不让我哭，怕我会毁了脸上化的妆容，但是，走进教堂之后我就没有机会哭了。脸色难看就难看吧，因为我只参加一个全校的大合唱，毕竟，我不是毕业生，我只是肄业而已！我对这些都不在乎，只是我永远也不能忍受和丽贝卡分开这个事实！"

亚当不住地安慰着郁郁寡欢的艾玛·简，两个人一边走一边聊，来到了那间古老的会议室，毕业典礼和文艺表演通常都是在这里举行的。会议室被黄色、绿色和白色三种颜色装饰一新，室内非常拥挤，空气又闷又热，让人透不过气来。而学生们表演的那些散文、歌曲和朗诵几乎每年都一模一样，好像从世界诞生那天起就没有更改过似的。人们不禁捏一把汗，担心年轻的誓词和宣言过于有力，其重量会把讲台压垮。当然，人们也不会太吹毛求疵，因为，只要看一眼这些朝气蓬勃的男孩子和女孩子，他们那么年轻、他们对未来充满了那么美好的憧憬，就足以消解所有的轻蔑和嘲笑。我们可能会对台上那些千篇一律的散文不断地打哈欠，但是我们的内心却依然欣赏那些写这些文章的学生们，因为他们的眼睛里闪耀着"美好的前景"，他们丝毫不惧怕未来日子里必然出现的"不可避免的枷锁"。

丽贝卡环视着观众席，她看到了汉娜和她的丈夫，她最亲爱的约翰老弟和安表姐也来了。虽然她知道母亲不可能来这里，但是，真的看不到她时，丽贝卡的心里仍然感到一阵痛楚。因为可怜的奥蕾莉亚不得不留在太阳溪照顾几个年幼的孩子，打理农场的事务，她也实在没有钱，买不起来维尔汉姆的车票，更买不起像样的衣服来出席这样的典礼。丽贝卡还看到了科博夫妇。的确，在场的人都会看到杰里叔叔的，因为他太激动了，不止一次地老泪纵横，每当表演间隙，他都要向周围的人介绍毕业生中的一个女孩子，说她有非凡的才能，还说他是看着她长大的。他还说，当年这个女孩子走出家门，正是坐着他的马车从美坡伍德来到利维保罗的，他当天晚上就告诉自己的太太，这个孩子将来一定会出大名、干大事的。

除了科博夫妇，还有几张熟悉的面孔也来自利维保罗，但是，简姨妈在哪里呢？她应该穿着自己特意为这个庆典缝制的那套黑色丝绸衣服站在那里呀！丽贝卡心里很清楚，米兰达姨妈本来就没有打算来这里，可是，在这非同寻常的日子里，她最亲爱的简姨妈又到哪里去了呢？不过，和其他想法一样，这个疑虑在她头脑中也只是一闪而过，因为整个早晨就像一系列的幻灯片，在她的眼前来了又去，去了又来。她演奏了钢琴，还唱了歌曲，又朗诵了玛丽女王的拉丁文祈祷词，一切恍如梦中，直到读最后一句话的时候，她的眼睛与阿拉丁先生的眼睛不期而遇，这时，她才恢复了意识，回到了现实中。最后一个节目，是她代表全班朗诵一首诗——《明天的创造者》。在以前的很多场合里，丽贝卡的表现都非常出色，而这一次自然也毫不例外，她俨然是在表达一种米尔顿式的情感，而不是在朗诵一首女学生的习作。她的声音里，她的眼睛里，她的身体里，无处不散发出一种信念，一种执著，一种激情。当她朗诵完毕，走下讲台的时候，听众们都觉得他们听到的是一首大师的杰作。大部分听众都不知道卡莱尔和爱默生是谁，否则的话，他们一定会立即想起这两位老前辈说过的话：一句是，"当我们把一首诗读懂了的时候，我们也就是诗人了"；另外一句是，"好书是好读者读出来的"。

　　一切都结束了！毕业证书已经颁发了，每个女孩子都要先偷偷理理自己的头发，小心翼翼地拽平薄布裙子，细心地整理好自己的腰带，然后才走上前去，弯腰鞠躬接过那卷羊皮纸，这是她们向往了好几个星期的毕业证书啊。每个毕业生走上台时，观众都会为她报以热烈的掌声。当丽贝卡上台领取毕业证书时，杰里米亚·科博的举动更是不同寻常，以至于事后的好几天，维尔汉姆和利维保罗的人们还在谈论这件事情呢。老韦伯太太向大家证明，科博先生把她的长凳都坐坏了——包括凳子上的毯子、垫子和木头等等全坏了——这是她坐了四十年都没有坏的凳子。是的，一切都结束了，当人群渐渐散开的时候，亚当·拉德向讲台走去。正在和几个陌生人聊天的丽贝卡立即转身到走廊来迎接他。"哦，阿拉丁先生，我真的好高兴你能来这里！告诉我——"她有点害羞地看着他，因为他的赞扬对她来说特别珍贵，当然相对于别人的夸奖来说，丽贝卡要赢得他的赞扬也更难一些"——告诉我，阿拉丁先生，你满意吗？"

"不只是满意！"他说道，"我很高兴自己曾经遇到这个女孩，我很骄傲自己现在认识这个女生，我更期待将来能遇见这位女士！"

28 不可避免的枷锁

听到自己心目中的英雄，这么不惜用词地表扬自己，丽贝卡的心不禁狂跳起来，她正想着用什么话来感谢拉德，这时候，在角落里耐心等了很久的科博夫妇迎了上来，丽贝卡连忙把他们介绍给了拉德先生。

"简姨妈，简姨妈到底在哪里呀？"她一边拉着萨拉阿姨的手，一边拉着杰里叔叔的手，急得都哭了。

"我很遗憾，亲爱的，但是我要告诉你一个不好的消息。"

"米兰达姨妈的病情又加重了吗？一定是的，你们的表情已经告诉我了。"丽贝卡说这话的时候，脸色已经变得苍白了。

"昨天早上，她帮助简打理行装，准备参加今天的典礼，这时候她又一次休克了。简一再叮咛我，要我在毕业典礼结束以后再把这件事情告诉你，我们也答应她一定要把这个秘密保守到现在。"

"那我现在马上就和你一起回家，萨拉阿姨。不过我得先跑去给麦克斯维尔小姐解释一下，因为我原来打算明天收拾好行李后，就和她一起去布朗斯维克。可怜的米兰达姨妈！今天一天我觉得好快乐好幸福啊，只可惜，我没有见到简姨妈和我妈妈。"

"你开心快乐没有什么不对的，亲爱的，这也是简姨妈想要看到的。米兰达姨妈现在又能说话了，简姨妈刚刚寄来一封信，说她已经好多了，所以你不用这么着急回家。我打算今天晚上就出发了，你还可以在这里多留一天，晚上好好睡一觉，明天再整理自己的东西吧。"

"我会帮你把箱子整理好的，亲爱的贝基，我还会把我们两个房间的所有东西都收拾好的。"艾玛·简说道，她刚刚到这里，就听到了来自砖房子的不幸的消息。

他们来到侧面一排安静的座椅旁，汉娜和她的丈夫，还有约翰正在这里等着丽贝卡呢。谈话期间，不时有一些零散的熟人和老校友前来向丽贝卡表示祝贺，还问她为什么要躲到角落不肯见他们。时不时的也有一些同班同学会兴奋地过来喊她的名字，提醒她明天的野餐不要迟到，或者恳求她早点来参加晚上的班级派对。丽贝卡觉得所有的这一切都显得那么不真实，好像在梦里一般。在最后这幸福快乐、激动人心的两天里，当那些"令人脸红的荣誉"不断降临到她的头上的时候，当那天早晨，她得意扬扬地应对一切的时候，她的心头一直有这样一个感觉：这一切的美好都将转瞬即逝，而那些沉重的负担，痛苦的挣扎，磨人的焦虑很快又要向她逼近了。她多么希望能和自己亲爱的老弟约翰一起偷偷溜进树林里，从这个英俊而又有男子汉气概的弟弟身上得到一些安慰。

与此同时，亚当·拉德和科博先生也正聊得热火朝天。

　　"我猜想，在波士顿那样的大城市，像她那样的女孩应该多得像黑莓一样吧？"杰里叔叔一边说，一边把头朝着丽贝卡的方向扭了扭。

　　"也许吧，"亚当笑着回答，他完全理解这位老人的意思，"只是我碰巧一个也不认识。"

　　"也许是我的眼力不好，我觉得她是今天舞台上最漂亮的女孩子了，你觉得是吗？"

　　"我的眼光应该没有问题，"亚当回答说，"但是，我觉得事实好像恰恰如此！"

　　"你觉得她的声音怎么样？有没有什么特别的地方？"

　　"我觉得，与她的声音相比，别人的声音显得黯然失色。"

　　"太好了，我很高兴听到你的评价，你是个见多识广的人，你说的肯定没错。妈妈总是说，我一说起丽贝卡就会犯傻，从我见到她的第一天起妈妈就这样说。妈妈还责怪我，说我把丽贝卡给惯坏了，但是，你看看她，她对丽贝卡比我还要宠爱呢。天哪！想想别的孩子的父母亲，他们从那么老远的地方赶到这里观看他们孩子的毕业表演，可是，和丽贝卡一比，他们的孩子算什么？我都替他们失望。好了，再见吧，拉德先生，有空到利维保罗来的话，顺便到我们家坐坐。"

　　"我一定会去的，"亚当一边说，一边真诚地与老人握手告别，"也许明天，我会驾车送丽贝卡回家，到时候我就去拜访你们。你觉得索亚小姐的病情严重吗？"

"这个嘛，她的病情连医生也说不准。但是，不管怎么说，她现在已经瘫痪了，再也不能站起来走路了，可怜的人啊！不过，她现在又能说话了，这对她多少是个安慰吧。"

亚当离开了教堂，穿过学校时，他看见了人群中的麦克斯维尔小姐，她正在一群群陌生人和嘉宾之间穿行，向他们一一点头致意。亚当知道她很关注丽贝卡的情况，所以就把她叫到一旁，给她讲了自己刚刚得到的消息，还告诉她丽贝卡第二天要离开维尔汉姆回利维保罗。

"这简直太不可思议了！"麦克斯维尔小姐惊讶地大叫一声，坐在一张长凳上，不住地用她的遮阳伞刺戳着绿草地。"这么说来，丽贝卡别想有什么喘息的时间了。为了她能够适应新的工作岗位，我给她下个月制定了很多计划。现在看来她又得回家做家务活儿了，去照顾那个可怜的、病秧秧的、脾气古怪的老姨妈。"

"可是，如果没有这个脾气古怪的老姨妈，丽贝卡现在也许还在太阳溪农场干农活儿呢。无论是从接受教育方面，还是在别的任何方面，她都不会像现在这样出众，她也许还是偏远地方的一个无名小卒呢。"亚当反驳了麦克斯维尔小姐的观点。

"你说得也对，我刚才是气急了才那么说的，因为我本来以为轻松快乐的日子就要降临到丽贝卡头上了，要知道，她就是我的天才、我的珍珠。"

"她是我们两个人的天才和珍珠吧。"亚当纠正道。

"哦，是的！"她笑了起来，"我总是忘了这一点，你就喜欢说是你自己先发现丽贝卡的。"

"不管怎么样，我相信，轻松快乐的日子就要降临到她的头上了，"亚当继续说道，"这件事情目前还是个秘密：兰德尔太太的农场马上就要被买下来修建铁路了。因为我们董事会必须拥有通行权，所以要在她家的土地上建一座火车站。兰德尔太太因此会得到六千美元的补偿，当然，这也算不上一笔大财产。不过，如果她允许我帮她投资的话，这笔钱每年可以给她带来三百到四百美元的利润。农场上还有一笔抵押贷款，还清贷款以后，丽贝卡就可以自食其力了，她的母亲也可以让自己的大儿子去接受教育了，那是一个非常优秀、很有抱负的小伙子。他应该从农场的劳动中解脱出来，去完成自己的学业。"

"看来我们两个可以成立一个'兰德尔家族保护有限公司'了。"麦克斯维尔小姐若有所思地说道，"我必须承认，我希望丽贝卡能有自己的事业。"

"我可不希望这样。"亚当立刻说出了自己的观点。

"你当然不希望她有事业了，男人对女人的事业通常都不会感兴趣的！但是，我比你更了解丽贝卡。"

"你也许更了解她的思想，但是，你不一定了解她的心。你把她当做一个天才，而我则把她看成是一颗珍珠。"

"好啦，"麦克斯维尔小姐叹了口气，开玩笑地说，"不管是天才还是珍珠，'兰德尔家族保护有限公司'好像要把丽贝卡推向两个相反的方向似的。但是，无论如何，丽贝卡会跟着自己心中的圣人走的。"

"这句话说得让我满意。"亚当严肃地说道。

"当她的圣人朝着你招手的时候，你会更满意吧。"麦克斯维尔小姐抬眼看着他，逗笑说。

丽贝卡回到砖房子已经几天了，却一直没能见上米兰达姨妈一面。在脸色恢复正常以前，米兰达只让简一个人进自己的屋子，她不许任何人到她身边来看望她。不过，她的房门却总是半开着，简猜想，她也许想听到丽贝卡那迅速而轻盈的脚步声吧。现在，她的神智非常清楚，除了身体不能移动让她痛苦以外，大部分时间她都感觉很好，她身上的每根神经又都恢复了往日的灵敏，开始关注起家里家外大大小小的一切事务了。"被风吹落的苹果有没有捡起来啊，它们可以做成果酱吃；玉米种子有没有播撒呀；他们是不是在收割坡地上的庄稼啊；他们有没有把粘蝇纸扔得满地都是啊；牛奶里有没有蚂蚁啊；烧火的木柴够不够用啊；银行有没有把利息送过来啊？"

可怜的米兰达·索亚！徘徊在生与死的边缘——她的身体已经被击垮了，不再受她顽强的意志所支配了——她疲倦的大脑里再也浮现不出什么神圣的景象了，余下的只是那些微不足道的小事情和不足挂齿的小麻烦。即使上帝近在眼前，一个人的灵魂也不可能和他对话。

如果一个人从来没有学过天国的语言，他也会很快理解这种语言的，只要他的心灵世界能够意识到自己有必要学习它就够了，接着，这个可怜的灵魂就必须使用这些自己赖以生存和逐渐适应的单词和短语。可怜的米兰达小姐！她被牢牢地锁在自己性格筑成的监狱里，她看不到人生的出路在哪里，因为她从来不曾使用过自己心灵的眼睛，她也听不到天使的声音，因为她从来不曾使用过自己心灵的耳朵。

终于有一天，她说想见见丽贝卡。阴暗的病房门打开了，丽贝卡站在门口，背后是一片金色的阳光，她的手里捧着一大束麝香豌豆花。米兰达苍白、消瘦的脸贴在枕头上，在睡帽的映衬下，她的脸色显得格外憔悴，她的身体在被子下面，一动也不能动。

"进来吧，"她说道，"我还没有死呢！可别让那些花把床弄乱了，好不好？"

"哦，不会的！我会把它们插到一个玻璃大水罐里。"丽贝卡一边说，一边把脸转向脸盆架，她竭力控制住自己颤抖的声音，阻止自己涌出的眼泪流出来。

"让我好好看看你，到我身边来吧。你现在穿的是什么衣服？"老姨妈用沙哑而虚弱的声音问道。

"我穿的那件蓝色印花棉布裙。"

"你的那件羊绒衣服有没有褪色？"

"没有，米兰达姨妈。"

"你是不是像我教你的那样，把它里子朝外挂在没有光线的衣橱里？"

"我一直都是这么做的。"

"你妈妈把果冻做好了吗？"

"她没有告诉我这件事。"

"她总是这个样子，写信只讲一堆废话，从来不提重要的事情。自打我生病以后，马克又把哪里摔伤了？"

"哪儿也没有摔伤，米兰达姨妈。"

"怎么会呢？他到底怎么啦？是不是最近变懒了，不干活儿啦？约翰现在怎么样？"

"他将来一定是我们兄弟姐妹中最有出息的一个。"

"我希望你不要把厨房里的东西弄得乱七八糟，我现在是不能去那里了。你每次是不是都把咖啡壶烫过了？用完以后，你是不是把它颠倒着放在螺旋台板上？"

"是的，米兰达姨妈。"

"你总是用'是的'来回答我，简也总是用'是的'来回答我。"米兰达一边抱怨，一边努力地挪动着自己僵硬的身体，"但是，别看我这段时间一直躺在这里，我知道你们很多事情都没有按我说的去做。"

沉默了好一阵子，丽贝卡静静地坐在姨妈的床边，羞怯地抚摩姨妈的手，看着姨妈憔悴的脸庞，看着她紧闭的双眼，丽贝卡又心疼又难过。

"让你在毕业典礼上穿粗布衣服，我简直羞愧得要死，丽贝卡，但是我一点儿也没有别的办法。将来你会了解这一切背后的原因的，你也会明白我是怎样尽力弥补这一切的。我真担心你会成为别人眼里的笑柄！"

"怎么会呢，"丽贝卡回答说，"他们不但没有笑话我，相反，很多人还说我们的衣服是最漂亮的呢，我们的布料看上去像是柔软的蕾丝制品。你一点儿也不用为这件事情担忧。现在，我已经长大成人了，也从学校毕业了——在我们班的二十二个同学中，我的成绩排名第三，米兰达姨妈，而且我面前已经有几个很好的职位供我选择。你看看我，又高又大，又强壮，又年轻，我已经做好一切准备要踏入社会，要把你和简姨妈教给我的本领展示给他们看。如果你想让我离你近点，我就选择艾治伍德高中的那份工作，这样我每天晚上和星期天都可以回家来帮忙；如果你的身体好些了，我就去奥古斯塔，因为那里给的薪水比这里多一百美元，还有音乐课和别的一些福利。"

"你一定得听我的话，"米兰达声音颤抖着说，"不要考虑我的身体，就选那个最好的职位。我真希望自己能够活得长些，能够看到你把农场的抵押贷款还清，但是，我猜我恐怕等不到那一天了。"

说到这里，她突然停了下来，几个星期以来，她还从来没有说过这么多话呢。丽贝卡悄悄地从姨妈的房间里溜出来，忍不住一个人哭出了声。她不明白为什么人的年龄一旦进入老龄的峡谷，命运就会变得这么残酷、这么无情、这么苦涩、这么难耐。

日子一天天过去了，米兰达的身体也一天比一天好了起来，她的意志似乎是攻无不破的，没过多久，她就可以在别人的帮助下，从床上挪到窗户旁边的椅子上了，她坚定的信念带来了显著的治疗效果。原来，医生每天都得来观察一次她的病情，现在，医生每个星期最多才来一次。这样，治疗的费用就大大减少了，原来的治疗费累积起来已经是个不小的数目了，这个数目一直萦绕在米兰达的脑子里，弄得她饭也吃不香，觉也睡不好。

渐渐的，丽贝卡的心头又恢复了往日的希望。简姨妈也开始帮她浆洗手帕、衣领和那条紫色的棉布裙，这样，一旦医生宣布米兰达脱离危险步入康复期，丽贝卡就可以马上起程和麦克斯维尔小姐一起去布朗斯维克了。如果她八月份能够到达那里的话，一切美好的事情都可能会发生——只要是心里想得到的，只要是想象力能勾画出来的一切愿望都可以实现，因为她将会是艾米丽小姐唯一的客人，她将有机会与许多大学教授和杰出人士一起用餐。

盼望已久的这一天终于降临了，毛织箱子里摆放了几件清洗干净、式样简单的衣服，还放了她最心爱的珊瑚项链，她毕业典礼上穿的那套粗布衣服，她的班徽，简姨妈帮她缝制的蕾丝披肩，还有一顶新买的帽子——这是她唯一的新帽子，每天晚上睡觉前她都要把帽子拿出来试戴一次。这顶帽子的样子像个花环，由廉价的白色玫瑰和绿叶编织而成，是丽贝卡花了两三块钱买来的，也是她绝无仅有的一次大投资。这顶美丽的帽子和她的睡裙搭配起来实在是光彩夺目，但是丽贝卡觉得，要是和自己那套毕业礼服搭配起来，效果一定会更好，即使是那些德高望重的教授们也会对它赞不绝口的。的确，如果哪个教授有幸，能够看到白玫瑰花环下面那双深色的、闪闪发光的大眼睛的话，他一定会停下脚步，细细端详的！

一切收拾停当，热心的阿毕加·弗莱格站在门口，准备帮助丽贝卡搬运行李，突然，有人送来一封汉娜发来的电报："母亲遭意外。速回。"

一小时之内，丽贝卡就起程赶往太阳溪，一路上，她的心里怦怦直跳，不知道在行程的终点，等待她的将会是什么。

所幸的是，等待她的还不是死亡，只是当初很有这个可能罢了。据大家描述，她的母亲当时正站在干草垛上指挥别人改造谷仓，突然感到一阵眩晕，接着就从干草垛上滑了下来。右腿的膝盖骨摔断了，后背也拉伤了，但是她的神智一直都很清醒，而且现在也已经脱离了危险。丽贝卡赶紧抽空写了封信，向简姨妈详细地介绍了这些情况，并要她们放心。

"我真弄不明白怎么会这样，"米兰达抱怨说，她那天一天都没有坐起来，"不过，自幼好像就是这样，只有当奥蕾莉亚生病的时候，我才有机会在床上躺一会。我不知道她怎么会从干草垛上掉下来——那可不是一个女人应该待的地方。不过，她要是不从那儿摔下来，也许又会出什么别的事情。奥蕾莉亚天生就是个倒霉蛋儿。现在可好，她要是变成了瘸子，丽贝卡就得忙着照顾她，当然就没有机会到别的地方去赚很高的薪水了。"

"她首要的职责就是照顾好自己的母亲，"简姨妈说道，"我希望她永远记住这一点。"

"十七岁的人，哪里记得住自己该干什么呀，"米兰达回答说，"现在，既然我的身体已经恢复得差不多了，有些事情我想和你商量商量，简，这些事情在我的脑里已经不是一天两天了。我们两个以前也讨论过这些问题，今天，我们就把它们彻底解决掉吧。等我去世以后，你是不是想把奥蕾莉亚和她的孩子们接到砖房子里来住？那可是一大家子呀——奥蕾莉亚、珍妮、还有方妮。但是，我不希望马克也来。汉娜应该收留他！我可不想让一个五大三粗的男孩子来踩破我的地毯，糟蹋我的家具。当然，我也知道，等我死了，我也管不了你了，你要成心那么做我也没有办法。"

"我不会违背你的意愿做事情的，尤其是在处理你的财产方面，米兰达。"简认真地回答说。

"不要告诉丽贝卡，说我已经写遗嘱把砖房子留给她了。在我死之前，她还得不到这幢房子。我打算在这里安享晚年，不想让他们为了得到我的房子而匆匆地赶我去死；也不想让他们当着我的面给我说什么感激的话。我想她将来一定不会像我们这样爱惜前楼梯的，她会像使用后楼梯一样使用前楼梯的；她也一定会把厨房里弄得湿漉漉的，不过，等我死了几年以后，我也就不会介意这些了。你在她的心目中那么重要，她一定会让你在这里养老的，不管怎么说，我的遗嘱就是这么写的。伯尔尼斯律师的遗嘱收费很低，所以有效期总是很短。但是，在这件事情上，最后的结果都是一样的。我相信，丽贝卡不会找一个要把你扫地出门的人做丈夫的。"

米兰达说完这些，姐妹两个人陷入了长时间的沉默。简一边默默地编织着衣服，一边时不时停下来擦拭脸上流淌的泪水，还不时看看枕头上虚弱的、可怜的姐姐。突然，米兰达又用缓慢的声音无力地说道：

"我也不知道你们会怎么做，但是，你们不妨也把马克接过来吧。毕竟，这世界上有温顺的男孩子，也少不了调皮捣蛋的男孩子。虽然，把这么多孩子接到家里来很不理智，但是，要是把一大家子拆开，到处寄养，好像更不近情理。那样的话，孩子们也不会有什么好前程，况且，别人都会记住，他们的母亲是我们索亚家族的人。好啦，你帮我把窗帘拉下来吧，我想睡会儿觉。"

29 母女之间

日子过去了两个月——这是辛苦劳作的两个月，每天都要忙着给全家老小做饭、洗衣服、熨衣服，还要照顾三个弟弟妹妹，为他们缝缝补补。珍妮眼看着就要成长为一个小主妇了，她做事干净利落，得心应手。两个月来的夜晚，丽贝卡守在奥蕾莉亚身边，看护着她。她不断地安慰着母亲，为母亲更换绷带，揉搓全身。还要给母亲读读书，喂喂饭，洗洗澡。在炎热潮湿的八月份，奥蕾莉亚躺在那间沉闷的卧室里，每呼吸一口气，她都要疼痛万分，不住地呻吟。而现在，不间断的护理已经减少了许多，房间里再也没有了母亲的呻吟声，孩子们也都稍稍松了一口气。毫无疑问，再过几个月，她就可以下地走路了。当窗帘打开，病床被推到窗子边的时候，这位母亲至少可以头靠在枕头上坐起来，看看外面干活的人们，笑谈自己过去的伤痛，忘记那些曾经让她厌倦绝望的日子。这种历经痛苦之后相对的安逸和舒适让她倍感幸福。

没有哪个十七岁的女孩子能经得起这种严峻的考验而没有变化；没有哪个像丽贝卡这种性格的女孩子能扛得住这样的磨

难却毫无怨言和反抗。她正在做的一切都不可能让她快乐——沉重而艰难的任务，这些任务永远都不可能给她带来成就感和满足感，为了这些单调的日常事务，她不得不把自己美好的前景放到一边。这正如一个饥渴难耐的人，眼巴巴地望着琼浆玉液却怎么也喝不到。世界曾向活力四射的她展开双臂，让她去奋斗、去拼搏、去获取，但是，这壮丽辉煌的前景匆匆而来，却又转瞬即逝！在日常的琐碎事务中，这些辉煌的前景渐渐离她远去了！刚回到农场时，丽贝卡的心里充满了同情和悲伤，每天只想着妈妈的病情，其他什么都不想。她一心一意，只想为妈妈尽一份做女儿的孝心。然而，几个星期过去了，曾经破灭的希望又开始在她的胸膛里萌动起来，让她痛苦不已。曾经挫败的抱负心又开始抬起头来，刺痛着她的心，可望而不可即的快乐嘲笑戏弄着她，所有这些心仪已久的愿望离她只有一步之遥。现在，想要跨过这一步非常容易，只要她正视前方，不左顾右盼，心里感觉自己做得没错就可以了。但是，这种自我否定的快乐就像燃烧在血液里的火焰似的，很快就消失了。前方的路好像更加凄凉、更加举步维艰了。直到有一天，丽贝卡收到一封信，信上说她在奥古斯塔的职位已经有人顶替了，刹那间，丽贝卡的心情一落千丈。她感到自己的心脏在狂跳，好像一只关在笼子里的鸟，用一双有力的翅膀拍打着笼门，渴望到外面广阔、自由的世界里去翱翔。这是她内心的力量在涌动，虽然她自己并没有承认这是一种力量。她感觉到命运的狂风把她身上的火焰刮得到处都是，它们尽情地燃烧着，火焰吞噬她，却无法点燃周围的任何东西。一个狂风暴雨的夜晚，她在太阳溪农场的那间小屋子里想着这一切。但是，乌云终究被风吹散了，太阳又一次露出了笑脸，最后，天边还出现了一道彩虹，这道彩虹像绿意盎然的春天那样充满着希望，对她微笑着，当她昂起头时，彩虹似乎在向她招手，说：

　　和我一起慢慢变老，
　　这样的人生一定最美好。

　　黯淡的日常生活就像一团乱麻，偶尔也会有几丝短暂停留的快乐。为了让空荡荡的房间不再显得那么单调，丽贝卡有时会把外面的东西带到屋子里面。她常常用大自然的书页来遮盖一些难看的角落。有时候，她也会为自己是这个贫穷地方的女主人而感到满足，她可以计划家里的生活，管理家里的成员，决定家里的事务；还可以把乱七八糟的场所收拾得井井有条；更可以为这个懒散而没有活力的地方注入欢乐。另一个让她感到欣慰的元素就是弟弟妹妹们给她的爱，他们对她的感情就像鲜花对太阳那么依恋，他们会把丽贝卡讲的故事画成画，并且对她所说的一切都深信不疑。在这一方面，以及在一些丽贝卡尚未意识到的大事情上，补偿原则已经在她的身上发挥作用了。因为，在那些忧心忡忡的日子里，母女两个发现彼此之间从来没有这么息息相通过。当丽贝卡俯身照顾疼痛不安的母亲时，她忽然产生了一种新的感觉——那是服侍别人时才有的感觉，那是强者俯身对着弱者的感觉。而对奥蕾莉亚来说，任何语言都无法表达她内心的感觉，她真正体会到了做母亲的幸福。前些年，她的孩子们还小，为了照顾年幼的他们，家里总是笼罩着忧虑和不安。后来，丽贝卡去了姨妈家，女儿长时间不在身边，母亲也就无法了解她的思想和灵魂。而现在，当奥蕾莉亚有了时间和体力研究自己的女儿时，她感觉自己就像一个低能儿。以前，奥蕾莉亚和汉娜一直都在枯燥无味的日常事务中打转转，人也变得越来越迟钝。但是，现在不同了，在人生旅途的一个特定阶段，这个迷人的女儿突然出现了，她能给奥蕾莉亚偶然溜出来的思想插上一对飞翔的翅膀，她给灰暗的生活平添了美丽的色彩、迷人的魅力和和谐的气氛。

你可以给丽贝卡套上最沉重的犁铧，但是，她拥有青春的活力，她会永远记着自己脚下的绿色土地，记着自己头上蔚蓝的天空。虽然，她的眼睛看到的是自己正在搅拌的蛋糕或者正在揉捏的面包；她的耳朵听到的是厨房里柴火噼噼啪啪的声音和水壶欢快的咝咝声，但是，时不时的，她的想象力会跑出来，自己休息休息，然后在遐想的空间里补充更多的能量。这个光秃秃的小农场是个实实在在的事物，但是，她却可以不时地出入自己的宫殿，宫殿里住着浪漫世界里英俊潇洒、举止得体的俊男靓女；宫殿里也不乏天国里的鬼怪，宫殿也遵循天堂的规范。每当回到自己梦想的大本营，她都会变得容光焕发、精神振奋，就像是一个人刚刚欣赏完夜空的星辰，或者刚刚听完一段美妙的音乐，或者刚刚闻到了玫瑰的芳香一样。

一只心胸狭窄、循规蹈矩的母鸡，竟然生出一只想法奇异、勇敢无畏的小鸭子，奥蕾莉亚现在应该理解这种母鸡生出小鸭子的感受了。但是，她觉得自己的情况比上面的比喻更好一些，因为她觉得自己更像是一只安静的褐色肉鸡，生了一只普通的鸡蛋，没想到却孵出了一只天堂鸟来。在过去的两个星期里，奥蕾莉亚的心里一直萦绕着这个念头。十月里的一天早晨，当丽贝卡怀抱着一大捧秋麒麟和火红的枫叶走进房间的时候，奥蕾莉亚的那个念头又涌现了出来。

"我来给你的房间增添一点秋天的气息，妈妈。"丽贝卡一边说，一边把那根火红的树枝和黄色的树苗塞到床垫和床脚之间，"这根树枝正好弯腰俯看着池塘，它每天在池塘里照着自己美丽的倒影，我担心时间长了，它会变得骄傲自负起来，所以，我就把它从危险中解救出来啦。你觉得它漂亮吧？我真希望能给可怜的米兰达姨妈带去一枝！我不在砖房子的时候，她们从来不在家里放花儿。"

那是一个不同寻常的早晨。之前的好几天都没有见到阳光和星辰，在盼望和期待中，太阳终于爬出了地平线。空气里弥漫着成熟水果的芳香，一只疯狂的小鸟在门外的树枝上扯着嗓子狂叫着，抒发着它对生活的喜悦之情。它显然已经忘记了，夏天早已过去，冬天迟早要来。在这样一个晴好的天气里，谁还会去想刺骨的寒风，光秃秃的树枝和冰冻的溪流呢？一只彩色的飞蛾从敞开的窗子飞了进来，落在那丛美丽的叶子上。奥蕾莉亚听到了鸟鸣声，她看了看那根火红的树枝，又抬眼看看自己高挑、美丽的女儿，她站在那里，像一个年轻的春之女神，手臂上挽着金色的秋天。

突然，她蒙住双眼哭了起来："我受不了了！现在我每天只能躺在床上，害得你什么事情也做不了。你的大好前程全都被耽误了！我那么省吃俭用，到处将就；你那么用功学习；米兰达慷慨解囊，我们之所以这么做，唯一的目的就是塑造你成才！"

"妈妈，妈妈，别这么说，也别这么想！"丽贝卡大声叫道，她一屁股坐到了床边的地板上，把手里那把秋麒麟扔在身旁，"妈妈，你想想看，我才不过十七岁而已！你眼前这个身穿紫色印花布围裙、鼻子上涂满面粉的人，才刚刚开始她的人生旅途！你还记得约翰移植的那棵树吗？那年夏天特别干旱，冬天又特别寒冷，那棵小树就一点儿也没长高，我们给它浇水施肥也无济于事；谁知道第二年年景好，风调雨顺，它一下子长得又高又壮，把以前的时间全部补回来了。妈妈，我和那棵小树一样，也处在自己的'扎根时期'，只是你不要随便放弃我，以为我的好日子已经结束了，其实，我的好时光还没有开始呢！那棵长在井边的老枫树已经有一百多岁了，可是它今年夏天又长出了新的叶子。所以，对于十七岁的我，希望一定是无处不在的！"

"你可以装出一副勇敢的面孔，"奥蕾莉亚抽泣着说道，"但是，你骗不了你的妈妈。你的工作职位丢了，你再也见不到自己的朋友们了，你现在什么也不是，就是一个地地道道的苦工！"

"我看上去的确像个苦工，"丽贝卡眼睛里含着微笑，神秘地说，"但是，我实际上是个公主，你肯定看不出来，因为我做了伪装。我之所以这么做，只是目前的情况所迫而已。现在坐在我宝座上的国王和王后都已经老态龙钟、步履蹒跚了，他们不久就会把王位让给我了。我想，这应该是一个很小的王国，所以要进入这个王室的圈子不会太费事，当然，你也别指望看到一个金色的镶着珠宝的宝座。我的宝座也许只是象牙做的，后面有一张用精美的孔雀毛做成的屏风。但是，我会在我的宝座旁边给你放置一张舒适的椅子，安排很多仆人为你效劳，就像小说里写的那样，让他们听从你'最琐碎的吩咐'。"

尽管奥蕾莉亚没有完全被女儿的故事所蒙蔽，但是她笑了，她的心里稍稍得到了一点安慰。

"我只是希望你的宝座和你的王国不要让你等得太久，丽贝卡。"她说道，"希望我能在去世前看到它们，在我看来，生活总是那么艰难、那么残酷。先是砖房子的米兰达姨妈瘫痪在床，然后又是我病倒在农场，你的手脚完全被这些不幸的事情给束缚住了，更不用说家里的珍妮、方妮和马克还要给你添麻烦！多亏你继承了几分你爸爸的乐观天性，要不然，你一定会像我这样感到压力重重了。"

"怎么会呢，妈妈！"丽贝卡一边大声说，一边用手紧抱着自己的膝盖，"妈妈，你怎么会那么想呢，能够在这里过这样的日子，我已经感觉到很高兴了。在这里我有机会去欣赏，去聆听，去行动，去做所有我想做的事情！当你十七岁的时候，妈妈，你是不是也感到只要活着，就已经很美好了？你不会忘记了吧？"

"我没有忘记，"奥蕾莉亚回答说，"但是，当年的我可没有你这么活跃，我从来就没有这么活跃过。"

"我常常想，"丽贝卡走到窗边，望着窗外的树木，继续说道，"我常常想，如果我不是出生在这里的话，我的生活将是多么无聊。如果当初生完汉娜，你接着生的是约翰而不是我；如果家里有汉娜、约翰、珍妮、方妮还有别的孩子，但是没有我；如果你从来没有丽贝卡这个孩子，那将是多么可怕的事情啊！只要有生命，一切都可以弥补。本来，我的心里应该有些惧怕的，但是我没有，因为有一个更强壮的东西，它像风一样把我的恐惧感全刮跑了。哦，看哪，威尔赶着车过来了，妈妈，他一定是从砖房子那边过来送信的。"

30 再见了，太阳溪农场

威尔·米尔威尔把马车驶到窗前，取出一封信抛到丽贝卡的腿上，然后转身就到谷仓那边帮忙干活儿去了。

"姐姐的病情一定没有恶化，"奥蕾莉亚庆幸地叹了口气说道，"要不然，简一定会发电报来的。打开信，看看里面说什么。"

丽贝卡打开信封，眼睛迅速地在这封简短的信上扫了一遍：

> 你的米兰达姨妈一小时前病故了。如果你的母亲已经脱离危险，请速回来。我会等你回来再安排葬礼。她走得很突然，所以没受多少苦。哦，丽贝卡！我多么盼望你赶快回来！
>
> 简姨妈

在简的心里，节俭的习惯实在是太根深蒂固了，即使是通知丧事，简也会计算电报比信要贵得多，电报的费用是二十五美分，而奥蕾莉亚还要再付五十美分的邮递费。

丽贝卡忍不住大哭起来："可怜的、可怜的米兰达姨妈！她一点儿也没有享受过生活就走了，而我呢，连给她说声再见的机会也没有！可怜的、孤零零的简姨妈！我该怎么办呢，妈妈？我感到自己左右为难，我不知道在你和砖房子之间该怎么选择。"

"你必须马上动身去砖房子，"奥蕾莉亚斩钉截铁地说道，她把头从枕头上抬了起来，"就算你不在我身边，我会死掉，我也要这么命令你。你的姨妈们为你付出了世界上所有的一切！她们给你的比我给你的还要多！现在，该是你去回报她们、感激她们的时候了。再说，医生说我已经渡过了危险期，我自己也感觉非常好。珍妮现在也能料理家务了，只要汉娜每天过来一次，帮帮忙就可以了。"

"但是，妈妈，我走不了啊！我走了，谁来帮你翻身呢？"丽贝卡一边大声说，一边在地板上走来走去，不知所措地紧握着两只手。

"我翻不翻身根本就无所谓，"奥蕾莉亚强忍着身体的痛苦，说道，"像我这么大年龄一个女人，像我这样要养活一大家子人的母亲，自己竟然会不小心从草垛上摔下来，让我受点罪真是活该。你赶快去把你的黑色衣裙穿起来，收拾行李上路吧。如果我能够参加姐姐的葬礼的话，我一定要为她多做点事情，我一定要向她证明，我已经忘记并且原谅了她在我结婚时诅咒我的话了。米兰达是刀子嘴，豆腐心，而且，虽然她曾经伤害过我和你的爸爸，但是，她已经把这一切在你的身上补偿了。"奥蕾莉亚用颤抖的声音继续说道，"我现在还记得清清楚楚，当我们都还是小女孩儿的时候，她是那么喜欢帮我卷头发，还常常以此为骄傲。还有一次——那时候，我们已经长大成人了，她把自己最心爱的蓝色棉布裙借给我穿：那次，你的爸爸邀请我和他在圣诞舞会上为大家领舞，后来我才知道，米兰达之前一直以为你爸爸会邀请她呢。"

奥蕾莉亚再也说不下去了，她心酸地哭了起来。对往事的回忆渐渐融化了她心中的寒冰，与姐姐去世的消息相比，这种回忆更能抚慰她痛苦的心灵，眼泪止不住地流了下来。

丽贝卡只用了一个小时就准备好了行李。威尔打算驾车送丽贝卡去汤普朗斯火车站，然后再把珍妮从学校接回家。他还自告奋勇地说，要雇请一个女佣到农场过夜，这样，万一兰德尔太太晚上病情突然加重，也好有人照应。

丽贝卡飞速跑下山，打了一桶清泉水，这也许是她最后一次打水了，当她把水桶从晶莹剔透的泉水中提起来的时候，她环顾四周，欣赏着火红的秋季的美景。这时候，她看见一群测量员正拿着他们的工具在计算着什么，他们画的那条线非常明显，它穿过太阳溪农场最可爱的"明镜池"，这个池塘清澈而宁静，水面上漂浮的黄色树叶和金光闪闪的沙滩相映成趣，不分彼此。

丽贝卡不由得屏住了呼吸。"这个时刻终于来了！"她心中暗想，"我就要和太阳溪说再见了，在维尔汉姆的最后一天，那扇快要关闭的金色大门现在终于要关闭了，永远的关闭了。再见了，亲爱的小溪；再见了，可爱的小山；再见了，美丽的草地；你们也要见见外面的世界了，那么，让我们满怀希望，大声地对彼此说：

和我一起慢慢变老，

这样的人生一定最美好。

　　威尔·米尔威尔当然也看见了那些测量员，那天早上，他去汤普朗斯邮局取信，得知兰德尔太太有可能从铁路公司得到一笔可观的补偿金，连数目他都听到了。他的情绪因此也高涨起来，因为他的农场紧邻着太阳溪农场，那里的地价一定也会因为新铁路的修成而上涨的。也可以这么说，看着和自己农场相邻的妻子的娘家忍饥挨饿，他心里也不是滋味，而如今，妻子的家人即将告别贫困潦倒的日子，他的心里一下子也如释重负了，这下，约翰就可以摆脱束缚，独当一面，提前几年管理家庭事务了。赶车送丽贝卡去汤普朗斯的路上，汉娜的丈夫极力地控制着自己的喜悦之情，他差点就高兴地吹起口哨来。他实在不明白丽贝卡为什么还是满脸愁云，也不明白她为什么要时不时地黯然落泪。因为他常听汉娜说，米兰达姨妈是一个性情暴躁、咨啬刻薄的老女人，她这样的女人就算哪天从世界上消失了，大家也不会有任何损失的。

　　"振作起来吧，贝基！"他把丽贝卡送到火车站，临走的时候，对她说，"等你回家的时候，你会看到你的妈妈已经能够自己坐起来了。我还要告诉你另外一个好消息：无论你将来在哪里工作，你都不用担心你的家人了，因为他们会搬到某个条件更好的小房子里去。像今年这么倒霉的日子再也不会有了，汉娜和我都是这么想的。"说完这些话，他就把车赶走了，他要赶快回家，好把这个好消息告诉给自己的妻子。

亚当·拉德这时候正好也在火车站，看到丽贝卡满脸沮丧地走进车站大门，他马上迎了上去。

"怎么啦，我们的公主今天不高兴嘛，"他拉着她的手，问道，"看来阿拉丁先生必须得擦擦自己的神灯了，我得让那个女佣人出现，让她把你脸上的泪水立即擦干。"

说这些话的时候，他的心情特别轻松，因为他以为，丽贝卡是在为太阳溪农场的境况发愁呢，他以为只要自己告诉她，农场马上就要卖掉，她的妈妈可以得到一笔数目可观的补偿金，她的脸上就会立即云开雾散了。他还打算提醒她，虽然她不得不离开自己儿时生活过的地方，但是，这个地方实在是太偏僻了，不适合她自己和她孤独的母亲居住，更不适合三个年幼的弟弟妹妹成长。他甚至可以清楚地听到她说，"我觉得一个人永远也不会忘记自己孩提时期生活过的地方"，仿佛一切就发生在昨天似的，他似乎可以看见那个不同寻常的小家伙坐在北利维保罗的院子里，当他决定要购买三百块"红玫瑰和白雪"肥皂的时候，那个小家伙激动得掉进了丁香花丛，这些情景依然历历在目，让他难以忘怀。

说了一两句话以后，亚当意识到丽贝卡的悲伤另有原因，她的神情那么恍惚，她的情感那么脆弱，好像每一句话都能让她落泪似的。于是，他只好向她表示情感上的支持，并恳求她允许自己最近去趟砖房子，亲眼看看她的境遇。

亚当把丽贝卡送上火车后，就独自离开了。他觉得情绪低落、神情肃穆的丽贝卡似乎比以前更漂亮了，她显得那么美丽，那么有女人味儿。但是，在他和她说话的那一刻，他发现丽贝卡的那双眼睛依然那么纯真，在她闪闪发光的双眸里，看不出一丁点儿世俗的东西，看不出一丁点儿男女之间的阅历，更看不出男女之间的激情，她甚至有点儿不解风情。出了那个乡村车站，亚当走进了路边的森林里，他一边散步，一边等待自己乘坐的那趟火车的到来。时不时的，他会停下脚步，靠在大树上，仰望着美丽的树叶，浮想联翩。他买了一本新的《一千零一夜》，本来打算送给丽贝卡，希望能够代替那本伴她度过快乐童年的、早已翻旧了的版本。但是，他没有料到会在丽贝卡这么不开心的时候遇见她，所以就没有把书送出去，只好先留在自己身边吧。他百无聊赖地翻弄着那本书，当他看见《阿拉丁和神灯》的故事时，他停了下来，被这个古老的故事深深地吸引住了。虽然他已经三十四岁了，但是，他仍然像小时候那样，如饥似渴地阅读着这个神奇的故事。故事中的一些段落引起了他的注意，他把那些段落读了一遍又一遍，从中体会到了从未有过的神秘的快感与启迪。

这些段落有的描述了曾经一文不名的阿拉丁忽然变成腰缠万贯的富翁以后的情景，也有的描述了那个苏丹国王的女儿，一个美丽而又迷人的公主：

阿拉丁像流浪汉一样在街头游荡时认识的那些人，如今已经认不出他了。那些以前只见过他几面的人们，更不知道他是谁，他的样子完全变了。这些都是神灯的作用。只要正确使用，它能够让拥有它的人逐渐实现心中的愿望，取得相应的社会地位。

这位公主是世界上最美丽的、浅黑肤色的姑娘：她的一双大眼睛充满了青春的活力，闪耀着智慧的光芒；她的外表甜美而谦恭；她的鼻子完美无缺，恰如其分地长在那张美丽的脸庞上；她有一张樱桃小嘴，两片朱红色的嘴唇上下对称，非常迷人。总而言之，她面部的所有部位都是那么的无可挑剔。所以，当阿拉丁第一眼看到这么美丽的公主时，他惊得目瞪口呆。这一点也不意外，因为他从来就没有见过这么完美的姑娘。公主无可挑剔的外貌加上她优雅的姿态，皇家的气质，让每一个见过她的人都为之动心，为之倾倒。

"亲爱的公主，"阿拉丁无限恭敬地向公主施礼，然后上前搭话说，"你的美丽外表和可爱性格让我无法克制自己。如果我的大胆求婚让你有一丝一毫的不悦的话，我必须告诉你，你要责怪的是你那双明亮的眼睛和你迷人的魅力，而不是我。"

"王子，"公主回答说，"能够看到你，对于我已经足够了，我要告诉你，我心甘情愿地接受你的求婚。"

31　米兰达姨妈的歉意

丽贝卡在美坡伍德下了火车，然后匆匆赶往驿车停靠的邮局门口，远远看见杰里·科博叔叔正牵着马等在那里，她的心里别提有多高兴了。

"平时赶驿车的车夫病了，"科博先生解释说，"当他们派我来的时候，我心想，丽贝卡收到简姨妈的信，一定会立即赶回来的，虽然我早就不驾驿车了，但是，我今天一定要来接你。就算你今天来不及赶回来，明天我也要来这里等你。所以，就像六年多以前那样，今天你坐我的车。你想在车厢里做个真正的女士乘客，还是到前面和我坐在一起？"

说这话的时候，老人的脸上交织着各种各样复杂的表情，丽贝卡鼻子一酸，不由得扑到他的肩膀上，孩子似的哭了起来。路过的两三个行人惊讶地看着这个美丽大方、端庄得体的女孩子，趴在科博先生那满是灰尘的肩膀上抽泣着。"哦，杰里叔叔！亲爱的杰里叔叔！这都是很久很久以前的事情了，发生了这么多变故，我们都变得这么苍老了，我真的好担心还要发生什么事情。"

"好了，不哭了，亲爱的，"老人低声安慰着丽贝卡，"我们先上车吧，在车上我们可以好好聊一聊，也许事情没有你想象的那么糟糕。"

　　对于丽贝卡和杰里叔叔来说，路上的一草一木都是那么熟悉，每一段水槽，每一块旋转磨石，每一间红色谷仓，每一架风向标，每一片放鸭池，每一条小溪流。每时每刻，丽贝卡都沉浸在对往日岁月的回忆中，那时候，她第一次坐在箱子做的坐椅上，她的双腿只能悬在空中，根本就够不着踩脚板。此刻，她仿佛觉得自己可以闻到那一大束丁香花的香味儿，可以看见自己爱不释手的那把粉色遮阳伞，可以感觉到那硬邦邦的棉布衣服，甚至连帽子上那簇刺痛脑袋的豪猪刚毛也能感觉得到。一路上，两个人都沉默不语，这是一种甜美的沉默，这种沉默同时抚慰着丽贝卡和杰里叔叔的心。

　　他们经过一个谷仓，看见阿毕加·弗莱格正在剥豆荚，经过帕金斯家的时候，看见阁楼的窗子上有一块白布迎风招展，那面小旗子让她感受到了艾玛·简的挂念和等待。利维保罗的烟囱映入她眼帘的一刹那，她的心里立刻感受到了一个字，一个信息。这个字，这个信息，温暖着她的内心。

　　接着映入眼帘的就是砖房子了，它看上去和往昔没有任何区别。虽然在丽贝卡看来，死亡似乎应该在这里留下自己神秘的印记。牧场依旧绵延起伏，榆树的叶子已经变成了棕黄色，但它们依旧庄严挺拔；枫树的叶子闪着火红的光；果园的苗圃被紫苑花装点得生气勃勃；高大的蜀葵在客厅的窗前怒放着；

只是在它们生气勃勃的粉色和红色的花茎上，披上了一层黑纱做的长帷布，黑纱帷布把蜀葵和百叶窗连成了一片；另一条黑纱帷布披在起居室的旁边；还有一条挂在褐色大门的黄铜门环上。

"就停在这里吧，杰里叔叔！不用拐到侧门了，把我的小背包递给我吧，就把我放到半路上，我想自己跑回去。你赶快把车赶走吧。"

听到远远驶来的驿车的辘辘声，砖房子的门从里面打开了。丽贝卡刚刚关上院子的栅栏门，简姨妈已经从砖房子门外的石阶上走了下来。她完全变了个样子，身体虚弱、神色黯然、脸色苍白。丽贝卡不由得向她伸出双臂，老姨妈又一次无力地扑倒在丽贝卡的怀里。很久以前的那天，当她向丽贝卡讲述自己已经埋葬了的爱情和死去的汤姆时，她也是这么做的，她想在这个孩子身上，得到片刻的安慰。热情、力量和生命的活力顿时从丽贝卡年轻的身体里流入到姨妈那把老骨头里。

"丽贝卡，"简抬起头说道，"在你进房间看她以前，你会不会记恨她，因为她从前对你说过很多难听刺耳的话？"

丽贝卡的眼里顿时迸发出责备的光芒，她甚至有些愤怒，她强压着怒火说道："哦，简姨妈！你难道还不相信我吗？我对她充满了感激，我会带着一颗感恩的心进去看她的！"

"她是一个很好的女人，丽贝卡。她脾气不好，说话难听，但是她总是想把事情做得更好，而且她真的把每件事情都处理得恰到好处。虽然她嘴上从来没有说过什么，但是我敢肯定，对从前说过的那些伤害你的话，她感到特别内疚。活着的时候，她没有办法把这些话收回去，但是，在去世之前，她的确做了补偿，过不了多久，你就能了解她的感受，体会她的用心了。"

"在回农场之前，我就告诉过她，我今天的一切都是她塑造的，我妈妈也是这么说的。"丽贝卡呜咽着说。

"你的一切不是她给的，"简说道，"首先，是上帝给了你生命，你自己也付出了巨大的努力，帮助上帝完成了他的使命。但是，是她投入了资金，让上帝的使命变成了现实，这一点是绝对不能忽视的。为了你，她放弃了自己应该享受的奢侈品，放弃了自己应该得到的快乐生活，这是多么的难能可贵啊！现在，我要告诉你一件重要的事情，丽贝卡。你的米兰达姨妈写下遗嘱，要把她所有的财产都送给你——这幢砖房子、屋里屋外的建筑和所有的家具，还有房子周围的所有田地，只要你眼睛看得到的地方，她都送给了你。"

丽贝卡脱下帽子，把手放在心口上，这是她在极度激动时的习惯动作。沉默片刻以后，她对简姨妈说道："我想一个人进去看她，我有很多话要对她说，我想好好地谢谢她，我觉得她完全可以听到我说的话，感觉到我的悲伤，理解到我的心情！"

简又回到厨房，去做那些洗洗刷刷的日常事务，即使是死神也无法让生活停止哪怕一天。死神可以昂首阔步地从一户人家走到另一户人家，在他的背后留下无尽的绝望和凄凉。但是，饭桌总是要摆的，碗筷总是要洗的，床也总是要铺的，总有人要继续这日复一日的工作。

十分钟以后，丽贝卡从摆放姨妈遗体的房间走了出来，她看上去脸色苍白、筋疲力尽，但是经过磨炼的精神却更加抖擞了，浑身显得光彩夺目。她独自坐在宁静的门口，低垂的榆树枝叶把利维保罗这个小小的世界挡在了她的视线之外。她眼望着秋天的美景，倾听着小桥上车辆驶过的辘辘声，聆听着小河飞奔向大海时的呼喊声，这时候，她心静如水，无限的感激之情充斥在她的灵魂里。她举起一只手，先摸了摸那个金光闪闪的黄铜门环，又摸了摸那些深红色的墙砖，在十月的阳光下，这些红砖闪着耀眼的光芒。

现在，这里就是她的家了。屋顶是她的，花园也是她的，绿草地是她的，美丽的树木也是她的。这里可以为太阳溪农场那日渐减少的一家人提供住所；她的母亲可以重新回到自己的姐姐和童年时的朋友们身边，也可以在这里安度晚年了；年幼的弟弟妹妹们可以在这里接受教育，与别的小伙伴一同嬉戏玩耍。

但是，她自己呢？她的未来依然扑朔迷离，仿佛隐藏在一片美丽的迷雾之中。她不禁把头斜靠在被阳光晒得暖暖的大门上，合上双眼，像小孩子做祈祷时那样，低声说道："上帝保佑米兰达姨妈，上帝保佑砖房子曾经的一切，上帝保佑砖房子未来的一切！"